汉译世界文学名著丛书

多利安·格雷的画像

〔英〕奥斯卡·王尔德 著

李家真 译注

据牛津大学出版社二〇〇八年版译出，
参照哈佛大学贝尔纳普出版社二〇一一年版

汉译世界文学名著丛书
出版说明

1902年，我馆筹组编译所之初，即广邀名家，如梁启超、林纾等，翻译出版外国文学名著，风靡一时；其后策划多种文学翻译系列丛书，如"说部丛书""林译小说丛书""世界文学名著""英汉对照名家小说选"等，接踵刊行，影响甚巨。从此，文学翻译成为我馆不可或缺的出版方向，百余年来，未尝间断。2021年，正值"汉译世界学术名著丛书"出版40周年之际，我馆规划出版"汉译世界文学名著丛书"，赓续传统，立足当下，面向未来，为读者系统提供世界文学佳作。

本丛书的出版主旨，大凡有三：一是不论作品所出的民族、区域、国家、语言，不论体裁所属之诗歌、小说、戏剧、散文、传记，只要是历史上确有定评的经典，皆在本丛书收录之列，力求名作无遗，诸体皆备；二是不论译者的背景、资历、出身、年龄，只要其翻译质量合乎我馆要求，皆在本丛书收录之列，力求译笔精当，抉发文心；三是不论需要何种付出，我馆必以一贯之定力与努力，长期经营，积以时日，力求成就一套完整呈现世界文学经典全貌的汉译精品丛书。我们衷心期待各界朋友推荐佳作，携稿来归，批评指教，共襄盛举。

商务印书馆编辑部
2021年8月

不一样的烟火
（代译序）

一九〇〇年，奥斯卡·王尔德与世长辞。他的遗体于一九〇九年迁葬巴黎的拉雪兹神父公墓，墓碑上刻着这样的铭文：

And alien tears will fill for him	陌生之泪将为他注满
Pity's long-broken urn,	久已破碎的哀悯之瓮，
For his mourners will be outcast men,	因他的吊客皆为逐客，
And outcasts always mourn.	逐客的心底哀痛无穷。

铭文出自王尔德的长诗《雷丁监狱之歌》(*The Ballad of Reading Gaol*)，是原诗第四部分的最后四行。这首诗写于王尔德出狱之后，出版于一八九八年，是王尔德的最后一部重要作品，用作他的墓志铭，实可谓恰如其分。多年之中，世界各地的仰慕者纷纷去巴黎朝觐王尔德的墓地，不少人还亲吻他的墓碑，留下了深情的唇印。这样的风雅荣光，绝不逊于歌女们在柳永墓前举行的清明"吊柳会"。如此看来，毕生求美的王尔德，终究得到了美的归宿。

世上的才子佳人，大多像侍妾朝云调侃东坡先生的那样，有着"一肚皮不入时宜"（事见宋人费衮的《梁溪漫志》）。王尔德的大致生平可参见笔者整理的年表，相关的传记和学术论文也可谓汗牛充栋，此处不拟赘述。概言之，王尔德的"不入时宜"，主要在于他的性取向不容于维多利亚时代的英国社会。职是之故，到了风移俗易的今天，他的遭遇便显得格外令人同情。然而，作为唯美主义文艺的标志性人物，王尔德以自己的作品乃至生活践行了"为艺术而艺术"（Art for Art's Sake）的主张，把自己的短暂人生变成了一件真正的艺术品。英年早逝的他，宛如划过夜空的一朵美丽烟花，虽然说瞬间消散，却让人久久怀念。抛开种种世俗功利的考量，这样的人生，不谓之成功也不可。

笔者移译的王尔德作品，囊括了他毕生创作的所有小说、童话和散文诗。无论是哪种体裁，他这些作品无不体现着对于美和艺术的竭力追求，体现着敏于体察并呈现美的玲珑文心。他对自己的文字有着极高的期许，据美国文学批评家理查德·埃尔曼（Richard Ellmann, 1918—1987）的权威传记《奥斯卡·王尔德》（*Oscar Wilde*, 1987）所载，出版商基于商业考虑，曾要求《多利安·格雷的画像》达到十万个单词的篇幅，王尔德竟然回电说，"英语中找不出十万个优美词汇。"（即便是增补之后，《多利安·格雷的画像》的篇幅仍然不到八万个单词。）正因如此，他的文字精镂细刻，辞采焕然，既可称雕绘满眼，亦不乏清新隽永。娓娓道来的故事之中，妙语丽句俯拾即是，读之确有"从山阴道上行，山川自相映发，使人应接不暇"（《世说新语》所载王献之语）之感。如果要吹毛求疵，那便是他的作品偶尔有堆砌典故的弊病。感谢前辈学人的研究和网络时代的便利，笔者得以对字里行间的文典和事典抉微发隐，得以将这位唯美作家的典丽文风，尽量完整地呈现在读者眼前。

典丽精工之外，王尔德的文字还包含许多独出心裁的思想和妙趣横生的哲理。人们往往小看他的一些妙语，视之为机灵却当不得真的俏皮话（比如《了不起的火箭》当中的"所谓辛勤工作，仅仅是无所事事者的遮羞布而已"），但若是仔细咀嚼，我们不难发现，这些看似离经叛道乃至自相矛盾的警句，其实蕴含着对于人生的深刻见解。追求超越功利的无用之美，难免与社会和现实的要求发生抵牾，而这种追求本身，似乎也包含种种悖论，甚或包含自我毁灭的倾向。正因如此，王尔德在作品当中透露的一些观点，即便在今天看来也属于"非主流"的类别（比如《多利安·格雷的画像》当中的"婚姻的唯一魅力，就是让双方都不得不去过一种尔虞我诈的生活"）。对于他的奇思妙想，我们不必斥之为妖言妄说，亦不必尊之为金科玉律，不妨把它们看作启迪心灵的思想火花，看作"颜色不一样的烟火"，借它们的瑰幻亮光，重新审视社会与人生。笔者以为，对于过度功利的当今社会来说，王尔德的唯美文字不光是没有过时，更可以提供有补于世道人心的清凉药剂，确实值得我们细细品味。当然，王尔德地下有知，或许会觉得笔者强作解人，因为他自己说过，"世上并无道德之书，亦无败德之书。所有书籍，但有佳构与劣作之分，如此而已"（《多利安·格雷的画像》序言）。

二○一一年，管理拉雪兹神父公墓的机构修整了王尔德的墓地，不光洗去了墓碑上的唇印，还在墓碑周围罩上了玻璃挡板，以至于后来的吊客，再无法献上香吻。此举虽有煞风景之嫌，却也是出于保护文物的善意，因为该机构宣称，"这样的吻足以摧毁作家的墓碑"。墓碑毁于香吻，不知道是否符合王尔德的心意，无论如何，玻璃挡板并不能阻止世间浪漫男女对他的景仰与追慕，不能阻止他们继续为他和他的作品洒下"陌生之泪"，继续为埋骨异乡的他注满"哀悯之瓮"。

2015年11月30日，时值王尔德一百一十五周年忌辰

目 录

序言…………………………………………………………1

第一章………………………………………………………3

第二章………………………………………………………21

第三章………………………………………………………42

第四章………………………………………………………61

第五章………………………………………………………83

第六章………………………………………………………100

第七章………………………………………………………111

第八章………………………………………………………127

第九章………………………………………………………146

第十章………………………………………………………160

第十一章……………………………………………………173

第十二章……………………………………………………206

第十三章……………………………………………………216

第十四章……………………………………………………226

第十五章……………………………………………………243

第十六章……………………………………………………256

第十七章……………………………………………………268

第十八章……………………………………………278
第十九章……………………………………………290
第二十章……………………………………………304

王尔德生平年表……………………………………311

序言[1]

艺匠，美物之作手也。

揭示艺术之美，隐匿艺匠自身，斯为艺术之鹄的。

文艺批评之能事，即是将论者自身对美物之印象转为别种样式，抑或别种材质。

文艺批评之最高形式及最低形式，皆与自传相似。

于美物中觅得丑陋意味，斯人不惟品行堕落，亦复全无魅力。斯人所为，可称差谬。

于美物中觅得美好意味，斯人皆属博雅君子，未来尚有希望。

于美物中所得意味止于美本身，斯人为天之骄子。

世上并无道德之书，亦无败德之书。

所有书籍，但有佳构与劣作之分，如此而已。

---

[1]《多利安·格雷的画像》最初发表于美国《利平科特杂志》(*Lippincott's Monthly Magazine*，此杂志也在英国发行) 1890年7月刊，面世后招致激烈恶评，评论家纷纷谴责这部小说悖离道德。这篇序言的绝大部分内容原本刊载于1891年3月出版的英国杂志《双周评论》(*Fortnightly Review*)，题为"《多利安·格雷的画像》序"(*A Preface to The Picture of Dorian Gray*)，是王尔德对批评声音的反击。《多利安·格雷的画像》单行本于1891年4月出版，收入了这篇序言。《多利安·格雷的画像》的杂志初版只有十三章，单行本在此基础上有较大修改和扩充，共有二十章。此译本系由单行本译成。

十九世纪于现实主义之厌憎，如同卡利班①揽镜自照之暴怒。

十九世纪于浪漫主义之厌憎，如同卡利班揽镜自照而不见自身面容之暴怒。

人类之道德生活不妨为艺匠之创作题材，艺术之道德则体现于完美运用不尽完美之媒介。

艺匠皆无意于证明任何事理，即令真实之事理可得证明。

艺匠皆无伦理情愫，倘或有之，则为无可原宥之矫饰。

艺匠永无旨趣病态之弊。艺匠尽可表现一切。

于艺匠而言，思想及语言皆为艺术工具，恶习与美德同为艺术素材。

自形式言之，各门艺术之原型皆为音乐。自情感言之，各门艺术之原型皆为戏剧。

艺术皆为表象，亦为符号。

掘入表象之下，风险须当自担。究诘符号内涵，亦当自担风险。

艺术之镜，所照非是生活，实乃观者。

艺术作品若是引来众说纷纭，足证此作推陈出新、错综复杂、生机勃发。

论者各执一词，艺匠但从己意。

制作有用之物，但使作者不喜此物，犹可得我等原宥。制作无用之物，须得作者深喜此物，此外再无正当理由。

一切艺术，大抵无用。

奥斯卡·王尔德

---

① 卡利班（Caliban）为莎士比亚戏剧《暴风雨》当中的配角，丑怪邪恶。

第一章

画室里充溢着玫瑰的浓香,当夏日的轻风搅动花园的树丛,丁香的馥郁芬芳,抑或是粉色山楂花的淡雅香气,便会从敞开的画室门飘进来。

亨利·沃顿勋爵躺在形如波斯鞍袋的软榻上,照自个儿的老习惯,没完没了地抽着烟。躺在这个位置,他刚好可以瞥见那丛金链花,金链花开满了甜香如蜜的蜜色花朵,颤抖的枝丫似乎无力承受这样一份火焰般炽烈的美丽;高大的窗扉上悬着长长的柞蚕丝帘子,飞翔鸟儿的妙曼身影时或从帘子上倏忽掠过,勾勒出转瞬即逝的日式画面,让他想起那些面白如玉的东京画家,他们努力传达无物常住的感觉,用的却是一种注定静止不动的艺术手段。蜜蜂在未剪的长草之间穿梭,或是执拗地盘桓在凌乱的金银花丛,绕着那一支支积了尘土的金色喇叭转圈,低沉的嗡营使得眼前的寂静更显压抑。与此同时,外面传来了伦敦市廛的隐隐喧嚣,仿佛是远处的管风琴奏出的沉闷低音。

画室中央,直立的画架上夹着一幅全身肖像,画的是一个美貌非凡的年轻男子。肖像跟前不远的地方坐便是肖像的作者,巴兹尔·霍沃德。多年之前,他突然消失无踪,一时间使得公众哗然,产生了许许多多的离奇猜测。

霍沃德打量着自己以高妙技巧呈现在作品中的这个俊雅形象，一抹愉快的笑容浮现在了他的脸上，似乎还有逗留不去的意思。可是，他突地打了个激灵，闭上眼睛，用手指摁住了自己的眼睑，仿佛是舍不得从某个奇异的梦里醒来，想要把梦境关在自己的脑子里。

"这是你最好的作品，巴兹尔，是你迄今为止的巅峰之作，"亨利勋爵懒洋洋地说道，"明年啊，你一定得把它送到格罗斯夫纳去。学院①太大，而且太庸俗。每次去学院的时候，那儿要么是人多得让我看不见画，可说是讨厌之极，要么就是画多得让我看不见人，只能说是更加讨厌。格罗斯夫纳是你唯一的选择。"

"依我看，哪儿我也不会送。"霍沃德一边回答，一边把头往后一甩。他甩头的姿势非常古怪，在牛津的时候，朋友们经常拿这件事情来取笑他。"不行，哪儿我也不想送。"

亨利勋爵扬起眉毛，透过香烟的烟雾惊讶地打量着霍沃德。他的香烟浸了许多鸦片，一个个稀薄的蓝色烟圈袅袅上升，打着稀奇古怪的旋儿。"哪儿也不送？亲爱的伙计啊，为什么呢？难道你疯了吗？你们这些画画的可真是怪！为了出名，你们什么都肯干。一旦出了名呢，你们又似乎想把名声扔一边儿去。你这样可太傻啦，因为这世上只有一件事情比被人谈论还糟糕，那就是没

---

① 格罗斯夫纳（the Grosvenor）是伦敦的一个美术馆，始创于 1877 年；学院（the Academy）指的是同样位于伦敦的皇家艺术学院（the Royal Academy of Arts），始创于 1768 年。王尔德曾撰写称许格罗斯夫纳美术馆的文章，并对皇家艺术学院颇有微词。

人谈论。这样的肖像作品会让你远远地超越英格兰所有的年轻人，还会让那些老家伙嫉妒不已，如果老家伙还能有任何情感的话。"

"我知道你会笑话我，"霍沃德回答道，"可我真的不能把它送去展览。我在这里面倾注了太多的自我。"

亨利勋爵在软榻上伸了伸懒腰，笑了起来。

"瞧，我就知道你会笑；可我说的都是实话，随你怎么笑。"

"画里面有你太多的自我！说真的，巴兹尔，以前我倒不知道，你居然这么自负；现在呢，我真的看不出，你跟这个青春年少的阿冬尼①有什么相像之处，你的脸粗糙硬朗，头发跟炭一样黑，可他却像是一个用象牙和玫瑰叶子做成的可人儿。不是吗，亲爱的巴兹尔，他简直就是纳西瑟斯②，可你呢——呃，你的脸当然流露着智慧，可以说充满智慧。可是，一旦智慧流露，美，真正的美，就会寿终正寝。智力本身就是一种夸饰，足以破坏任何面孔的和谐之美。人只要坐下来思考，立刻就会整个儿地变成一个鼻子，或者是一个额头，或者是什么可怕的玩意儿。瞧瞧随便哪个学问行当里的那些成功人士吧。他们的面目真是可憎到十分！当然喽，教会里的是个例外。话又说回来，教会里的人并不思考。即便到了八十岁，主教说的仍然是他十八岁时人家让他说的那些东西，这样一来，他自然可以始终保持绝对受看的模样。你这个神秘的年轻朋友，你从来没跟我说过他的名字，可他的画

---

① 阿冬尼（Adonis）是古希腊神话中的绝美少年，为爱神阿弗洛狄忒所爱。

② 纳西瑟斯（Narcissus）也是古希腊神话中的美少年，因痴迷于自己的水中倒影而溺死，死后化为水仙花。

像真是让我着迷。他肯定是从来不思考的，这一点我很有把握。他是件没有脑子的美丽摆设，无论冬夏都应该老在这儿摆着，冬天可以替代花朵供我们观赏，夏天则可以满足我们提神醒脑的需要。你可别高抬自己，巴兹尔，你跟他一点儿也不像。"

"你没听明白我的话，哈里①，"画家回答道，"我跟他当然不像，这一点我非常清楚。说实在的，要是我长得跟他一样，我还会觉得难过呢。你干吗要耸肩膀呢？我可没说假话。出类拔萃的外表和出类拔萃的智力都会招来横祸，纵观整个历史，这样的横祸似乎与步履蹒跚的历代君王如影随形。人最好不要异于同伴。这世道，占便宜的都是丑八怪和呆头鹅。他们可以消消停停地坐着，目瞪口呆地观看人生的戏剧，虽说不知道胜利的滋味，好歹也逃过了落败的苦楚。他们活得不比任何人差，巍然不动、漠不关心、无忧无虑。他们永远不会把毁灭带给别人，也不会从别人手上领受毁灭。你的地位和财富，哈里，我这点儿微不足道的头脑，这点儿一文不值的手艺，还有多利安·格雷②的俊俏长相，我们都得为这些神灵恩赐的东西遭罪，遭大罪。"

"多利安·格雷？他就叫这个名字吗？"亨利勋爵一边说，一边走向画室另一头的巴兹尔·霍沃德。

---

① 哈里（Harry）是亨利（Henry）的昵称。
② "多利安·格雷"的英文是"Dorian Gray"，"Dorian"是古希腊地区名"Doris"（多利斯）及古希腊民族名"Dorians"（多利安人）的形容词形式，也可以作名词，指多利安民族的一员。斯巴达人即是多利安人的一支。西方学者大多认为，"Gray"这个姓氏取自王尔德当时的密友，以长相俊美著称的诗人约翰·格雷（John Gray，1866—1934）。约翰·格雷曾在写给王尔德的信末署名"Dorian"。

"是啊,他就叫这个名字。本来我是不想告诉你的。"

"为什么不想?"

"呃,我也不知道为什么。我要是喜欢一个人喜欢到了极点,那就绝不会把这个人的名字告诉别人,告诉别人的话,感觉就像是把这个人的某个部分交了出去。我已经渐渐养成了保密的癖好,看样子,只有秘密能让我们觉得,现代生活还有神秘或者精彩的一面。只要你把它藏起来,最普通的事物也会变得可喜可爱。如今我出城的时候,从来都不会跟身边的人说我的去向,说了的话,我的乐趣就会荡然无存。要我说,这个习惯挺傻的,可是,不知道为什么,它似乎能给一个人的生活增添许多浪漫。依我看,你肯定觉得我这种想法蠢得要命吧?"

"没那回事,"亨利勋爵回答道,"没那回事,亲爱的巴兹尔。你好像忘了,我可是个结了婚的人哩,还有呢,婚姻的唯一魅力,就是让双方都不得不去过一种尔虞我诈的生活。我从来不知道我妻子在哪里,我妻子也从来不知道我在做什么。碰面的时候——我俩偶尔还是会碰面的,比如一起出去吃饭啦,一起去公爵那里啦——我俩都会挂上最最一本正经的表情,跟对方讲一些最最荒诞无稽的故事。这件事我妻子非常在行,说实在的,比我在行得多。她从来不会对不上日子,可我却总是对不上。还好,即便是实实在在地拆穿了我,她也绝不会吵吵闹闹。有时候我倒希望她吵吵闹闹,可她不吵不闹,只是拿我取笑。"

"我讨厌你谈论自己婚姻生活的腔调,哈里,"巴兹尔·霍沃德一边说,一边慢条斯理地走向通往花园的门,"我敢肯定,你实际上是个非常不错的丈夫,只不过把自身的美德当成了十足的耻辱。你这个家伙非常特别,从来不说大仁大义的话,同时又从来不干不仁不义的事。你这么玩世不恭,不过是一种姿态而已。"

"不摆姿态也不过是一种姿态,而且是我所知的最招人烦的一种姿态。"亨利勋爵笑着嚷了一声。接着,两个年轻人一起走进门外的花园,在一张长长的竹椅上坐了下来,坐在一丛高高月桂的树荫里。阳光从光润的树叶上滑过,白色的雏菊在草丛中轻轻颤抖。

过了一会儿,亨利勋爵掏出了自己的怀表。"恐怕我得走啦,巴兹尔,"他咕哝了一句,"我走之前,你一定得回答我刚才问你的那个问题。"

"什么问题?"巴兹尔·霍沃德问道,眼睛仍然死死地盯着地面。

"你心里很清楚啊。"

"我不清楚,哈里。"

"好吧,我这就告诉你,我问的是什么问题。我要你给我解释解释,为什么不愿意展出多利安·格雷的画像。我要听真正的原因。"

"真正的原因,刚才我已经说了。"

"不对,你没说。你刚才说,原因是画里面有你太多的自我。好了,这不是骗小孩子嘛。"

"哈里,"巴兹尔·霍沃德说道,直直地看着对方的脸,"每一幅缘情而做的肖像都是画家本人的写照,并不是哪个模特的肖像。模特不过是适逢其会的一个偶然而已。画家呈现在画里的并不是那个模特;倒不如这么说,情形是画家在着色的画布上呈现了自己。我不想展出这幅肖像,是因为我担心,我在画里面展现了自个儿灵魂的秘密。"

亨利勋爵笑了起来。"秘密是什么呢？"他问道。

"我这就告诉你。"霍沃德嘴里是这么说，脸上却露出了困惑的表情。

"我等不及听呢，巴兹尔。"他的同伴催促道，瞥了他一眼。

"呃，其实也没什么可说的，哈里，"画家回答道，"而且我担心，说了你也理解不了。说不定，你压根儿就不会相信。"

亨利勋爵微微一笑，俯下身去，从草丛里采了一朵粉瓣的雏菊，细细地看了起来。"要我说，我肯定能够理解，"他回答道，眼睛直勾勾地盯着手里那个白羽镶边的金色小碟，"说到相不相信的问题嘛，只要是让人难以置信的东西，我全都可以相信。"

风儿摇落树上的花朵，沉甸甸的丁香花枝，如同一簇一簇的星星，在懒洋洋的空气当中来回摇摆。一只蚱蜢在墙边吟唱起来，一只细长的蜻蜓，如同一条蓝色的丝线，扇着褐色的纱翅悠悠飞过。亨利勋爵觉得，自己似乎可以听见巴兹尔·霍沃德的心跳。他禁不住暗自好奇，霍沃德究竟会说些什么。

"事情其实很简单，"过了一小会儿，霍沃德开口说道，"两个月之前，我去布兰登夫人①那里参加了一个热闹的聚会。你也知道，我们这些穷画匠必须隔三岔五地在社交圈里亮亮相，无非是为了提醒公众，我们并不是不开化的野人。记得你跟我说过，身上有了晚礼服和白领结，随便什么人都可以赢得有教养的名声，就连股票经纪都不例外。好了，我刚到那里十分钟左右，正在跟一些衣着极度夸张的老夫人和一些了无趣味的学院院士谈天，突

---

① "夫人"（Lady）是贵族称谓，与结婚与否无关。

然却意识到有人在看我。我半转过身,平生第一次看到了多利安·格雷。我俩四目相接的时候,我觉得自己一下子没了血色。一种莫名其妙的恐惧笼罩了我。当时我就知道,我迎面碰上的是这么一个人,这个人如此光彩照人,要是我听之任之的话,仅仅是他的个人魅力就足以吞没我全部的天性、全部的灵魂,甚至是我的艺术。我可不希望自己的人生受到外来的影响。我不说你也知道,哈里,我这个人的天性有多么独立。我向来都是自个儿的主子,至少是在遇见多利安·格雷之前。之后嘛——我不知道该怎么跟你解释这件事情。当时,冥冥之中有什么东西告诉我,我的人生走到了一场可怕危机的边缘。我产生了一种奇异的感觉,觉得命运之神为我同时备下了极度的喜悦和极度的哀伤。我心里暗暗害怕,于是就转身走出房间。我这么做并不是出于良知,而是出于怯懦。我可不会为临阵脱逃的举动自豪。"

"良知和怯懦实际上是一回事,巴兹尔。良知不过是好听的商号而已,没什么别的意义。"

"我可不这么想,哈里,而且我觉得,你自个儿也不这么想。好了,不管是出于什么考虑——可能是出于自尊,因为我向来自视甚高——总之我千辛万苦地走到了门口。一到门口,当然喽,我就撞上了布兰登夫人。'您该不会是这么早就想逃吧,霍沃德先生?'她尖叫一声。她那种尖得出奇的嗓门儿,你应该领教过吧?"

"领教过。除了不美以外,她方方面面都跟孔雀一模一样。"亨利勋爵一边说,一边用纤长敏感的手指扯碎了手里的雏菊。

"我没法从她手里脱身。她拉着我去见王室成员,去见那些满身勋章绶带的人物,还有那些顶着巨大头冠的鹰钩鼻老夫人。她还跟人家说，我是她最亲爱的朋友。之前我只见过她一次，可她倒想着把我捧成名流。依我看，当时我的确有几张画大获成功，至少是引起了那些廉价小报的议论，按十九世纪的标准来看，这也算得上不朽啦。突然之间，我发现自己跟那个年轻人打上了照面，就是那个魅力非凡、让我莫名其妙心慌意乱的人。当时我离他非常近，几乎都要贴上了。我俩再一次四目相接。我可真是莽撞，居然请布兰登夫人替我做个介绍。说到底，这事情兴许算不得十分莽撞，仅仅是无法避免而已。就算没有人介绍，我俩还是会相互搭讪，这一点我心里有数。到后来，多利安也是这么跟我说的。他跟我一样，也觉得我俩是注定要相识的。"

"对了，布兰登夫人是怎么形容这个翩翩青年的呢？"他的同伴问道，"我知道，她向来喜欢对所有的客人做一番连珠炮似的简介。记得她曾经把我领到一个极其凶恶的红脸膛老先生身边，那人身上挂满了徽章和绶带。她贴着我的耳朵嘶声说话，说的都是些最让人惊诧莫名的细枝末节，她那些招灾惹祸的耳语，屋子里所有的人想必都可以听个一清二楚。我当场就逃开了。我喜欢自个儿去结识别人，布兰登夫人却是个十足的拍卖专家，把所有的客人都当成了拍卖的货品。她要么把他们贬得一钱不值，要么就把他们所有的事情一股脑儿地说给你听，唯独不说你想知道的事情。"

"可怜的布兰登夫人！你这么说她太苛刻啦，哈里！"霍沃德无精打采地说道。

"亲爱的伙计啊，她想的是办一个沙龙，办成的却只是一家饭馆。你叫我怎么景仰她呢？不说这个，告诉我，她是怎么说多利安·格雷的呢？"

"哦，她大概是这么说的，'好标致的孩子——他那个可怜的好母亲跟我好得分不开啊。我不太记得他是干什么的了——他恐怕——恐怕他什么也不干——噢，对了，他弹钢琴——要不，是拉小提琴吗，亲爱的格雷先生？'听到这里，我和多利安都忍不住笑了起来，这么着，我俩立刻就成了朋友。"

"笑声作为友情的起点还不错，作为友情的终点更是好得不能再好。"年轻的勋爵说道，又采下了一朵雏菊。

霍沃德摇了摇头。"你并不知道什么叫做友情，哈里，"他嘟囔了一句——"从这个方面来说嘛，你也不知道什么叫做憎恨。所有的人你都喜欢，也就是说，你对所有的人都满不在乎。"

"你这话可太不公道啦！"亨利勋爵嚷道，掀了掀帽子，抬头望向天空里的纤薄白云。白云悠悠流过空阔的夏日碧空，仿佛是缠绕纠结的光洁丝缕。"没错，你这话一点儿也不公道。我可是把人分了三六九等的。我挑朋友的标准是长相出众，挑熟人的标准是品格出众，挑敌人的标准则是头脑出众。挑敌人的时候，再小心都不为过。我从来不曾有过笨头笨脑的敌人。我的敌人个个都有几分头脑，所以呢，他们都懂得欣赏我。我这样是不是非常自负呢？依我看，确实是有点儿自负。"

"我也这么觉得，哈里。不过，按你的分类标准，我肯定只能算个熟人。"

"亲爱的巴兹尔老伙计，你可比熟人重要多啦。"

"可又比朋友次要得多。差不多相当于兄弟，对吧？"

"噢，兄弟！我对兄弟可不感冒。我哥哥怎么也不肯死，我弟弟却似乎成天寻死。"

"哈里！"霍沃德大喊一声，皱起了眉头。

"亲爱的伙计啊，我这是说着玩儿的。话又说回来，我真是忍不住厌憎我那些亲戚。依我看，这是因为我们大家都见不得别人有跟我们自个儿一样的缺点。英格兰的民主派对他们所谓的'上流恶习'怒不可遏，这种感觉我完全可以理解。那些平头百姓觉得，酗酒、愚蠢和堕落都应该是他们独享的专利，如果我们这种人拿自个儿出洋相的话，那就是侵犯了他们的特权。可怜的萨瑟克走上离婚法庭的时候，那些人义愤填膺的样子可真是值得一看①。可我倒是觉得，在无产阶级当中，生活正派的人连一成都到不了。"

"你说的这些话，我一个字也不赞成，还有啊，哈里，我觉得你自个儿也不赞成。"

亨利勋爵捋了捋尖尖的褐色胡须，用系着流苏的乌木手杖敲了敲漆皮靴子的靴尖。"你可真是个地地道道的英格兰人，巴兹尔！这已经是你第二次说这种话啦。要是你向一个地道的英格兰人抛出什么想法——这种做法本身就失于鲁莽——他从来不会想着去掂量这个想法对不对。在他看来，值得掂量的只有一件事情，那就是你自己相不相信这种想法。听我说，一个想法有多少价值，跟提出想法的人有多少诚意没有任何关系。说实在的，十之八九，提出想法的人越是言不由衷，他提出的想法就越是包含着纯净的智慧，原因是在这种情形之下，他提出的想法不会受到他的需索、

---

① 当时英国的法律虽然放松了对离婚的限制，但离婚仍然是一件不名誉的事情。

欲望或者偏见的沾染。不过,我可不想跟你讨论政治,讨论社会学和玄学。跟原则比起来,我还是更喜欢人本身,而且,世上所有事物之中,我最喜欢的就是没有任何原则的人。再跟我讲讲多利安·格雷吧。你跟他见面有多勤呢?"

"天天都见。要不是天天见他的话,那我就高兴不起来啦。我可离不了他。"

"真想不到!我还以为你什么也不会在乎,只在乎你的艺术呢。"

"到现在,他就是我全部的艺术。"画家郑重其事地说道,"有时候我会想,哈里,世界历史上只有两种时刻是有意义的。第一种是新的艺术手段降临的时刻,第二种是适于艺术描摹的美好人物降临的时刻。油画的发明对威尼斯的画家意味着什么,安提瑙斯①的面孔对晚期的希腊雕塑就意味着什么,将来有一天,多利安·格雷的面孔也会对我产生同样的影响。情形不仅仅是我把他用作绘画的素材,凭借他来画油画、画素描、画速写。当然,这些事情我都做了。然而,对我来说,他远不只是一名模特。不是说我不满意我根据他画的画,也不是说他美得超出了艺术所能表达的范围。世上没有艺术表达不了的东西,而我也知道,自从遇见多利安·格雷之后,我画的画都很不错,都是我这辈子的巅峰之作。可是,通过某种莫名其妙的方法——你能明白我的意思吗?——他的魅力给我提示了一种全新的艺术表达方式、一种全

---

① 安提瑙斯(Antinous,111?—130)为古罗马美少年,是罗马皇帝哈德良(Hadrian,76—138)的侍从,受到哈德良的宠爱。他死之后,哈德良把他封为神祇,并在帝国各处树立他的雕像。

新的艺术风格。我看事情的眼光不一样了，想事情的方法也不一样了。如今我可以用一种我以前认识不到的方法来再现生活。'哲思岁月里的梦幻形式'[①]——这话是谁说的呢？我记不得了；可是，它正好说出了多利安·格雷对我的意义。仅仅是看一眼这个少年——他在我眼里还是个少年，虽说他实际上已经二十多了——仅仅是看一眼这个少年——啊！这事情意味着什么，你全都明白吗？无意之间，他为我界定了一个全新的流派，这个流派必将囊括所有的浪漫激情，囊括古希腊精神的所有美妙。灵与肉的和谐——何等伟大！出于疯狂，我们把灵与肉割裂开来，还发明了一种低俗的写实主义、一种空洞无物的理想。哈里！真希望你能明白多利安·格雷对我的意义！我画的那幅风景，阿格纽画廊[②]出那么大的价钱我都没舍得卖，你还记得吧？那是我这辈子最好的作品之一。为什么这么好呢？原因在于，我画那幅画的时候，多利安·格雷就坐在我的身边。某种微妙的影响从他那里传到了我的身上，平生第一次，我在平平无奇的林地里看到了我苦求不获的奇迹。"

"巴兹尔，这真是太奇妙啦！我一定得见见多利安·格雷。"

霍沃德从椅子上站了起来，开始在花园里走来走去。过了一会儿，他走了回来。"哈里，"他说道，"对我来说，多利安·格雷仅仅是一个艺术创作的母题。在他身上，你兴许什么也看不出来，

[①] 这句话出自英国诗人及散文家亨利·奥斯丁·多布森（Henry Austin Dobson, 1840—1921）发表于1877年的诗作《致一位希腊少女》(*To a Greek Girl*)。

[②] 阿格纽画廊（Agnew's）是当时伦敦著名的艺术品商，今日犹然。

可我却能看见一切。他在我作品当中体现得最多的时候，恰恰是他的形象没有在我作品当中出现的时候。就像我刚才说的那样，他是一个提示，提示了一种新的表达方式。我可以从特定线条的曲折之中窥见他的形象，从特定色彩的美好精妙之中窥见他的形象，如此而已。"

"既然如此，你为什么不愿意展出他的画像呢？"

"原因在于，无意之中，我已经把这种古怪的艺术崇拜部分地呈现在了画像里。这样的崇拜心理，当然喽，我从来都不曾跟他提起。他对此一无所知，以后也不会知晓。可是，世人没准儿会猜出其中的奥妙，而我不愿意把我的灵魂袒露给他们短浅的刺探目光，不愿意把我的心摆到他们的显微镜下面。这件作品里包含了我太多的自我，哈里——太多的自我！"

"那些写诗的可不像你这么顾虑重重，他们都懂得激情对出版的价值。这年月，一颗破碎的心可以出好多版哩。"

"我恨他们这么干，"霍沃德嚷道，"艺术家应该创造美的作品，但却不该把自己的生活掺进作品。在我们生活的这个年代，人们贬低了艺术，仿佛它就该是某种形式的自传。我们已经丧失了对抽象美的感觉。有朝一日，我会让世人知道什么是抽象美；就是由于这个原因，世人永远也不会看到我的多利安·格雷画像。"

"我觉得你说得不对，巴兹尔，可我不想跟你争辩。只有脑瓜子不灵的人才会争辩。告诉我，多利安·格雷很喜欢你吗？"

画家思忖片刻。"他喜欢我，"他顿了一顿才开口回答，"我知道他喜欢我。当然喽，我总是挖空了心思恭维他。我跟他说一些我知道说了会后悔的话，还从中找到了一种奇怪的乐趣。他总是让我心醉神迷，我俩也总是坐在画室里，海阔天空地聊个没完。可是，他会时不时地表现得极不体贴，似乎是觉得折磨我其乐无穷。赶上这样的时候，我就会觉得，哈里，我把我整个儿的灵魂交给了一个不知好歹的家伙，这家伙粗鲁地对待我的灵魂，似乎它只是一朵装点他衣服的花，一枚满足他虚荣的勋章，一件点缀夏日的小玩意儿。"

"夏天的日子，巴兹尔，倒也算绵绵无尽，"亨利勋爵咕哝道，"说不定，你的厌倦感觉来得比他还快呢。这事情想起来就叫人伤感，可是，毫无疑问，才华比美貌更长久。就是因为这个，我们大家才会不辞劳苦地求取过度的教育。在疯狂的生存竞争之中，我们都想拥有一点儿长留不去的东西，因此就怀着保住自身位置的愚蠢希望，用各式各样的垃圾和事实填满我们的心灵。无所不知先生——这就是现代人的理想。然而，无所不知先生的心灵是一种非常可怕的东西。这样的心灵好比一间卖小纪念品的店铺，里面全都是怪物和尘土，所有的货色都标着高出本身价值的价码。不管怎么说，我觉得，首先感到厌倦的一定是你。有朝一日，看着你这位朋友的时候，你会觉得他有点儿不入画，要不就觉得他的色调不中看，如此等等。你会在心底里狠狠地斥责他，实实在在地认为他非常对不住你。他再来找你的时候，你会表现出十足的冷淡和漠然。那会是一种巨大的缺憾，因为它会改变你这个人。你告诉我的事情完全算得上一段浪漫经历，我们不妨称之为艺术的浪漫，然而，浪漫经历有一个最大的坏处，那就是让人变得极不浪漫。"

"哈里，话可不能这么说。在我的有生之年，多利安·格雷的魅力始终会是我的主宰。你体会不了我的感受。你太善变啦。"

"哈,亲爱的巴兹尔,就是因为善变,我才体会得了你的感受。忠诚的人只知道爱情的细枝末节,不忠的人才懂得爱情的巨大磨难。"说到这里,亨利勋爵在一只精致的银匣子上划燃火柴,摆出自省自得的架势抽起烟来,俨然是一句话总结了人世的真谛。莹绿的常青藤叶子之间传来了啁啾麻雀的窸窣声响,你追我赶的蓝色云影像燕子一般掠过草地。花园真是让人陶醉!旁人的情感波澜真是可喜!——在他看来,这比他们的思想可喜多了。自己的灵魂,朋友的激情——这些才是生活里的迷人事物。他暗自窃喜,想到自己跟巴兹尔·霍沃德一起消磨了太长的时间,由此已经错过了那顿沉闷无聊的午餐。要是去了姑妈那儿的话,肯定得碰上古德博迪勋爵①,席间的言谈肯定离不了穷人的吃饭问题,离不了建设模范寄宿公寓的必要性。每个阶级都愿意大肆宣讲那些美德的重要意义,原因是他们不必在自己的生活里身体力行。富翁乐于鼓吹节俭的价值,闲汉也会滔滔不绝地论述劳动的光荣。逃脱了所有这些烦事,真是太妙啦!想到自己的姑妈,他似乎突然记起了什么,于是便转身对霍沃德说道,"亲爱的伙计,我刚刚想起了一件事情。"

"想起了什么事情呢,哈里?"

"想起我在哪里听过多利安·格雷这个名字。"

"哪里呢?"霍沃德问道,略微皱了皱眉。

"别做出这么生气的样子嘛,巴兹尔。是在我姑妈阿加莎夫人

---

① 这个勋爵名字的英文是"Goodbody",字面意思是"好人"。

那里。她曾经跟我说,她发现了一个非常出色的小伙子,这个小伙子愿意帮着她在东区①行善,小伙子的名字就是多利安·格雷。我得声明一句,她从来没跟我说过他长相好。女人欣赏不了好长相,最低限度,正派女人是欣赏不了的。她跟我说他很认真,心地也非常良善。听了她的形容,我眼前立刻浮现出了一个戴着眼镜、头发老长、满脸雀斑、跺着大脚到处乱跑的家伙。早知道他是你的朋友,那就好啦。"

"我倒是很高兴你不知道,哈里。"

"为什么?"

"我不希望你跟他见面。"

"你不希望我跟他见面?"

"不希望。"

"多利安·格雷先生在画室等您,先生。"霍沃德的管家走进花园,通报了一声。

"这下子,你不替我介绍也不行了吧。"亨利勋爵嚷道,笑了起来。

管家站在太阳底下,眨巴着眼睛。画家转身对管家说道:"帕克,请格雷先生稍候,我马上就来。"管家躬身施礼,沿着小径走了回去。

接下来,霍沃德转头看着亨利勋爵。"多利安·格雷是我最亲密的朋友,"他说道,"有着纯真良善的心地,你姑妈对他的形

---

① 伦敦的东区(East End)大致是指伦敦故城以东、泰晤士河以北的区域,当时是穷人聚居的地方。

容一点儿也不错。你可别教坏了他,别尝试去影响他。你的影响好不了。世界大得很,有的是精彩非凡的人物。你可不能把他从我这儿夺走,我艺术的全部魅力都是他的赐予,也只有他能赐予,他是我艺术生涯的依靠。记住啊,哈里,我可是非常信任你的。"他说话的速度非常慢,每句话都像是他不情不愿硬挤出来的东西。

"瞧你说的什么话!"亨利勋爵笑着说道,跟着就搀住霍沃德的胳膊,几乎是牵着他进了屋。

第二章

刚刚进屋,他俩立刻看到了多利安·格雷。格雷坐在钢琴旁边,背对着他俩,正在翻看舒曼《林中即景》①的乐谱。"你一定得把这本乐谱借给我,巴兹尔,"他高声说道,"我想学一学。这些曲子太迷人啦。"

"这都得看你今天当模特当得怎么样,多利安。"

"唉,我当模特已经当厌啦,还有啊,我并不想让人给我画跟真人一样大的肖像。"小伙子一边回答,一边在琴凳上转了个身,神态又任性又焦躁。看到亨利勋爵之后,他双颊泛起一抹转瞬即逝的淡淡红晕,一下子站了起来。"对不起,巴兹尔,我不知道你有客人。"

"这位是亨利·沃顿勋爵,多利安,是我在牛津认识的老朋友。刚才我还在跟他说,你是个无可挑剔的模特,现在倒好,我这些好话都让你给破坏了。"

"您并没有破坏我见到您的喜悦心情,格雷先生,"亨利勋爵一边说,一边走上前去,伸出一只手,"我姑妈经常跟我说起您。

---

① 舒曼(Robert Alexander Schumann,1810—1856)为德国著名作曲家,《林中即景》(*Forest Scenes*)是他创作的组曲。

您是她的宠儿，照我看，恐怕还是她的牺牲品。"

"眼下我已经进了阿加莎夫人的黑名单，"多利安回答道，脸上带着一种滑稽的懊悔表情，"我答应过她，上周二跟她去白礼拜堂的一个俱乐部①，可我确实把这件事情忘了个一干二净。我们本来要在那里弹一曲二重奏的——应该是三曲，我没记错的话。到现在，真不知道她会跟我说些什么。我怕得要命，压根儿就不敢去见她。"

"噢，我会帮您跟我姑妈讲和的。她非常喜欢您，而我觉得，您没去也不是什么太要紧的事情。十有八九，那儿的听众照样会以为是两个人在演奏。坐到钢琴跟前的时候，阿加莎姑妈总是能弄出特别大的动静，完全抵得上两个人。"

"您这话她听了肯定受不了，我听了也不怎么好受。"多利安笑着回答。

亨利勋爵打量着他。没错，他的确俊美非凡，有着线条精致的深红嘴唇、坦白无隐的蓝色眼睛，还有一头金色的卷发。他脸上有一种神采，让人一见输诚。青春年代的所有率真，还有它激情洋溢的无瑕品质，全部都写在他的脸上。你不禁觉得，他定是洁身自好，未曾沾染一粒世尘。怪不得巴兹尔·霍沃德崇拜他。

"您不适合去搞慈善，因为您的风采太过迷人，格雷先生——绝对是太过迷人。"说到这里，亨利勋爵猛一下坐到软榻上，打开了他的香烟匣子。

---

① 白礼拜堂（Whitechapel）是伦敦东区的一个区域，这里的"俱乐部"应该是一个救济穷人的慈善机构。

这期间，霍沃德一直忙着调色，忙着准备画笔，整个人显得忧心忡忡。听到亨利勋爵最后一句品评之后，他瞥了勋爵一眼，踌躇片刻，开口说道："哈里，我打算今天就把这幅画画完。要是我请求你离开的话，你不会觉得我太过无礼吧？"

亨利勋爵笑了起来，看着多利安·格雷问道："我该不该走呢，格雷先生？"

"噢，您可千万别走，亨利勋爵。我看出来啦，巴兹尔眼下心情不好；他心情不好的时候，我可受不了他。还有啊，我想听您讲讲，我为什么不应该去搞慈善。"

"我真不该跟您提这个，格雷先生。这个话题又臭又长，要谈就只能正儿八经地谈。不过，既然您要求我留下，那我是绝对不会开溜的。你不是真的介意吧，巴兹尔，对吗？你经常都跟我说，你巴不得你的模特有个聊天的对象。"

霍沃德咬住了自己的嘴唇。"既然多利安希望这样，那你当然得留下。多利安的兴致就是法律，任何人都不可以违背，除了他自己以外。"

亨利勋爵拿起了自己的帽子和手套。"你可真是咄咄逼人，巴兹尔。不过，恐怕我不走不行。我答应了去奥尔良俱乐部[①]见一个人。再见，格雷先生。哪天下午到柯曾街[②]来找我吧，五点钟的时候我一般都在家。要来的话，提前给我写张条子。要是错过了您，那可就太遗憾啦。"

[①] 奥尔良俱乐部（Orleans）是当时伦敦西区的一个俱乐部。
[②] 柯曾街（Curzon Street）是伦敦西区的一条街道，当时和现在都属于上流区域。

"巴兹尔，"多利安·格雷叫道，"亨利·沃顿勋爵要走的话，我也要走。你画画的时候从来都不开口，我还得站在台子上强装笑脸，真是闷死人。请他留下吧，我一定要他留下。"

"留下吧，哈里，听多利安的，也听我的，"霍沃德说道，眼睛死死地盯着手头的画，"他说得没错，我工作的时候从不说话，也不听人说话，我那些不幸的模特肯定会觉得无聊至极。我求你了，留下吧。"

"可是，在奥尔良俱乐部等我的那个人怎么办呢？"

画家笑了起来。"依我看，这事情一点儿也不难办。回去坐下吧，哈里。好了，多利安，到台子上去吧，不要动得太厉害，也不要理睬亨利勋爵说的话。他能对所有的朋友施加很坏的影响，只有我是个例外。"

多利安·格雷走上台子，神态活像一个殉道的希腊青年，还冲亨利勋爵微微地噘了噘嘴，以此表示自己的不满。到这会儿，他已经对亨利勋爵产生了相当的好感。勋爵和巴兹尔是那么地不一样，两个人形成了可喜的对比。还有，勋爵的嗓音也是那么地动听。过了一小会儿，他对勋爵说道："您真的会给人很坏的影响吗，亨利勋爵？真的像巴兹尔说的那么坏吗？"

"世上没有什么好的影响，格雷先生。所有的影响都不道德——从科学的角度来看，确实不道德。"

"为什么呢？"

"原因在于，要影响一个人，你就得把自个儿的灵魂转到他的身上。这一来，他就不会再按自己的天性思考，不会再受天生激情的煎熬。就他而言，他的美德都是不真实的。而他的罪孽呢，如果世上真有罪孽这样东西的话，也都是从别人身上借来的。他会变成他人乐声的回响，变成一名演员，饰演一个并非为他写就的角色。人生的目的是自我实现，是把自己的天性发挥到极致——我们所有人来到世上，为的就是这个。这年月，人们都害怕自己。他们已经忘记了最重要的一份责任，那就是对自己的责任。当然喽，他们都是大慈大悲的。他们给挨饿的人饭吃，还给乞讨的人衣服穿，可他们自个儿的灵魂却忍饥挨饿、身无寸缕。勇气已经远离了我们的种族，也没准儿，我们从来就不曾真正地拥有勇气。道德的基石是对社会的恐惧，宗教的奥妙则是对上帝的恐惧，统治我们的就是这两样东西。即便如此——"

"你脑袋稍微再往右边偏一点儿，多利安，听话，乖孩子。"画家说道。他深深沉浸在自己的工作当中，忘记了周遭的一切，只是隐隐地察觉到，小伙子的脸上有了一种他从未见过的表情。

"即便如此，"亨利勋爵接着说道，嗓音低沉悦耳，伴着优雅的手势，这样的手势是他一直以来的招牌习惯，早在他求学伊顿[①]之时即已养成，"我还是认为，如果有人能充实完满地度过一生，能让每一丝情感得到体现、每一点想法得到表达、每一个梦想成为现实——我认为，世界就会获得一股无比强大、无比新鲜的快乐冲动，促使我们将中世纪传统的所有积弊置诸脑后，回归古希腊时代的理念，甚而至于，回归某种比古希腊时代还要优美、还要丰富的理念。然而，就连我们当中最勇敢的人也对自己感到恐惧。蛮族的蹂躏留下了可悲的余响，体现就是这种摧残我们生命

[①] 伊顿（Eton）即伊顿公学，为英国顶尖私立中学之一。

的自我禁制。恰恰是因为拒斥自我，我们受到了惩罚。我们极力扼杀的每一股冲动都会在我们的心灵当中发酵，进而毒害我们。肉体的罪孽是一次性的，犯下即已赎清，因为行动本身就是一种净化的方式。它不会留下任何痕迹，有的只是一份愉悦的回忆，或者是一份弥足珍贵的遗憾。驱除诱惑只有一种方法，那便是臣服于它。抗拒它的话，你的灵魂就会生病，因为它渴望那些它自行禁绝的东西，思慕那些被它自己的悖理律法宣布为悖理非法的东西。有人说过，世上的大事都发生在脑子里。同样道理，世上的大罪也发生在脑子里，而且只发生在脑子里。就拿您来说吧，格雷先生，您自个儿，在您白玫瑰一般的少年时代，还有红玫瑰一般的青春岁月，您一定体验过那些让您惴惴不安的激情，那些让您满心恐惧的想法，还有那些白日里和睡眠中的梦境，仅仅是梦境的记忆也会让您的脸颊浮现羞耻的印记……"

"别说了！"多利安·格雷结结巴巴地嚷道，"别说了！您把我说糊涂啦。我不知道说什么才好。肯定有什么话能反驳您，可我就是想不到。别说话。让我想想，这么说好了，让我尽量不去想。"

将近十分钟的时间里，他站在那里一动不动，嘴巴张着，双眼亮得出奇。他朦朦胧胧地意识到，一些全新的力量搅动了自己的心。可是，按他的感觉，这些力量的源头其实是在他自己身上。巴兹尔这位朋友刚才说的寥寥数语——这些话无疑都是即兴发挥，其中还包含着明知故犯的悖论——触动了一根从未经历触动的隐秘心弦，如今他觉得，它正在按着古怪的节拍震颤悸动。

音乐也给过他这样的搅扰，很多次，音乐都让他心绪不宁。可是，音乐的涵义含糊不清，它在我们心里制造的与其说是一个新的世界，倒不如说是一种新的混沌。言语！仅仅是言语！言语是多么地可怕！多么地清晰、多么地鲜明、多么地残忍！它叫人无处可逃。与此同时，它又蕴含着何等精妙的魔力！它似乎能让无形的事物拥有形状，本身也包含着跟琴声笛声一样甜美的音乐。仅仅是言语！世上还有像言语这么真切的东西吗？

没错，在他的少年时代，的确有一些他没能懂得的东西。到得如今，他懂得了它们的意义。突然之间，他觉得生活着上了炽烈的色彩，感觉就跟走在火里一样。在以前，他为什么没有意识到呢？

亨利勋爵审视着格雷，脸上带着高深莫测的笑容。他熟谙人的心理，看得到保持沉默的准确时机。此时此刻，他觉得兴味盎然。他惊异于自己的言语造成的突兀效果，跟着又想起了自己十六岁时读到的一本书，那本书向他揭示了许多前所未知的东西，于是便暗自琢磨，多利安·格雷是不是也在体验他当时的感觉。刚才呢，他只是冲着天空胡乱放了一箭。难道说，这支箭竟然射中了吗？这个小伙子真是有趣！

霍沃德画个不停，笔法高妙大胆，蕴含着真正的雅致和极度的优美。至少是就艺术而言，这样的雅致和优美只能是力量的产物。他没有察觉到现场的沉默。

"巴兹尔，我站烦啦，"多利安·格雷突然嚷道，"我得去外面的花园里坐坐。这儿的空气憋死人了。"

"亲爱的伙计，真是对不住。画画的时候，我脑子里容不下别的东西。不过，你今天表现得空前地好，简直是纹丝不动。而我也捕捉到了我期望的形象——半开的嘴唇，还有眼睛里的熠熠神采。不知道哈里跟你说了些什么,可他确实让你流露出了最最奇妙的表情。依我看,他肯定是在恭维你吧。他说的话,你一个字也不能信。"

"他绝对没有恭维我。没准儿啊,就是因为这个,我才觉得他告诉我的事情都不能信。"

"我说的事情您全都信了,这您心里明白,"亨利勋爵一边说,一边用他那双慵懒迷离的眼睛打量格雷,"我跟您一起去花园好了,画室里真是热得要命。巴兹尔,给我们准备点儿冰镇饮料吧,饮料里要有草莓。"

"没问题,哈里。你摇一下铃吧,等帕克来了,我就把你的要求告诉他。我得把这幅画的背景润色一下,待会儿才能去找你们。别把多利安留得太久。今天我画画的状态空前地好,这肯定会成为我的杰作。即便不加润色,它也已经是我的杰作啦。"

亨利勋爵走进花园,看见多利安·格雷把脸埋进了那一大簇清凉的丁香花,正在疯狂地吮吸花儿的香气,神态就跟痛饮美酒一样。他走到格雷身边,伸手搭上格雷的肩膀。"这么做就对了,"他喃喃说道,"只有感官能疗治灵魂,道理就跟只有灵魂能疗治感官一样。"

小伙子猛一激灵,往后缩了一缩。他没有戴帽子,树叶挂住了他那些不服帖的发卷儿,缕缕金丝乱作一团。他的眼里带着一种恐惧,仿佛是突然从梦中惊醒。他精雕细刻的鼻翼微微颤动,紧接着,不知道哪根神经震动了他深红的双唇,震得它们发起抖来。

"真的,"亨利勋爵接着说道,"这就是生命的伟大奥秘之一——以感官疗治灵魂,以灵魂疗治感官。您真是造物主的杰作。

您知道的东西多于您自己的认识,就跟您知道的东西少于您自己的期望一样。"

多利安·格雷皱了皱眉,扭开了头。站在他身旁的这个年轻人身材颀长,风度翩翩,让他没法不喜欢。勋爵那张写满浪漫的橄榄色脸庞,还有那副倦怠的表情,全都吸引了他。勋爵那种低沉慵懒的嗓音有一种魔力,实在让他着迷。勋爵的手苍白冰凉,像花一样,对他来说,就连这双手也有一种怪异的魅力。勋爵说话的时候,双手会像乐声一般舞动,似乎是拥有它自己的语言。可是,他还是对勋爵心怀畏惧,又为自己的畏惧感到羞耻。为什么他自己没能认识自己,要等一个陌生人来揭示呢?他认识巴兹尔·霍沃德已经有几个月的时间,可他和巴兹尔的友情从来不曾让他发生任何改变。突然之间,另一个人闯进了他的生命,这个人似乎为他揭开了生命的奥秘。即便如此,这事情又有什么可怕呢?他不是学童,也不是小姑娘。他不应该害怕,那样太荒唐了。

"咱们到荫凉地儿去坐吧,"亨利勋爵说道,"帕克已经把饮料端来了,还有啊,您要是再在这么毒的日头下面待着,那就该晒坏了,巴兹尔也再不会画您啦。您可千万别让自己晒黑,那样的肤色跟您完全不配。"

"有什么关系呢?"多利安笑着嚷了一句,在花园尽头的椅子上坐了下来。

"对您来说,关系再大不过了,格雷先生。"

"为什么?"

"因为您拥有最最美妙的青春,而青春又是唯一一件值得拥有的东西。"

"我不这么觉得,亨利勋爵。"

"是啊,眼下您是不觉得。有朝一日,等您老成了皱纹满面的丑八怪,等思虑在您的额头烙下道道纹路,等激情在您的双唇灼上可怕的火印,您就会觉得,就会痛心疾首地觉得。眼下嘛,无论走到哪里,您都可以倾倒众生。这样的情形,永远也不会变吗?……您拥有一张美丽非凡的脸,格雷先生。别皱眉头,您确实拥有。而美是一种天才——实际上还高于天才,因为它不言自明。它是这世上最了不起的存在之一,如同阳光,如同春色,如同我们称为月亮的那枚银贝在黑暗水面投下的倒影。它不受任何质疑,拥有它独享的神圣主权。它能让拥有它的人跻身王侯之列。您笑什么?咳!等到失去它的时候,您可就笑不出来啦……有时候,人们说美只是一种浅薄的东西。这句话兴许没错。可是,它至少不像思想那么浅薄。在我看来,美是奇迹中的奇迹。只有浅薄的人才不会凭借外表下判断。世界的真正奥秘都是看得见的东西,并不是什么无形之物……是的,格雷先生,众神对您宠爱有加。可是,众神总是会迅速收回他们的恩赐。您只有几年的时间来享受真正的生活。青春一去,您的美貌也会与之偕亡,而您就会突然发现,时光并没有给您留下任何胜果,又或者,您不得不拿一些微不足道的胜果来安慰自己,而往日的回忆会把那些胜果变得比失败还要苦涩。青春月月流逝,每个月都让你更加靠近某种可怕的东西。时光嫉恨您,向您的百合和玫瑰开战。您会变得面色灰败、两颊凹陷、双目无光,会蒙受极度的痛苦……噢!趁您的青春还在,赶紧兑现它吧。不要荒废您的黄金时日,不要去听那些乏味的废话,不要去尝试挽回这场无法挽回的失败,也不要把您的生命托付给愚昧、凡庸和粗俗，这些正是我们这个时代的病态目标，正是我们这个时代的颠倒追求。活吧！活出您理应拥有的美妙人生！别让任何东西从您身边溜走。要始终不渝地追寻新的感受，不要有任何畏惧……新的享乐主义——这就是我们这个世纪缺少的东西，而您可以成为它的有形象征。您拥有如此的魅力，没有什么办不到的事情。一季之间，世界是属于您的……刚刚见到您的那一刻，我就已经看明白，您压根儿没认识到真正的自我，没认识到自己真正的潜力。您有那么多让我着迷的特质，所以我觉得，我必须跟您讲明您自己的一些事情。当时我就想，您要是荒废了自己，那可就太可惜啦，因为您的青春本来就如此短暂——如此短暂。这些平平常常的山花都会凋谢，可它们还会再开。明年六月，金链花又会像现在一样明黄照眼。不出一个月，铁线莲就会绽出紫色的星星，年复一年，始终都会有紫色的星星来装点它用叶儿织就的绿色夜晚。然而，我们的青春是一去不返的。二十岁的欢快脉搏会变得呆滞迟缓，我们的肢体会衰残，感官会朽烂。我们会渐渐退化成令人作呕的土偶，无休无止地回想那些我们畏怯逃避的激情，回想那些我们没敢屈从的美妙诱惑。青春啊！青春！世间绝无他物，唯有青春！"

多利安·格雷静静聆听，大睁着眼睛，满心惊疑。他手里的丁香花枝跌到了铺着砾石的地面，一只毛茸茸的蜜蜂飞过来，嗡嗡嗡地绕着花枝转了片刻，跟着就开始在这个细小花儿团成的椭圆星体上爬来爬去。他审视着这只蜜蜂，心里是一种对琐细事物的莫名兴趣。每当意义重大的事物令我们畏怯，每当某种无以言表的陌生情愫令我们心潮澎湃，每当某种骇人的想法突然围困我们的大脑、命令我们举手投降，我们就会竭力生发这样的兴趣。不一会儿，蜜蜂飞到了别处。他目送着它爬进一朵紫红色的田旋花①，爬进那个斑驳的小喇叭，花儿似乎颤了一颤，跟着就轻轻地摇摆起来。

突然间，画家出现在画室门口，断断续续地打了一连串手势，示意他俩进去。他俩同时转向对方，笑了起来。

"我等着呢，"画家叫道，"赶紧进来吧。这会儿的光线好极了，你们可以把饮料拿进来喝。"

他俩站起身来，慢悠悠地顺着小径往回走。两只绿白相间的蝴蝶扇着翅膀从他俩身边飞过，花园角落里的那株梨树上，一只画眉唱起歌来。

"见到我您很高兴吧，格雷先生。"亨利勋爵看着格雷说道。

"是啊，现在是挺高兴的。可我倒想知道，我能永远这么高兴吗？"

"永远！这可是个骇人的字眼儿。每次听到这个字眼儿，我都禁不住要打冷战。女人特别爱用这个字眼儿。她们总想让浪漫永留不去，结果就破坏了所有的浪漫。再者说，这还是个毫无意义的字眼儿。一时兴致和终生挚爱之间只有一点区别，也就是说，一时兴致维持的时间稍微要长那么一点儿。"

走进画室的时候，多利安·格雷用手挽住了亨利勋爵的胳膊。"既然如此，那就让我们的友情成为一时兴致吧。"他轻声说道，

---

① 田旋花（convolvulus），拉丁学名 *Convolvulus arvensis*，亦名野牵牛，多年生草本植物，分布于欧洲和亚洲，花期五至八月，花形类似牵牛花。

为自己的唐突羞红了脸,随即走上台子,摆好了先前的姿势。

亨利勋爵猛地坐进一把硕大的柳条扶手椅,静静地看着格雷。打破寂静的只有画笔在画布上涂抹的声音,而霍沃德时不时地退后几步,从远处审视自己的作品,这样的时候,房间里便是一片沉寂。斜斜的日光涌进敞开的门廊,金灿灿的尘埃翩然起舞。恍然之间,玫瑰的浓香笼罩了一切。

大约一刻钟之后,霍沃德停了下来。他咬着一支大画笔的笔头,皱起双眉,先是盯着多利安·格雷看了好一阵,又盯着自己的画看了好一阵。"基本上算是画完啦。"他终于嚷了一声,俯下身去,在画布的左角写上了字体纤长的朱红色签名。

亨利勋爵走上前去,仔细地审视画像。这的确是一件非凡的艺术品,而且酷肖本人。

"亲爱的伙计,我向你表示最热烈的祝贺,"他说道,"这是当今时代最出色的一幅肖像。格雷先生,过来看看您自己吧。"

小伙子打了个激灵,如梦方醒。"真的画完啦?"他咕哝了一句,从台子上走了下来。

"基本上画完了,"画家说道,"你今天的表现棒极啦,我真是感激不尽。"

"这都是我的功劳,"亨利勋爵插了一句,"对吧,格雷先生?"

多利安没有答腔,只是无精打采地走到自己的画像跟前,转身对着画像。看到画像,他往后缩了一缩,喜悦的红晕从他的两颊一掠而过。他眼里漾起快乐的神采,仿佛是第一次看清了自己的本相。他一动不动地站在原地,满心惊异,虽然模模糊糊地意识到霍沃德在跟自己说话,但却一个字也听不进去。恍如天启一般，他意识到了自身的美，而他以前从未意识到这一点。以前他觉得，巴兹尔·霍沃德的恭维只是出于友情，只是过甚其词的漂亮话，听过笑过也就忘了。那些话并没有影响到他的天性。然后呢，亨利·沃顿勋爵来了，说了一大通赞美青春的古怪颂词，还有青春易逝的骇人警告。这些话当时就搅得他心绪不宁，到了现在，他站在这里凝视自身美貌的影像，这才一下子领悟了这些话的全部涵义。是啊，总有一天，他的脸庞将会皱缩干瘪，他的眼睛将会暗淡失色，他的躯体也会衰颓变形、无复优雅。嫣红会从他的唇边褪去，金色也会从他的发际溜走。生活会成就他的灵魂，同时也会毁损他的肉体。他终究会变得形容可怖、丑怪至极、粗鄙不堪。

想到这里，一阵尖锐的剧痛像刀子一般扎穿了他的身体，他天性之中的每一丝敏感纤维都为之瑟瑟抖颤。他的双眼凝成了紫水晶的颜色，笼上了一层泪水的雾气。他觉得，一只冰冷的手攫住了他的心。

"难道你不喜欢吗？"霍沃德终于叫道。他觉得有点儿伤心，因为小伙子沉默不语，而他不知道缘由何在。

"他当然喜欢，"亨利勋爵说道，"谁会不喜欢呢？这是当代艺术最了不起的杰作之一。你要什么我都会给，这幅画我要定了。"

"这幅画并不属于我，哈里。"

"那它属于谁呢？"

"当然是属于多利安。"画家回答道。

"他可真是走运。"

"真是可悲！"多利安·格雷喃喃说道，眼睛仍然紧盯着自己的画像,"真是可悲!我会变老,变丑,变得形容可怖,这幅画却会永葆青春。它永远也不会老,永远都是六月里这个日子的模样……要是能倒过来就好了!要是我永葆青春,画渐渐变老就好了!要是能这样——要是能这样——我愿意付出一切!是的,只要这世上有,没有什么我不愿意付出!我愿意付出自己的灵魂!"

"你不会赞成这样的安排吧,巴兹尔,"亨利勋爵笑着嚷道,"这样的话,你的作品可吃不消啊。"

"我会坚决反对,哈里。"霍沃德说道。

多利安·格雷转过身来,看着霍沃德。"我知道你肯定会反对,巴兹尔。你喜欢你的艺术,胜过喜欢你的朋友。对你来说,我不过是一尊生了绿锈的青铜雕像。要我说,还不如青铜雕像呢。"

霍沃德惊得目瞪口呆。这么说话可不像多利安啊。出了什么事情?多利安好像很是气恼,面色绯红,双颊似火。

"没错,"多利安接着说道,"对你来说,我还不如你那件牙雕的赫尔墨斯,不如你那件银制的法翁[①]。你始终都会喜欢它们。可是,你能喜欢我到什么时候呢?依我看,应该是到我长出第一条皱纹的时候吧。现在我知道了,一旦失去了好看的外表,人也就失去了一切,什么人都不例外。你的画让我明白了这个道理。亨利·沃顿勋爵说得一点儿也不错,青春是唯一一件值得拥有的东西。一旦发现自己开始变老,我就要自寻了断。"

霍沃德一下子脸色煞白,抓住了多利安的手。"多利安!多利

---

① 赫尔墨斯(Hermes)是古希腊神话中诸神的信使;法翁(Faun)是罗马神话中半人半羊的林中神灵。

安!"他高声喊道,"别说这种话。我从来不曾有过你这么好的朋友,以后也不会再有。你不会嫉妒身外之物的,对吧?——你可比任何身外之物都要好啊!"

"我嫉妒所有永葆美丽的事物,嫉妒你给我画的这幅肖像。它凭什么留住我必将失去的东西呢?每一刻流逝的光阴都让我有所损失,又让它有所增益。噢,要是能倒过来就好了!要是画像渐渐改变,我自己永如此刻就好了!你为什么要画这么一幅画呢?总有一天,它会取笑我——毫不留情地取笑我!"说到这里,热泪涌进了他的眼睛;他抽回自己的手,一头扎到软榻上,把脸埋进垫子,似乎是在祈祷什么。

"瞧瞧你干的好事,哈里。"画家恨恨地说道。

亨利勋爵耸了耸肩。"这才是多利安·格雷的本来面目——仅此而已。"

"这不是他的本来面目。"

"就算不是,跟我又有什么关系呢?"

"刚才我叫你走的时候,你应该走了才对。"画家低声抱怨。

"你叫我留我才留的。"亨利勋爵如是反驳。

"哈里,我没法同时跟我最好的两个朋友吵嘴,可是,就因为你们两个,我已经恨上了我这辈子最好的作品。我这就把它毁掉。它能算什么呢,不就是画布加颜料吗?我不会容许它夹在我们三个中间,破坏我们的生活。"

多利安·格雷从垫子上抬起金发蓬蓬的头,脸色惨白,泪眼婆娑,看着霍沃德走向那扇拉着帘帷的长窗,走向长窗下方的那张松木画桌。他去那儿干什么?他的手指四处游走,在乱七八糟的锡颜料管和干画笔之间寻找着什么东西。没错,他找的是那把长长的调色刀,那把刀是软钢做的,刀刃很薄。他终于找到了它。他打算把画像割成碎片。

小伙子陡然止住抽泣,从沙发上一跃而起。紧接着,他冲到霍沃德的身边,夺过霍沃德手里的刀子,把刀子扔到了画室的尽头。"别,巴兹尔,别这么干!"他大声喊道,"这简直是谋杀啊!"

"我很高兴,你终于欣赏到了我作品的好处,多利安,"从震惊当中回过神来之后,画家冷冷地说道,"我可没想到你会欣赏它。"

"欣赏它?我已经爱上了它,巴兹尔。它是我的一部分,我感觉到啦。"

"那好,等你干了之后,我会马上给你涂上清漆,装上画框,再把你送回家。到那时,你就可以随便处置你自己,想怎么着就怎么着。"说到这里,他走到画室的另一头,摇铃叫人送茶。"茶你肯定要喝吧,多利安?你也要喝吧,哈里?难不成,你们连这么简单的享受都要拒绝吗?"

"我崇尚简单享受,"亨利勋爵说道,"它们是复杂心灵的最后港湾。可我不喜欢看闹剧,戏台上面的除外。你们可真是荒唐,两个都是!我倒想知道,是谁把人定义成了一种理性动物。古往今来,就数这个定义下得最不成熟。人有许多特点,但却绝不理性。说到底,我倒是很高兴人不理性;话又说回来,我还是希望你们两个家伙不要为画像拌嘴。你倒不如把画给我,巴兹尔,那样会好得多。这个傻孩子并不是真想要它,我才是真想要。"

"你要是把画给别人的话,巴兹尔,我永远都不会原谅你!"多利安·格雷叫道,"还有啊,我不许别人管我叫傻孩子。"

"你本来就知道画是你的,多利安。还没画出来的时候,我已经把它送给你啦。"

"还有啊,您本来就知道自个儿有点儿傻,格雷先生,而且不是真的介意别人提醒您,您确实非常年轻。"

"这要是今天上午的话,我会特别介意的,亨利勋爵。"

"哈!今天上午!跟今天上午相比,您的阅历已经见长啦。"

门上传来一声叩击,管家端着满满当当的茶盘走了进来,把茶盘放在了一张日式茶几上。接下来是一阵杯碟的叮当声和一只乔治王时代①瓜棱茶瓮的嘶嘶声。再下来,一名小听差送来了两个球形的瓷食盒。多利安·格雷走上前去开始斟茶,霍沃德和亨利勋爵则懒洋洋地走到茶几旁边,揭开食盒的盖子,研究了一下里面的内容。

"咱们今晚去剧院吧,"亨利勋爵说道,"总会有哪家剧院有戏看的。我本来约了人在怀特俱乐部②吃饭,可我约的不过是一位老朋友,所以我可以发封电报向他告病,要不就说我另外约了人,没法去找他。我觉得后面这种借口相当不错,因为它坦率得叫人料想不到。"

"穿礼服真是麻烦极了,"霍沃德咕哝道,"还有啊,穿上之后的效果也难看得要命。"

"是啊,"亨利勋爵心不在焉地回答道,"十九世纪的衣装十分可恨,实在是太严肃、太压抑了。现代生活只剩下一抹真正的色

---

① 乔治王时代指英王乔治一世至乔治四世在位的时代,亦即 1714 至 1830 年。
② 怀特俱乐部(White's)是伦敦一家历史悠久的俱乐部,至今犹存。

彩,那就是罪孽。"

"你真的不应该当着多利安说这种话,哈里。"

"当着哪个多利安?是正在给咱们斟茶的那个,还是画里的那个?"

"当着哪个都不行。"

"我愿意跟您一起去剧院,亨利勋爵。"小伙子说道。

"那就一起去好了。你也去,巴兹尔,对吧?"

"我去不了,真的,而且我也不想去。我有一大堆工作要做。"

"好吧,那咱俩就自个儿去,格雷先生。"

"再好不过啦。"

画家咬住自己的嘴唇,端着茶杯走到了画像跟前。"我还是跟真的多利安一起待着吧。"他伤感地说道。

"它就是真的多利安吗?"画像的原版嚷道,跑到了霍沃德身边,"我真的跟它一样吗?"

"是的,你跟它一模一样。"

"太好啦,巴兹尔!"

"最低限度,你的外表跟它一模一样。只不过,它永远也不会改变,"霍沃德叹道,"这一点很重要。"

"说到忠诚,人们可真是大惊小怪!"亨利勋爵高声说道,"不是吗,就连爱情的忠诚也不过是一个纯粹的生理学问题,跟我们自己的意愿全不相干。年轻人求忠诚而不得,老年人求不忠而不能,别的就没什么可说的啦。"

"今晚别去剧院了吧,多利安,"霍沃德说道,"留下来跟我一块儿吃饭。"

"不行啊，巴兹尔。"

"为什么？"

"因为我答应了跟亨利·沃顿勋爵一起走。"

"你说话算数，他也不会更喜欢你。他自己就总是说了不算。我求你了，别走。"

多利安·格雷笑着摇了摇头。

"我恳求你。"

小伙子犹豫片刻，望向了茶几旁边的亨利勋爵，勋爵正在打量他俩，脸上带着饶有兴致的笑容。

"我一定得走，巴兹尔。"他回答道。

"好极了，"霍沃德说道，随即走到茶几旁边，把自己的杯子放进了茶盘，"时间不早啦，再说了，既然你们还得换衣服，那就最好马上动身。再见，哈里。再见，多利安。早点儿过来看我。明天就来吧。"

"没问题。"

"你不会忘了吧？"

"不会，当然不会。"多利安叫道。

"还有……哈里！"

"怎么啦，巴兹尔？"

"今早咱俩在花园里的时候，我关照过你一些事情，你可别忘了。"

"我已经忘了。"

"我信任你。"

"我也希望我能够信任自己，"亨利勋爵笑着说道，"走吧，格雷先生,我的出租马车就在外面,我可以捎您去您的住处。再见,巴兹尔。这个下午再有意思不过啦。"

他俩刚刚带上房门,画家就一头栽倒在一张沙发上,脸上露出了痛苦的表情。

第三章

第二天中午十二点半,亨利·沃顿勋爵从柯曾街溜达到了奥尔巴尼①,去看望他的舅舅弗尔默勋爵。弗尔默勋爵是个老单身汉,和蔼可亲,举止则多少有些粗野。外界都说他自私自利,因为外界没从他那儿得到什么好处,上流社会却认为他慷慨大方,因为他养活那些哄他开心的人。他父亲曾经是我国驻马德里的大使,那时候伊莎贝拉年纪尚轻,普里姆②也还是无名小卒。不过,他后来因为一时意气退出了外交界,由头是国家没给他驻巴黎大使的职位,而他觉得自己出身名门,生性懒散,既写得一手漂亮的急件公文,又拥有毫无节制的享乐激情,因此就完全有资格得到这个任命。他儿子本来是他的秘书,这时就干了一件让当时的人们觉得有点儿犯傻的事情,跟上司父亲一块儿辞了职。几个月之后,做儿子的继承了父亲的爵位,随即投入了一项严肃的研究,研究的是那门了不起的贵族技艺,也就是完全不做任何事情。他在城

---

① 奥尔巴尼(Albany)是当时伦敦的一处著名住宅,由许多单身公寓组成。许多英国名人都曾在此居住,比如诗人拜伦和政治家格莱斯顿。
② 伊莎贝拉即西班牙女王伊莎贝拉二世(Isabella Ⅱ,1830—1904),1833年即位,1868年遭到废黜;普里姆(Juan Prim y Prats,1814—1870)为西班牙重要将领及政客,在废黜伊莎贝拉二世的过程中发挥了重要作用。

里有两幢大宅，但却喜欢窝在奥尔巴尼的公寓里，一日三餐基本靠俱乐部解决，图的是省事。他花了点儿心思来打理英格兰中部各郡的自家煤矿，还为自己这个从事实业的污点找到了借口，声称煤炭也有一个好处，可以让一位绅士有能力负担在自家壁炉里烧柴禾的高雅生活。政治上他属于托利党①，托利党在台上的时候除外，托利党在台上的时候，他总是大放厥词，痛骂他们是一帮激进分子。他是他贴身男仆心目当中的好汉，又是他大多数亲戚心目当中的煞神；他受尽了贴身男仆的欺侮，转头又欺侮自家的亲戚。只有英格兰才能出产他这样的人物，可他却总是说，这个国家正在走向毁灭。他那些原则都已经过了时，他那些偏见倒还值得大书特书。

亨利勋爵走进房间，发现舅舅坐在屋里，身穿一件厚实的猎装，嘴里叼着一支方头雪茄，一边看《泰晤士报》，一边叽里咕噜地发牢骚。"呃，哈里，"老绅士说道，"什么事情让你这么早就出门呢？我还以为你们这些花花公子不到两点不起床，不到五点不见人哩。"

"完全是因为天伦之爱，这您只管放心，乔治舅舅。我想从您这儿弄点儿东西。"

"是钱吧，"弗尔默勋爵说道，扮了个苦笑的表情，"好啦，坐下来讲讲到底怎么回事吧。这年月，年轻人总觉得钱就是一切。"

---

① 托利党（Tory）是英国保守党的旧名，当时的托利党是政治上的保守派。

"没错，"亨利勋爵一边嘀咕，一边整理外套上的襟花①，"还有啊，等到年纪渐长，他们才会真正明白这一点。不过，我要的可不是钱。只有欠账就还的人才需要钱，乔治舅舅，可我是从来不还账的。信用是年轻人的资本，靠它就可以过上惬意的生活。再者说，我总是跟达特莫尔的商贩做买卖，所以他们从来不找我的麻烦。我要的是情报：当然喽，我要的不是有用的情报，而是没用的情报。"

"行啊，但凡是英格兰的蓝皮书②里有的东西，我都可以告诉你，哈里，只不过，这年月，那些家伙总是写得废话连篇。我还在外交界的时候，情况要比现在好得多。可我听说，眼下他们打算通过考试来录用外交人员。你能指望什么呢？考试这东西，先生啊，从头到尾都是纯粹瞎扯的玩意儿。是绅士的人，懂的东西自然够用，不是绅士的话，懂了也是有害无益。"

"蓝皮书里并没有多利安·格雷先生，乔治舅舅。"亨利勋爵懒洋洋地说道。

"多利安·格雷先生？他是谁啊？"弗尔默勋爵问道，皱起了浓密的白眉。

"我这次来，恰恰是为了打听这个，乔治舅舅。这么说好了，

---

① 襟花（button-hole）是别在外套翻领上作为装饰的花朵，当时是常用物品，如今只限于特定的正式场合。

② 蓝皮书（Blue Book）指的可能是政府报告，因为十九世纪及二十世纪初英国议会及枢密院的正式报告通常是深蓝色封面，也可能是指上流社会人名录，因为据西方学者所言，王尔德在这里用的本来是"address book"（人名录），后来才改成"Blue Book"。

我知道他是谁。他是最后一世克尔索勋爵的外孙,母亲姓德伏罗,玛格丽特·德伏罗夫人。我想跟您打听一下他的母亲。她是个什么样的人?嫁的又是谁?您那个年代的人您差不多都认得,所以您兴许认得她。眼下呢,我对格雷先生非常感兴趣。我跟他刚刚认识。"

"克尔索的外孙!"老绅士重复了一遍——"克尔索的外孙!……当然喽……我跟他母亲非常熟。依我看,我应该参加过她的洗礼。她是个特别美丽的姑娘,玛格丽特·德伏罗,后来却让所有的男的发了狂,因为她跟人私奔,跟的还是一个一文不名的小伙子,一个什么都不是的家伙,先生啊,她跟的是某个步兵团的一名尉官,大概就是这类角色。没错,整件事情我记得清清楚楚,就跟昨天的事儿一样。他俩结婚才几个月,那个倒霉的小伙子就死在了斯巴①的一场决斗里。这里边有一点儿龌龊的内情。他们说,克尔索找了个下流的投机分子,找了个比利时的畜生,叫那个家伙当众羞辱自个儿的女婿,他付了钱给那个家伙,先生啊,付了钱让那个家伙去干这件事情,那家伙一剑捅穿了他的目标,就跟捅一只鸽子似的。这件事情被人压了下去,不过,老天爷,接下来的一段时间,克尔索在俱乐部里吃牛排的时候可没有伴儿啦。我听说,他带着女儿回了国,女儿再也没跟他说过一句话。哦,对了,这事情惨极啦。姑娘也死了,没到一年就死了。这么说,她还留下了一个儿子,是吗?我倒不记得这个。这孩子什么样啊?他要是随他母亲的话,肯定得是个中看的小伙子。"

---

① 斯巴(Spa)为比利时中东部城镇及疗养胜地,因具有疗效的矿泉闻名。

"他长得非常中看。"亨利勋爵立刻附和。

"但愿他能够得到好人的看顾,"老人接着说道,"要是克尔索待他公道的话,应该会有一大笔钱等着他。他母亲也有钱,她祖父把瑟尔比产业整个儿地传给了她。她祖父痛恨克尔索,认为克尔索是个下流坏。克尔索也确实是。我还在马德里的时候,他来过一次。老天爷,我可真替他害臊。那时候,西班牙女王老是跟我打听,那个总为车资跟车夫吵架的英国贵族是怎么回事。他们把这件事情传得沸沸扬扬。整整一个月,我都不好意思在宫里露面。但愿他待自个儿的外孙能比待车夫好点儿。"

"这我可不清楚,"亨利勋爵回答道,"我觉得,这孩子将来应该挺富裕的。他还没成年呢。瑟尔比产业是他的,这我知道。他自个儿跟我说的。还有……他母亲非常漂亮吗?"

"玛格丽特·德伏罗是我这辈子见过的最漂亮的可人儿之一,哈里。究竟是什么诱使她走上了那条路,我始终想不明白。只要她愿意,想嫁谁就可以嫁谁。卡灵顿追她追得发了狂。话说回来,她这个人是很浪漫的,那个家族的女人都是这样。她家的男人是一帮子倒霉蛋,不过,老天爷!女人可真是出类拔萃。卡灵顿都给她跪下啦,他自个儿跟我说的。可她只是嘲笑他,还有啊,当时的伦敦城里,没有哪个姑娘不想跟卡灵顿好。对了,哈里,说到愚蠢的婚事嘛,你父亲跟我说,达特莫尔打算娶个美国女人,这是个什么蠢主意?对他来说,英国姑娘还不够好吗?"

"这阵子,娶美国女人挺时髦的,乔治舅舅。"

"我觉得英国女人比哪国的都好,哈里。"弗尔默勋爵说道,用拳头捶了捶桌子。

"现在的人都把宝押在美国女人身上。"

"她们没长性,我是这么听说的。"做舅舅的嘟哝道。

"长时间的纠缠会让她们筋疲力尽,可她们是障碍赛马的一流好手。她们都是速战速决。依我看,达特莫尔跑不了。"

"她的家人都是谁呢?"老绅士发起了牢骚,"她有家人吗?"

亨利勋爵摇了摇头。"美国姑娘最擅长隐瞒自己的家世,就跟英国女人擅长隐瞒自己的过去一样。"他这么应了一句,起身准备离开。

"她家是做猪肉包装的,是吗?"

"是才好呢,乔治舅舅,对达特莫尔有好处。我听说,除了政治以外,猪肉包装是美国最有油水的行当啦。①"

"她长得好看吗?"

"她是按美人的规格来摆谱的。大多数美国女人都是这样,她们的魅力就是这么来的。"

"这些美国女人也真是,干嘛不能在自个儿的国家好好待着呢?她们不是总跟我们说,美国是女人的乐园嘛。"

"确实是。就是由于这个原因,她们才会如此迫不及待地逃出来,跟夏娃一样,"亨利勋爵说道,"再见,乔治舅舅。再待下去,

---

① 这里的"猪肉包装"一方面包含看不起暴发户的贬低之意,一方面也有历史渊源。1812年6月,美国以英国施加的贸易限制为由向英国宣战,战争于1815年结束,双方大致打成平手,史称"一八一二年战争"(War of 1812)。战争期间,美国商人塞缪尔·威尔逊(Samuel Wilson,1766—1854)为政府军供应猪肉牛肉,因此闻名全美。据说美国政府的绰号"山姆大叔"(Uncle Sam)即得自塞缪尔·威尔逊,因为威尔逊外号"Uncle Sam",缩写正好是"U.S."。

我就赶不上午饭啦。谢谢您把我想要的情报给了我。我总想知道新朋友的一切事情,同时又不想知道老朋友的任何事情。"

"你要去哪儿吃午饭呢,哈里?"

"去阿加莎姑妈那儿。我请了我自个儿,还请了格雷先生。他是她最新的得意门生。"

"哼!你跟你的阿加莎姑妈说一声,哈里,别再拿她那些慈善募捐来烦我啦。那些东西我已经烦透了。不是吗,这位好好女士觉得我没事干,只能为她那些愚蠢的兴致开支票。"

"好的,乔治舅舅,我会跟她说的,只不过,说了也是白说。慈善人士是完全不通人性的,这是他们最大的特色。"

老绅士闷哼一声表示同意,摇铃叫来了仆人。亨利勋爵穿过低矮的拱廊走上伯灵顿街,往巴克利广场①的方向走去。

原来,多利安·格雷的父母竟有如此这般的遭际。虽然舅舅讲得粗略,这段往事还是让他心潮起伏,因为它带有一种几近现代特色的奇异浪漫。为了一种疯狂的激情,一个美丽的女人抛下了一切。几星期快乐欢愉的狂乱日子,终结于一桩骇人听闻的诡谲罪行。几个月默默无言的极度痛苦,一个孩子在苦难之中降临人世。死神夺走了母亲,留下孤苦的孩子去承受一个冷酷老头的专横压迫。没错,这样的身世十分有趣。现在看来,它调教了这个小伙子,让他变得更加完美。世上有过的每一件绝美之物,背后都藏着某种悲剧。万千世界必须经历分娩的阵痛,才能催开

---

① 伯灵顿街(Burlington Street)应即新伯灵顿街(New Burlington Street),它和巴克利广场(Berkeley Square)都是伦敦西区的上流所在。

最为微不足道的花朵……昨晚吃饭的时候,他的模样多么迷人啊。在俱乐部里,他坐在自己对面,眼色惊惶,嘴唇在且喜且骇的激动之中微微张开,脸上浮现青春觉醒的玫瑰色异彩,又被红色的烛罩映得愈发浓艳。与他交谈,好比演奏一把制作精良的小提琴,琴弓的每一次触碰和振动都让他应答如响……对他人施加影响的行动有一种无比醉人的乐趣,其他任何行动都不能与之相提并论。将你的灵魂注入一个优雅的形体,让它在那里逗留片刻;倾听你自己的高妙见解引发的回响,回响之中还添上了激情与青春奏出的所有音乐;将你的气质化作某种神妙的液体,抑或是某种奇异的香气,让它濡染另一种气质:这样的过程确实能带来真正的快乐——兴许得算是我们这个时代剩下的最大快乐,因为这个时代如此狭隘、如此粗俗,彻底耽于肉欲,目标极尽凡庸……此外,这个小伙子,他借由无比离奇的机遇在巴兹尔画室中认识的这个小伙子,实在是一个奇迹般的样板,至少是一块可以锻造成奇迹般样板的材料。他拥有如此的优雅,拥有少年时代的无瑕纯白,他的美也堪比留存至今的古希腊大理石雕像。有了这样的良材,没有什么不能造就。你可以用他铸出一个泰坦[①],也可以把他做成一件玩具。如斯美丽终将凋残,这是何等的遗憾!……巴兹尔呢?从心理学的角度来看,他可真是有趣!匪夷所思的是,仅仅因为某个人在他眼前出现,他就获得了全新的艺术表达方式,获得了审视生活的全新眼光,而那个人自己却对此一无所知;无声的精灵栖居在昏昧的林地,无影无形地行走在开阔的

---

① 泰坦(Titan)是古希腊神话中的巨人。

原野，如今却突然像树妖①一样，无所畏惧地在他面前现了形，因为那种奇妙的眼力已经在他渴慕精灵的灵魂里醒来，只有那种眼力能让美妙的事物无所遁形；恍然之间，事物那些微不足道的形状和样式得到了升华，具有了某种象征意义，仿佛它们本来就是其他某种更完美形式的图解，是那种形式的投影：这一切何等离奇！他蓦然记起，历史上也有过与此相似的例子。难道说，第一个解析这种状况的不正是柏拉图②，不正是那个思维的艺术家吗？难道说，波纳罗蒂③不曾将它铭刻在如同斑斓大理石的十四行诗里吗？可是，到了我们自己的这个世纪，它却显得如此离奇……是的，他要努力启发多利安·格雷，就像这个小伙子在无意之中启发了画出那幅奇妙肖像的画家一样。他要想方设法地控制这个小伙子——事实上，他已经成功了一半。他要把那个奇妙的精灵据为己有。这个诞生于爱情与死亡的孩子，身上着实有一种让人神往的东西。

　　他突然停住脚步，抬眼扫视周围的房子，发现自己已经过了姑妈家，还多走了一段路。他冲自己笑了笑，转身往回走。走进

---

① 树妖（Dryad）是古希腊神话中的林中女仙。
② 古希腊哲学家柏拉图（Plato，前428？—前348？）认为，存在一个由"理念"（Idea）或"形式"（Form）构成的"真实世界"，真实世界完美永恒，我们所感知的现实世界变动不居，只是真实世界的不完美投影。
③ 波纳罗蒂（Buonarroti）就是文艺复兴时期的意大利艺术巨匠米开朗基罗（Michelangelo Buonarroti，1475—1564）。米开朗基罗的主要成就是雕塑和绘画，同时也写过不少十四行诗，其中一些表达了对俊美青年的向慕，带有强烈的同性恋意味。

那个多少有点儿阴郁的门厅之后，管家告诉他，大家都吃午饭去了。于是他把帽子和手杖交给一名男仆，径直走进了餐厅。

"次次迟到，哈里。"他姑妈嚷道，冲他大摇其头。

他随口编了个理由，坐进姑妈身边的空座，接着就环顾四周，看看桌上都有些什么人。桌子远端的多利安腼腆地冲他点了点头，脸颊上悄悄浮起一抹喜悦的红晕。坐他对面的则是哈莱公爵夫人，夫人拥有令人赞佩的好心眼儿和好脾气，深得所有熟人的喜爱，身材则拥有种种阔绰的建筑比例，这样的比例如果出现在不是公爵夫人的女性身上，当代的历史学家就要称之为肥胖。公爵夫人右边坐的是托马斯·伯顿爵士，爵士是一名激进派议员，奉行一种众所周知的明智准则，在公众生活当中追随本派的领袖，私生活当中则追随最好的厨子，跟托利党人一起吃饭，又跟自由党人想法一致。公爵夫人左边的座位由特雷德利①的厄斯肯先生占据，这位老绅士拥有可观的魅力和修养，只可惜染上了缄口不言的坏习惯，根据他对阿加莎夫人的解释，这是因为他三十岁之前就把要说的话说完了。亨利勋爵自己的邻座是范德勒太太，太太是他姑妈年头最久的朋友之一，更是女性之中的十足圣贤，美中不足的是衣着极其寒酸，让人联想到一本装订拙劣的赞美诗集。幸运的是，范德勒太太的另一边坐的是福德勋爵，福德勋爵是一名顶顶聪明的中年庸才，头顶跟下院的各部陈述一样空无一物，而太太正在跟福德勋爵交谈，态度无比认真严肃。这样的态度，按亨利勋爵的评价，是唯一一种不可饶恕的毛病，真正的好人都会染

---

① 特雷德利（Treadley）是作者虚构的地名。

上这种毛病，染上之后就无法彻底戒除。

"我们正在议论可怜的达特莫尔呢，亨利勋爵。"桌子对过的公爵夫人叫道，乐呵呵地冲他点了点头，"依您看，他真的会娶这个迷人的小妮子吗？"

"据我所知，她已经打定主意向他求婚了，公爵夫人。"

"真要命！"阿加莎夫人大叫一声，"说真的，得有人出来管管才行。"

"我听说，而且是从绝对可靠的方面听说，她父亲是开美国干货铺的。"托马斯·伯顿爵士说道，一副高人一等的模样。

"我舅舅都提过猪肉包装的事儿了呢，托马斯爵士。"

"干货！美国干货都是些什么呢？"公爵夫人问道，惊讶地举起了硕大的双手，还把"是"这个字说得特别重。

"美国小说呗。"亨利勋爵一边回答，一边取了点鹌鹑肉。

公爵夫人一脸迷惑。

"别理他，亲爱的，"阿加莎夫人悄声说道，"他说话从来不当真的。"

"发现美洲的时候。"激进派议员说道，跟着就开始列举种种无聊乏味的事实。跟所有想要榨干话题的人一样，他榨干了听众的耐性。公爵夫人叹息一声，行使了她的打断特权。"老天保佑，当初没发现美洲就好啦！"她高声嚷道，"说真的，这年月，我们的姑娘都没了机会。太不公平啦。"

"没准儿啊，归根结底，美洲从来就不曾被人发现，"厄斯肯先生说道，"照我自个儿的意见，它仅仅是被人察觉到了而已。"

"噢！可我已经看到了美洲居民的样板，"公爵夫人含含糊糊地回答道,"老实说,大多数样板都挺漂亮的。还有啊,她们也很会打扮。她们的衣服全是从巴黎买来的,我要有钱学她们的样就好啦。"

"他们说,好的美国人死了都上巴黎。"托马斯爵士吃吃地笑了起来。幽默感丢弃的过时衣物,他捡了整整一大橱。

"真的啊!那么,坏的美国人死了又上哪儿呢?"公爵夫人刨根问底。

"上美国。"亨利勋爵咕哝道。

托马斯爵士皱起了眉头。"要我说,令侄恐怕是对那个伟大的国家抱有偏见,"他冲阿加莎夫人说道,"我曾经坐着汽车环游美国,车都是那些公司董事安排的,他们在这些事情上真是客气极啦。我敢跟您打包票,去了您就会大开眼界。"

"可是,为了开眼界,我们就非得去芝加哥瞧瞧吗?"厄斯肯先生愁苦不堪地问道,"那样的旅行我可吃不消。"

托马斯爵士摆了摆手。"特雷德利的厄斯肯先生把整个世界都收进了自个儿的书架。我们这些讲实际的人却喜欢眼见为实,不喜欢书本上读来的东西。美国人有趣极了,而且绝对理性。依我看,这是他们最显著的特点。真的,厄斯肯先生,这是个绝对理性的民族。我敢跟您打包票,美国人是没有空谈瞎扯这一说的。"

"真要命!"亨利勋爵叫道,"我受得了野蛮的暴力,野蛮的理性却让我消受不起。理性用得有点儿滥啦,完全是贬低智力。"

"我不明白您的意思。"托马斯爵士说道,一张脸涨得通红。

"我明白,亨利勋爵。"厄斯肯先生轻声说道,微微一笑。

"悖论当然有它的好处……"从男爵^①又接上了话茬。

"他的话能算悖论吗?"厄斯肯先生问道,"我不这么觉得。兴许算吧。这么说好了,悖论的逻辑就是真理的逻辑。要检验真理的可靠性,我们就必须得让它走走钢丝。只有在真理信条开始耍杂技之后,我们才能判断它们的对错。"

"我的天哪!"阿加莎夫人说道,"你们男的可真是喜欢争论!我敢说,我永远也搞不懂你们在说什么。噢!哈里,你真是让我生气。你干吗要劝我们好心的多利安·格雷先生放弃东区呢?你一定得明白,他会成为我们的无价之宝。他们肯定会喜欢听他演奏的。"

"可我希望他为我演奏。"亨利勋爵笑着嚷道,随即朝桌子远端望去,看到了一个喜悦的回应眼神。

"可是,白礼拜堂的那些人太不幸啦。"阿加莎夫人接着说道。

"我什么都能同情,唯独不同情苦难,"亨利勋爵一边说,一边耸了耸肩,"我没法同情这个,因为它太丑陋、太可怕、太压抑。现代人对痛苦的同情包含着一种极其病态的心理。你应该与生活里的色彩、美和欢乐同情共感,生活的疮疤还是少揭为妙。"

"尽管如此,东区仍然是一个非常重要的问题。"托马斯爵士如是评论,神色凝重地摇了摇头。

"没错,"年轻的勋爵回答道,"这个问题的根子是奴隶制度,

---

① 从男爵(baronet)是英格兰最低的一种世袭爵位,拥有此头衔的人不在贵族之列,称谓为"Sir"(爵士),跟其他获得骑士勋位的平民一样。这里的"从男爵"就是指托马斯爵士。

我们呢，却打算通过逗奴隶开心来解决它。"

政客恶狠狠地盯着勋爵。"那么，按您的意见，怎么改变才对呢？"他问道。

亨利勋爵笑了起来。"我不希望改变英国的任何事物，只有天气除外，"他回答道，"我对哲学冥想没什么意见，不过，鉴于十九世纪已经因为透支同情破了产，我建议我们不妨请科学来挽回局面。情感的好处是让我们误入歧途，科学的好处则是没有情感。"

"可我们毕竟承担着如此重大的责任啊。"范德勒太太壮起胆子，怯生生地插了一句。

"极其重大。"阿加莎夫人随声附和。

亨利勋爵望向了厄斯肯先生。"人类太把自个儿当回事啦。这就是这个世界的原罪。要是洞穴人懂得怎么笑的话，历史肯定会大不相同。"

"您的话真是让人舒心极了，"公爵夫人颤着嗓子说道，"每次来看您这位亲爱的姑妈，我总是觉得特别羞愧，因为我对东区的事情一点儿都不感兴趣。这以后，我总算可以正眼瞧她，再也不用脸红啦。"

"脸红是非常中看的，公爵夫人。"亨利勋爵如是评论。

"那得是年轻时候才行，"公爵夫人回答道，"我这样的老妇人要是脸红，那可是非常糟糕的兆头。哈！亨利勋爵，我希望您给我讲讲，怎样才能重新变得年轻。"

勋爵思忖片刻。"您记不记得您年轻时犯过的什么大错呢，公爵夫人？"他看着桌子对面的公爵夫人，问了一句。

"要我说，恐怕是多得很。"公爵夫人叫道。

"那您就全部再犯一遍，"勋爵郑重其事地说道，"想讨回青春的话，把所有的傻事儿再干一遍就行。"

"这个主意真可心！"公爵夫人大喊一声，"我一定得付诸实践。"

"这个主意真危险！"嘴唇紧抿的托马斯爵士迸了一句。阿加莎夫人虽然摇起了头，却也忍不住觉得有趣。厄斯肯先生静静地听着。

"没错，"亨利勋爵接着说道，"这是人生的重大奥秘之一。这年月，大多数的人都死于某种慢性发作的常识，都要到为时已晚的当口才会发现，唯一能让你永不后悔的东西就是你犯下的过错。"

桌上响起一阵哄堂大笑。

勋爵在心里把玩着这个观点，越来越自以为是。他把这个想法抛到空中，改变它的形状，松手任它逃去，又将它捉拿回来，让它闪出幻梦的虹彩，又给它装上悖论的翅膀。如是这般，献给蠢事的颂词高翔天际，变成了一种哲学，哲学自身则青春焕发，捕捉到了世间乐趣的疯狂鼓点，你不妨想象，她着上酒渍斑斑的长袍，戴上常春藤编就的花环，像伯坎蒂一样在生命的山丘上尽情舞蹈，还嘲笑动作迟缓的赛利纳斯太过严肃[①]。事实在她面

---

① 伯坎蒂（Bacchante）指的是古罗马神话中酒神巴库斯的女祭司或女信徒，古希腊罗马时代的酒神祭礼以参与者纵酒狂欢以至进入迷狂状态为主要内容；赛利纳斯（Silenus）是古希腊神话中酒神狄俄尼索斯的伙伴和导师，通常被描绘为肥胖的老人。

前四散奔逃，如同受惊的林间精怪。她白皙的双足踩踏着睿智的奥马[1]身边那架巨大的榨酒机，直踩得翻涌的葡萄汁液吐出紫色的气泡，层层涌上她裸露的双腿，或是化作红色的细沫，顺着黑色酒桶汁水淋漓的倾斜桶身蠕蠕爬行。这个观点真是件非凡的即兴之作。他感觉到多利安·格雷的目光牢牢地定在自己身上，意识到听众之中有一颗他想要俘虏的心灵，才思便似乎更加敏捷，想象也更加缤纷。他聪明绝顶、惊才绝艳、放任不羁。他迷得听众灵魂出窍，他们跟着他的魔笛[2]笑个不停。多利安·格雷坐在那里，一瞬不瞬地盯着他，整个人仿佛是着了魔，唇边漾起一个又一个微笑，越来越暗淡的眼睛里凝着越来越浓重的惊疑。

到最后，现实终于化身为一名仆役，穿着当今时代的仆从制服走进餐厅，并且向公爵夫人通报，她的马车已经等在门外。夫人绞着双手，装出一副失望的模样。"真烦人！"她叫道，"我得走啦。我必须去俱乐部找我丈夫，送他去威利斯会所[3]参加一个荒唐的聚会，他得去当主持呢。要是我迟到的话，他准会火冒三丈。

---

[1] 奥马（Omar）即奥马·哈亚姆（Omar Khayyám，1048—1131），波斯科学家、哲学家及诗人，写有大量名为"鲁拜"（*Rubaiyat*）的四行诗，这些诗作因英国诗人爱德华·菲茨杰拉德（Edward FitzGerald，1809—1883）不尽忠实的译本而在当时的英国产生了很大影响。传统上认为他是一个嗜酒的享乐主义者，但这不一定符合历史事实。

[2] 这里的"魔笛"原文为"pipe"，应该是出自德国民间传说"花衣魔笛手"（*The Pied Piper of Hamelin*），传说中的主人公用魔笛迷住并引走了一个小镇上的一大群孩子。格林兄弟的《德国传说》（*Deutsche Sagen*）中收录了由此敷衍而来的故事。

[3] 威利斯会所（Willis's Rooms）是当时伦敦的一个上流俱乐部，主要功能是举办社交宴会和舞会，今已不存。

我戴了这么顶帽子,可不能跟他吵闹。这帽子太弱不禁风啦,一句刺耳的话就能把它给毁掉。不行,我一定得走,亲爱的阿加莎。再见,亨利勋爵,您特别讨人喜欢,同时又特别伤风败俗。老实说,我真不知道该怎么评价您那些观点。哪天晚上,您一定得来跟我们一起吃个饭。星期二怎么样?星期二您有空吗?"

"为了您,我可以推掉任何人,公爵夫人。"亨利勋爵说道,鞠了一躬。

"哈!您这样真是贴心,可也真是不应该,"公爵夫人叫道,"那就说好啦,您一定得来。"紧接着,她施施然走出房间,阿加莎夫人和其他女士也跟了出去。

亨利勋爵再次落座之后,厄斯肯先生挪进他近旁的一把椅子,把手搭在了他的胳膊上。

"您的谈吐让书本相形见绌,"厄斯肯先生说道,"干嘛不写一本呢?"

"我太喜欢读书啦,所以不愿意写书,厄斯肯先生。当然喽,我倒是想写一本小说,一本跟波斯地毯一样精美、一样虚幻的小说。可是,除了报纸、课本和百科全书之外,文字在英格兰已经没有市场啦。世上所有民族之中,就数英格兰人对文字之美最没感觉。"

"恐怕您说得没错,"厄斯肯先生回答道,"我自个儿以前也有一些文学抱负,只不过早就已经打了退堂鼓。好了,亲爱的年轻朋友,如果您不介意我这么称呼您的话,我能不能问问您,您午饭时说的那些话都是当真的吗?"

"我不太记得自己说过些什么了,"亨利勋爵微微一笑,"那些话都很不妥吗？"

"确实是非常不妥。实际上，我觉得您是个极其危险的人物，要是我们这位好心眼儿的公爵夫人出了什么岔子，我们都会把您算成罪魁祸首。不过，我倒是乐意跟您聊聊人生。跟我同辈的人全都是十分无趣。哪一天，您要是在伦敦待腻了，那就上特雷德利来找我吧，跟我好好讲讲您的享乐哲学，就着我有幸珍藏的一些勃艮第①佳酿。"

"乐意之至。能去特雷德利，可算是三生有幸。那儿有一位完美的主人，又有一间完美的藏书室。"

"加上您就更完美啦，"老绅士回答道，彬彬有礼地欠了欠身，"好了，我得跟您那位可敬的姑妈道别了。我该去雅典娜俱乐部②啦，眼下是我们去那儿打瞌睡的时间。"

"你们都去吗，厄斯肯先生？"

"四十个会员都去，靠在四十把扶手椅上打瞌睡。我们正在筹建英格兰文学院呢。"

亨利勋爵哈哈大笑，站起身来。"我打算去公园③转转。"他高声说道。

他走到门口的时候，多利安·格雷捅了捅他的胳膊。"我跟您一起去吧。"格雷低声说道。

---

① 勃艮第（Burgundy）为法国东部的著名葡萄酒产区。
② 雅典娜俱乐部（Athenaeum）是伦敦的一个俱乐部，门廊上方有一尊雅典娜雕像，俱乐部会员中包括很多知识界名流。该俱乐部至今犹存。
③ "公园"的英文是大写的"the Park"，特指伦敦名胜海德公园（Hyde Park）。本书后文的"公园"亦然。

"可我记得您答应了要去看巴兹尔·霍沃德啊。"亨利勋爵回答道。

"我更愿意跟您去;真的,我觉得我必须跟您去。求您让我去吧。还有啊,您能不能答应我,一直跟我聊个不停呢?谁的谈吐都没有您那么精彩。"

"咳!今天我已经谈得够多啦,"亨利勋爵笑着说道,"眼下我只想观察观察生活。愿意的话,您就跟我一起去观察吧。"

第四章

一个月之后的一天下午,多利安·格雷斜靠在一张奢华的扶手椅上。他这会儿是在梅费尔[①]的亨利勋爵宅邸,在勋爵那间小小的藏书室里。别具一格的藏书室十分惬意,渍过橄榄油的橡木壁板一直延伸到高处,壁板上方是奶油色的中楣,天花板的材质是浮雕灰泥,砖末色的厚呢地毡上点缀着一些带有长长流苏的波斯丝毯。一张椴木小桌上立着一尊克罗第翁[②]制作的小雕像,雕像旁边摆着一本《新奇百事》,是克洛维斯·伊夫为瓦卢瓦的玛格丽特[③]装订的,封面上装饰着由王后本人亲自选定的烫金雏菊。壁炉台上排着几只蓝色的大瓷罐,瓷罐里插满了鹦鹉郁金香[④]。透过小

---

① 梅费尔(Mayfair)是伦敦市中心的一个区域,当时是上流住宅区。前文中亨利勋爵对格雷说,"哪天下午到柯曾街来找我吧",柯曾街在梅费尔范围之内。

② 克罗第翁(Claude Michel,亦名 Clodion,1738—1814)为法国雕塑家,以制作陶土小雕像闻名。

③ 《新奇百事》(*Cent Nouvelles Nouvelles*)据信由法国作家及廷臣萨勒(Antoine de la Sale,1385?—1460?)于十五世纪中叶编定的一部内容香艳的故事集;瓦卢瓦的玛格丽特(Margaret of Valois,1553—1615)是法王亨利四世的王后,以聪明美貌及大胆放荡闻名;克洛维斯·伊夫(Clovis Eve,1584—1635)为法国宫廷装订师。

④ 园艺师按花形及植株大小将郁金香分为十五类,鹦鹉郁金香(parrot-tulip)为其中一类,花大而艳,花瓣卷曲,并有羽状边缘。

小的铅框窗格,伦敦夏日的杏色阳光照进了房间。

亨利勋爵还没有来。原则上他总是迟到,因为他的原则是,守时的习惯是时间的窃贼。勋爵没来,小伙子显得郁郁不乐。他无精打采地翻着一本插画精美的《曼侬·莱斯戈》①,那是他在一个书柜里找到的。房间里有一只路易十四时期②的座钟,一板一眼的单调滴答让他烦躁不已。有那么一两次,他产生了就此离去的念头。

到最后,他终于听见外面传来一声脚步。紧接着,房门开了。"你可真能耽搁,哈里!"他咕哝道。

"恐怕我不是哈里,格雷先生。"一个尖细的声音回答道。

他转头瞥了一眼,赶紧站了起来。"恕我唐突,我本来以为——"

"您本来以为来的是我丈夫,没想到是他妻子。您务必容我做个自我介绍。我对您倒是非常熟悉,因为我看过您的照片。我没算错的话,我丈夫一共有十七张您的照片。"

"不是十七张吧,亨利夫人?"

"呃,那就是十八张。那天晚上在歌剧院③,我还看见您跟他在

---

① 《曼侬·莱斯戈》(*Manon Lescaut*)是法国作家阿贝·普雷沃(Abbé Prévost,1697—1763)于1731年发表的一部小说,小说讲述贵族青年格里奥与情人曼侬·莱斯戈的爱情悲剧,曾因描写露骨而遭禁。

② 路易十四时期指法王路易十四在位的时期,即1643至1715年。

③ 这里的"歌剧院"英文是大写的"the Opera",特指伦敦最负盛名的皇家意大利歌剧院(Royal Italian Opera),该剧院于1892年更名为皇家歌剧院(Royal Opera House)。本书后文的"歌剧院"亦然。

一起呢。"她一边说，一边神经兮兮地笑，一双色如勿忘我的蒙眬眼睛上下打量着格雷。她是个奇特的女人，一身打扮总像是在万丈怒火之中设计完成，又在暴风骤雨之中穿上了身。她永远都在恋慕这个或那个人，与此同时，由于她的激情始终不曾得到回报，她也就维持住了所有的幻梦。她竭力打扮得标新立异，最终的效果却只是邋遢凌乱。她名叫维多利亚，对于上教堂有一种十足的狂热。

"我记得那晚演的是《罗恩格林》[①]，亨利夫人，对吧？"

"没错，就是我心爱的《罗恩格林》。我喜欢瓦格纳的音乐，甚于其他任何音乐。他的音乐那么响亮，所以你尽可以不停说话，别人也听不见你说了些什么。这是个了不起的优点，您觉得呢，格雷先生？"

神经质的断续笑声再一次从她薄薄的唇边迸了出来，她的手指则开始耍弄一柄长长的玳瑁裁纸刀。

多利安笑着摇了摇头。"我恐怕不这么觉得，亨利夫人。我听音乐的时候从不说话——至少是听好音乐的时候。要是听到了不好的音乐，我们倒是有责任用言谈来盖过它。"

"哈！这是哈里的观点，对不对，格雷先生？我总是能听到哈里的观点从他朋友的嘴里冒出来，只有通过这种途径，我才能知道哈里的观点。不过，您千万别以为我不喜欢好的音乐。我热爱

---

① 《罗恩格林》(*Lohengrin*) 是德国作曲家理查德·瓦格纳（Richard Wagner, 1813—1883）于1850年推出的一部浪漫主义三幕歌剧，罗恩格林是德国传奇中的英雄。

好的音乐，可又对它感到恐惧，因为它会让我变得太过浪漫。我特别仰慕钢琴家——照哈里的说法，有时候一次就仰慕两个。真不知道他们有什么地方吸引我，兴许是因为他们来自外国吧。他们全都是外国人，不是吗？就连那些英国出生的钢琴家也会在一段时间之后变成外国人，不是吗？他们这么做真是聪明，真是对艺术的极大奉承。这样就让艺术变得特别国际化，不是吗？您还没参加过我办的聚会呢，对吧，格雷先生？您一定得来参加。我虽然买不起兰花，可我在外国人身上是不惜花费的。他们能让你的屋子显得无比独特。瞧，哈里来了！哈里，我来这儿是为了找你，为了问你点儿事——要问什么我已经忘了——结果就碰上了格雷先生。我俩聊了聊音乐，聊得开心极了。我俩的意见非常一致。不对，依我看，我俩的意见非常不一致。不过，他还是非常让人开心。见到了他，我真是高兴极啦。"

"很好，亲爱的，好极了，"亨利勋爵说道，挑起月牙形的乌黑双眉，带着饶有兴致的笑容打量他俩，"万分抱歉我迟到了，多利安。刚才我去瓦杜街①看一匹老缎子，不得不跟人讲了好几个钟头的价钱。这年月，人们知道所有东西的价钱，却不知道任何东西的价值。"

"恐怕我必须走啦，"亨利夫人高声宣布，用她那种突如其来的傻笑打破了尴尬的沉默，"我答应了陪公爵夫人去兜风。再见，格雷先生。再见，哈里。你肯定要出去吃饭吧，对吗？我也是。

---

① 瓦杜街（Wardour Street）是伦敦西区的一条街，十九世纪晚期，这条街上有很多古董店。

没准儿，咱们能在索恩伯里夫人那儿碰上面。"

她急匆匆地走出房间，模样活像是一只挨了一夜雨淋的天堂鸟，身后留下一缕淡淡的缅栀子气味①。"我看也是，亲爱的。"亨利勋爵一边说，一边关上房门。接下来，他点起一支香烟，猛一下坐进了沙发。

"千万别娶麦秸色头发的女人，多利安。"抽了几口烟之后，勋爵说道。

"为什么呢，哈里？"

"因为她们太过多愁善感。"

"可我喜欢多愁善感的人。"

"压根儿就别结婚，多利安。男人结婚是因为疲倦，女人则是因为好奇，到头来，双方都只会大失所望。"

"我觉得我不太可能结婚，哈里，因为我爱得太深。这可是你的格言呢。我打算把它付诸实践，你说的话，我通通都会照办。"

"你爱的是谁呢？"亨利勋爵顿了一顿，如是问道。

"一个女演员。"多利安·格雷红着脸说道。

亨利勋爵耸了耸肩。"这样的初恋也挺平常的嘛。"

"见过她的话，你就不会这么说啦，哈里。"

"她究竟是谁呢？"

"她名叫西比尔·范恩。"

---

① 天堂鸟（bird of paradise）又称极乐鸟，是一类鸟儿的统称，雄性天堂鸟通常有极为艳丽夸张的羽毛；缅栀子（frangipani）又名鸡蛋花，是夹竹桃科一属开花灌木或小乔木的统称。缅栀子的花具有浓郁的香气。

"没听说过。"

"谁都没听说过。不过，人们总有一天会听说的。她是个天才。"

"亲爱的孩子啊，女人里边儿没有天才，这个性别是用来装饰的。她们从来都没有什么值得一说的话，只是能把话说得迷人动听而已。女人代表着物质对心灵的胜利，就跟男人代表着心灵对道德的胜利一样。"

"哈里，你怎么能这么说呢？"

"亲爱的多利安，这可不是瞎说。最近我正在研究女人，因此就很有心得。女人这个题目，并不像我原来想的那么深奥。我发现，归根结底，世上的女人只有两种，一种无姿无色，另一种多彩多姿。无姿无色的女人非常有用，如果你想博取正派体面的名声，带着这样的女人去吃晚饭就行了。另一种女人非常迷人，但却还是会犯一个错误。她们涂脂抹粉，为的是尽量显得年轻。我们祖母辈的女人也会涂脂抹粉，为的却是尽量改进谈吐。在以前，胭脂和聪颖是不分家的。到现在，这些都已经绝迹啦。只要能显得比自个儿的女儿还小十岁，时下的女人就别无所求。至于谈吐嘛，全伦敦只有五个女人算得上合格的聊天对象，其中两个还不具备进入上流圈子的资格。不说这个，你还是跟我讲讲你那位天才吧。你认识她多久了呢？"

"噢！哈里，你的观点可真吓人。"

"别管这个啦。你认识她多久了呢？"

"大概三个星期。"

"你是在哪儿碰上她的呢？"

"我这就告诉你，哈里，可你千万别给我泼冷水。说到底，要不是遇见了你,这样的事情是永远也不会发生的。你让我心里充满了一种疯狂的欲望,让我想要了解生活当中的一切。遇见你之后,我一连几天都觉得,有什么东西在我的血管里怦怦跳动。不管是在公园里晃荡,还是在皮卡迪利大街①游逛,我总是会细细打量从我身边经过的每一个人,怀着疯狂的好奇琢磨他们,琢磨他们过的是什么样的生活。有些人让我兴致盎然,还有些人让我满心恐惧。空气中流动着一种妖异的鸩毒,我如饥似渴地盼望着感官刺激……然后呢,一天傍晚,七点钟左右,我决定出门走走,看看能不能有什么奇遇。当时我觉得,我们的伦敦是这样一个灰不溜秋、人山人海的庞然大物,收容了这么些卑鄙下流的罪人,用你的话来说,还收容了这么些妙不可言的罪孽,既然如此,它保准儿给我备下了什么东西。我想象出了千万种遭际。单是想到可能遇上的危险,我就已经欣喜不已。我还想到,在我俩初次共餐的那个奇妙夜晚,你曾经告诉我,对美的追寻才是人生的真谛。我不知道自己在期盼什么,总之我走出家门,漫无目的地往东边溜达,没过多久就迷了路,周围都是乱七八糟的污秽街道和寸草不生的黑暗广场。大概八点半的时候,我路过一家俗不可耐的小剧院,剧院里有巨大耀眼的煤气灯,还有花里胡哨的节目单。门口站着一个丑怪至极的犹太人,穿着我这辈子见过的最叫人瞠目结舌的马甲,抽着一支臭气熏天的雪茄。他油腻腻的头发打着绺儿,一颗硕大的钻石在他污渍斑斑的衬衫中央闪着眩目的亮光。他一看到我就问,'要个包厢吗,老爷?'跟着就脱下帽子,十足

---

① 皮卡迪利大街(Piccadilly)是当时伦敦最重要的商业街之一,今日犹然。

一副奴才相。他身上有种东西,哈里,让我觉得挺好玩的。他这样的怪物可真是稀罕。我知道你会嘲笑我,可我确实走了进去,而且付了他整整一个畿尼①,要了舞台边上的那个包厢。到今天我也想不明白,当时我为什么要那么干;可是,要是我没么干的话——亲爱的哈里,要是我没么干的话,我就该错过我这辈子最浪漫的经历啦。我看见了,你在笑话我。你可真是讨厌!"

"我没笑,多利安;笑也不是笑你。不过,你不该说它是你这辈子最浪漫的经历,只能说它是你这辈子最初的浪漫经历。你永远都会有人爱,永远都会沉醉于爱的感觉。炽烈的激情是无所事事者的特权,也是各国有闲阶级的唯一功用。别害怕。前面还有种种美妙在等着你呢,这仅仅是开头而已。"

"在你看来,我的性情肤浅到了这种地步吗?"多利安·格雷气冲冲地嚷道。

"不对;在我看来,你的性情深沉到了这种地步。"

"这话是什么意思?"

"亲爱的孩子啊,真正肤浅的是那些一生只爱一次的人。他们自诩忠诚,自诩坚贞,要我说无非是社会习俗催生的怠惰,或者是自身想象力匮乏的结果。忠贞不渝之于情感生活,犹如一成不变之于理性人生——不过是一份失败的自供状而已。忠贞!有朝一日,我可得好好地分析分析这样东西。这里面包含着占有的贪婪。如果不是害怕让别人捡去的话,很多东西我们都会扔掉的。好啦,我不想打断你。接着讲你的故事吧。"

---

① 畿尼为英国旧币,1 畿尼等于 21 先令,即 1.05 英镑。

"哦，当时我发现自己坐进了一个窄小龌龊的私人包厢，正对着一道粗俗不堪的幕布。我从幕布后面往外张望，看了看剧院里的情况。眼前是一派艳俗的光景，到处都装饰着丘比特和丰饶角①，活像一块劣等的婚礼蛋糕。顶层楼座和大厅后排都坐得挺满的，两排又黑又脏的前座却没坐多少人，那个估计他们称之为二楼②的区域更是人影难觅。女人拿着橘子和姜汁酒走来走去，观众们猛吃坚果，吃得不亦乐乎。"

"那场面一定跟英国戏剧的全盛时期③一模一样。"

"要我说，确实是一模一样，而且让人很不舒服。我刚刚开始琢磨，接下来究竟该怎么办，突然却瞥见了节目单。你猜他们演的是哪一出呢，哈里？"

"我猜应该是《白痴小子：呆傻却纯真》。依我看，我们的先辈都喜欢那种戏。岁数越大，多利安，我越是深切地体会到，只要是先辈觉得不错的东西，我们肯定觉得不行。艺术领域的情形跟政治领域一样：先辈永远是错的④。"

"他们演的这一出，对我们来说也是不错的，哈里。他们演的

---

① 丰饶角（cornucopia）原本是古希腊神话中哺育主神宙斯的那只山羊的角，作为装饰的丰饶角通常是一只盛满花果的角形物件。

② "二楼"的英文是"dress circle"，指的是英国剧院当中从高度来说处于第二层的座席（楼座第一层），视线略高于舞台，坐这种座席曾经需要穿着正装（dress），故名。包厢、二楼和大厅前座的票价比较高。

③ 应该是指英王伊丽莎白一世（1558 至 1603 年在位）及詹姆斯一世（1603 至 1625 年在位）执政的时期，当时英国戏剧蓬勃发展，风靡朝野，有许多品流混杂的露天剧场。莎士比亚即活动于这一时期。

④ 原文为法语，出处不详。

69

是《罗密欧与朱丽叶》。说老实话,当时我很是着恼,居然会在这么个不入流的鬼地方观看莎剧。话说回来,我还是有了几分莫名其妙的兴趣。总而言之,我决心等到第一幕开场。他们的乐队糟糕至极,一个犹太青年坐在吱嘎作响的钢琴跟前充任指挥,差点儿就让我落荒而逃。到最后,大幕终于拉起,戏剧正式开场。演罗密欧的是一个上了年纪的矮胖先生,眉毛是木炭画的,嗓音嘶哑难听,身材跟啤酒桶有得一比。茂丘西奥[①]也差不多同样糟糕,演他的是戏班里的丑角,此人不光往戏里塞了不少他自个儿的笑料,还跟那些后排观众打得火热。他俩都跟舞台布景一样荒唐可笑,布景呢,一看就是乡下草台班子的手艺。可是,朱丽叶就不同了!哈里,你不妨想象一下,一个十六七岁的姑娘,小脸像花朵一样,古希腊雕塑般的小脑袋上盘着深褐色的发辫,紫罗兰色的眼睛如同激情满溢的水井,嘴唇则好比玫瑰花瓣。她是我这辈子见过的最可爱的事物。你曾经告诉我,你对苦难无动于衷,美,单只是美,却能让你泪水盈眶。不怕告诉你,哈里,当时我眼里蒙上了一层泪水的雾气,都快看不清这个姑娘啦。还有她的嗓音——我从来没听过那样的嗓音。一开始非常低,音调深沉圆润,仿佛是一字一字地钻进了你的耳朵。接下来,她略微提高音量,听起来又像是长笛,又像是远处的双簧管。演到花园那一场[②]的时

[①] 茂丘西奥(Mercutio)是莎剧《罗密欧与朱丽叶》当中的角色,为剧中主角罗密欧的密友。本书注释中与莎剧有关的说法皆以英国皇家莎士比亚剧团辑注的《莎士比亚全集》(麦克米伦出版社2007年版)为准,可能会与通行中文译本不一致的地方。

[②] "花园那一场"指的是《罗密欧与朱丽叶》第二幕第一场,男女主人公在凯普莱特家的花园里私订终身。

候,她的声音里充满了战栗的狂喜,宛如夜莺在破晓时分的鸣啭。再往后的一些瞬间,她的声音又迸发出了小提琴的狂野激情。你也知道,人的嗓音能给人带来多大的震撼。你的嗓音,还有西比尔·范恩的嗓音,都是我永远忘不了的东西。闭上眼睛,我就会听见你们两个的声音,各自诉说着不同的事情,让我不知道听谁的才好。我干嘛不能爱她呢?哈里,我真的爱她。对我来说,她就是生命中的一切。一晚接着一晚,我跑去看她的戏。这一晚她演罗瑟琳,下一晚又演伊摩琴。我看见她从爱人的唇上吮吸毒药,死在一片阴沉的意大利墓地,还看见她在亚登的森林里流浪,假扮成一个俊俏的少年,穿着紧身裤和紧身上衣,戴着雅致的小帽。她时而疯癫行事,跑到一个罪孽深重的国王面前,给国王芸香和苦草,让国王去戴去尝;时而无辜受戮,任由嫉妒的黑手扼断她芦苇一般纤细的咽喉①。我看过她现身各式各样的年代,着上各式各样的服装。寻常的女人引不起人的遐思,因为她们局限于自身所处的世纪,什么魔法也不能让她们有所改观。她们的心灵一目了然,就跟她们头上的帽子一样。这样的女人到处都是,哪一个也没有半点儿神秘。她们早上在公园里兜风,下午在茶聚上谈天,

---

① 罗瑟琳(Rosalind)是莎剧《皆大欢喜》当中的公爵之女;伊摩琴(Imogen)是莎剧《辛伯林》当中英王辛伯林与前任王后之女;"从爱人的唇上吮吸毒药……"是《罗密欧与朱丽叶》最后一场当中的情景,角色是朱丽叶;"在亚登的森林里流浪……"是《皆大欢喜》第二幕第四场当中的情景,角色是罗瑟琳;"时而疯癫行事……"是莎剧《哈姆雷特》第四幕第四场当中的情景,角色是丹麦王子哈姆雷特的恋人奥菲利娅;"时而无辜受戮……"是莎剧《奥瑟罗》第五幕第二场当中的情景,角色是威尼斯将军奥瑟罗的妻子苔丝狄蒙娜。

总是那种老套的笑容，总是那副时新的做派。你一眼就可以看穿她们。可是，一名女演员！女演员是多么地与众不同！哈里！以前你干吗不告诉我，唯一值得爱的就是女演员呢？"

"因为我爱过太多的女演员，多利安。"

"哦，是吗，都是些染头发画花脸的可怕人物吧。"

"你可不要诋毁染过的头发和描画的花脸。有些时候，这些东西也别有魅力呢。"亨利勋爵说道。

"真希望我没把西比尔·范恩的事情告诉你。"

"你没法不告诉我，多利安。你会向我通报你做过的一切，一辈子都是这样。"

"是啊，哈里，我看你说得没错。我没法不向你诉说。你对我有一种莫名其妙的影响。就算是犯下了什么罪行，我也会找你坦白的。你肯定能理解我。"

"你这样的人——照亮生活的任性阳光——绝不会犯下任何罪行，多利安。话是这么说，我还是万分感谢你这句奉承。好了，告诉我——帮我拿一下火柴，好孩子听话——谢谢——你跟西比尔·范恩究竟是什么关系呢？"

多利安·格雷一跃而起，两颊绯红，双眼冒火。"哈里！西比尔·范恩是神圣不可亵渎的！"

"只有神圣的东西才值得亵渎，多利安，"亨利勋爵说道，声音里带着一丝奇怪的哀伤，"可是，你干吗要生气呢？依我看，她迟早会是你的人。恋爱的时候，人总是以欺骗自己开始，又以欺骗他人告终。世人所说的浪漫，无非就是这么回事。据我看，无论如何，你总不会不认识她吧？"

"我当然认识她。我去那家剧院的头一个晚上,戏演完之后,那个丑怪的犹太老头就到包厢里来找我,说是要带我去后台,介绍我跟她认识。我冲他大发雷霆,并且告诉他,朱丽叶已经死了几百年,尸身也不在这儿,是在维罗纳①的一座大理石坟墓里。从他惊愕茫然的表情来看,他肯定是以为我喝多了香槟,或者是别的什么玩意儿。"

"这我倒不觉得奇怪。"

"接下来他又问我,我是不是在给哪家报纸写稿。我告诉他,报纸我连读都不读。听了这话,他好像极其失望,跟着又推心置腹地告诉我,所有的戏评家正在合起来跟他过不去,而他打算把那帮子人全部买通,一个也不落。"

"我绝不怀疑,他这种想法确实在理。不过,另一方面,从外表来看嘛,大多数戏评家的价码绝对是一点儿也不高的。"

"咳,他好像觉得他买不起那帮人哩,"多利安笑道,"不过,话说到这儿的时候,剧院已经开始关灯,所以我只好离去。他竭力推荐我尝尝他的雪茄,可我没有领情。第二天晚上,当然,我又上那家剧院去了。看到我之后,他深深地鞠了一躬,信誓旦旦地说我是慷慨的艺术恩主。他是个讨厌至极的畜生,倒是对莎士比亚有一种非凡的热情。有一次,他十分自豪地告诉我,他前后破了五次产,次次都纯粹是为了'吟游诗人②',说到莎士比亚,

---

① 维罗纳(Verona)为意大利北部城市,《罗密欧与朱丽叶》的故事发生地。
② "吟游诗人"的英文是"The Bard",加了定冠词"the"的大写"bard"可以专指莎士比亚。

他非得用这个称呼。看样子,他是把破产当成了一种荣耀。"

"确实是荣耀,亲爱的多利安——莫大的荣耀。大多数人破产都是因为对凡俗事务投入太多,为了诗意自毁前程的确是一种光荣。好了,你是什么时候跟西比尔·范恩小姐说上话的呢?"

"第三个晚上。那晚她演的是罗瑟琳。我又去看了,压根儿就忍不住。我冲她扔了一些花,而她也看到了我,最低限度,我觉得她看到了我。那个犹太老头非常执拗,似乎是非带我去后台不可,所以我就同意了。我并不急于跟她认识,这事情挺奇怪的吧?"

"不奇怪,我觉得不奇怪。"

"亲爱的哈里,为什么呢?"

"以后我再告诉你为什么。现在嘛,我只想知道这姑娘的情况。"

"西比尔吗?噢,她真是腼腆极了,温柔极了,身上还带着一种孩童的稚气。我跟她说了我对她表演的观感,她万分惊讶地睁大了眼睛,似乎是完全没有意识到自己的艺术魅力。依我看,我和她当时都很紧张。那个犹太老头笑呵呵地站在灰尘满布的化妆间门口,斟词酌句地品评我俩,我俩却站在那里默默对望,就像是两个孩子。老头非得管我叫'老爷',所以我只好跟西比尔郑重声明,我绝不是那一类的人物。她直截了当地回了我一句,'您看着更像个王子,我一定得叫您"迷人王子"'。"

"说真的,多利安,西比尔小姐还挺会奉承人的。"

"你没弄明白她的意思,哈里。她完全把我当成了戏里的一个角色,因为她对生活一无所知。她跟她母亲住在一起,那是个容色凋残的疲惫妇人,我第一次去看戏的时候,她母亲裹着一件洋红色的大袍子,演的是凯普莱特夫人①。从神情上看,她母亲应该见识过更风光的日子。"

"我知道那种神情,看着就让我扫兴。"亨利勋爵一边嘀咕,一边审视自己的戒指。

"犹太老头想跟我讲讲她母亲以前的事情,可我说我不感兴趣。"

"这么说就对啦。旁人的悲剧故事总是包含着一些无比粗鄙的东西。"

"我关心的只是西比尔本人,她的出身跟我有什么关系?从纤巧的脑袋到纤巧的双脚,她是个不折不扣、十全十美的天仙。我天天晚上都去看她演戏,她一晚比一晚不可思议。"

"最近你从不和我一起吃饭,依我看,原因就在这里吧。之前我就想,你肯定是有了一段离奇的浪漫经历。事实果真如此,只不过跟我想的不太一样。"

"亲爱的哈里,我俩不是天天都一起吃中饭或者晚饭嘛,我还跟你去了几次歌剧院呢。"多利安说道,诧异地睁大了蓝色的眼睛。

"可你总是到得特别晚。"

"呃,我没法不去看西比尔的戏,"多利安叫道,"哪怕只能看一幕也好。我如饥似渴地盼着看她,还有啊,每次想到那个娇小的象牙躯体包蕴的美妙灵魂,我心里就充满了敬畏之情。"

"今晚你有空跟我吃饭,对吗,多利安?"

---

① 凯普莱特夫人(Lady Capulet)是《罗密欧与朱丽叶》当中的朱丽叶之母。

多利安摇了摇头。"今晚她要演伊摩琴,"他回答道,"明晚是朱丽叶。"

"什么时候才是西比尔·范恩呢?"

"永远也不会是。"

"祝贺你。"

"你这人真是讨厌!她集世上所有的伟大女角于一身,绝不仅仅是一个个体。要笑你只管笑,可我告诉你,她真的是个天才。我爱她,也一定要让她爱上我。你既然懂得人生的所有奥秘,那你就教教我,怎样才能迷得西比尔·范恩来爱我!我要让罗密欧心生嫉妒,让世间那些作古的恋人为我俩的笑声自伤自怜,让我俩激情散发的缕缕气息搅得他们的飞灰产生意识,唤醒他们的枯骨来品尝痛苦。天哪,哈里,我说不出地崇拜她!"他一边说,一边在房间里来回踱步。滚热的红印烙上了他的双颊,他激动得无以复加。

亨利勋爵审视着他,心里有一种莫可名状的快意。相较于自己在巴兹尔·霍沃德画室里遇见的那个羞涩惊惶的孩子,现在的他真有天壤之别!他的天性已经绽放,开出了火焰一般的艳红花朵。他的灵魂已经悄悄走出隐秘的藏身之处,欲望也已经在半道迎上了它。

"你打算怎么办呢?"亨利勋爵终于开了口。

"我要你和巴兹尔哪天晚上陪我去看她的戏。结果如何,我一丁点儿都不担心。你们肯定会承认她的天才。然后呢,咱们得把她从那个犹太老头手里弄出来。从眼下算起,她跟那个老头还有三年的合约——至少也有两年零八个月。当然喽,我肯定得给那个老头一点儿补偿。这些事情办妥之后,我会挑一家西区[①]的剧院,让她风风光光地登台亮相。她一定能让整个世界如痴如狂,就跟让我如痴如狂一样。"

"那是不可能的,亲爱的孩子!"

"可能的,她做得到。她不光拥有艺术,不光拥有登峰造极的艺术本能,还拥有个人魅力。而你经常跟我说,改变时代的并不是原则,而是个人魅力。"

"好吧,咱们哪天晚上去呢?"

"我想想啊。今天是星期二。咱们就定明天吧。明天她演朱丽叶。"

"好的。八点钟在布里斯托俱乐部见,我负责通知巴兹尔。"

"八点不行,哈里,真的。六点半吧。咱们一定得在开场之前赶到。你们一定得看看她演第一幕,演她与罗密欧相遇的情景。"

"六点半!真够早的!这不是吃茶点或者看英文小说的时间嘛。怎么也得是七点。没有哪个绅士会在七点之前吃饭。约定的时间之前,你会跟巴兹尔见面吗?要不然,我给他写张便条?"

"亲爱的巴兹尔!我都有整整一周没瞧见他啦。我这样真是不该,因为他把我的画像送到了我那里,画框漂亮极了,是他特意为这幅画像设计的。还有啊,虽然画像比我年轻了整整一个月,弄得我有点儿嫉妒,可我必须承认,我非常喜欢它。兴许,还是你给他写条子比较好。我不想单独见他。他总是说些招我烦的话,

---

[①] 伦敦的西区(West End)是紧贴伦敦故城西侧的一片区域,从十九世纪初开始渐渐成为伦敦的上流区域,今日仍然是世界上办公室租金最高的地方之一。

总是给我忠告。"

亨利勋爵微微一笑。"人们特别喜欢把自己最需要的东西拱手让人，要我说，这才是慷慨的极致。"

"噢，巴兹尔是个顶好的伙计，我只是觉得他稍微有一点儿非利士人①的味道。认识你之后，哈里，我就发现了这一点。"

"亲爱的孩子啊，巴兹尔把他身上的迷人之处通通放进了他的作品，结果就搞得他的生活一无所有，只剩下他的偏见、他的原则，还有他的常识。我认识的本身讨人喜欢的艺术家只有一种，那就是差劲的艺术家。优秀的艺术家完全生活在自己的作品当中，这样一来，他们本身就成了完全无趣的人物。大诗人，真正的大诗人，是世上最没有诗意的造物。反过来，蹩脚的诗人倒是十分迷人。诗写得越是糟糕，诗人的外表就越是入画。单靠出版一本二流的十四行诗集，人就可以拥有无法抵挡的魅力。这样的人活出了自己写不出的诗意，其他人则写出了自己不敢践行的诗意。"

"真是这样吗，哈里？"多利安·格雷一边说，一边从桌上拿起一只黄金顶盖的大瓶子，往自己的手帕上喷了点儿香水，"既然你都这么说了，那就肯定是。好啦，我要走了。伊摩琴还在等我呢。别忘了明天的事情。再见。"

多利安走出房间之后，亨利勋爵垂下沉沉的眼睑，陷入了深

---

① 非利士人（Philistine）是《圣经》中记载的一个古代民族，生活在巴勒斯坦，长期与以色列人为敌。由于《圣经》对这个民族的贬斥，这个英文单词后来泛指缺乏文艺修养、漠视乃至敌视高雅文化的人。

深的思索。毫无疑问,没几个人曾像多利安·格雷这样,勾起了他如此强烈的兴趣,可是,小伙子对其他某个人的疯狂爱慕并没有让他产生一丁点儿的懊恼和嫉妒。恰恰相反,他为这件事情感到高兴,因为它给了他一个更加有趣的研究对象。他一直都对自然科学的方法十分着迷,只可惜自然科学的研究对象太过平凡,让他觉得琐屑无聊。于是乎,他从解剖自己开始,最终又开始解剖别人。人类的生活——在他看来,这才是唯一值得研究的事物。与之相较,其他事物都显得一文不值。当然喽,在生活那个苦乐交织的奇异坩埚里观察生活的时候,你没法用玻璃面罩挡住自己的脸,也没法防止坩埚里的硫磺浓烟滋扰你的大脑,没法防止它用丑怪的幻想和畸形的梦魇将你的想象力搅成一团混沌。有一些毒药太过诡谲,只有身受其害才能了解它们的毒性。有一些疾病太过离奇,只有得过一场才能看清它们的本质。即便如此,随之而来的奖赏又是何等丰厚!在你的眼中,整个世界会变得何等奇妙!去发现激情那种稀奇古怪的严密逻辑,还有理性那种多情善感的斑斓生活——去了解两者在何处邂逅相遇,又在何处分道扬镳,在哪些方面和谐一致,又在哪些方面水火不容——这样的探索真是其乐无穷!代价是大是小,有什么关系呢?为了任何一种感官享受,再大的代价也不为过。

他意识到——这样的意识让他玛瑙一般的褐色眼睛闪出了一抹愉悦的亮光——多利安·格雷的灵魂之所以会转向那个白纸一般的姑娘,之所以会五体投地地拜倒在那个姑娘脚下,正是因为他的某些话语,因为他用音乐一般的韵律说出的音乐一般的话语。从很大程度上说,这个小伙子是他本人的造物。他提前催熟了这个小伙子，也算是一份了不起的成就。平常人只能等着生活主动揭示自身的秘密，世间少有的命运宠儿却可以早早洞悉生活的奥秘，不用等它取下面幂。有些时候，这种状况的动因是艺术，主要是文学艺术，因为它直接探究激情和理性。不过，隔三岔五，也会有某个性格复杂的人物横空出世，代行艺术之职。实实在在地说，这样的人物本身就是一件货真价实的艺术品。跟诗歌、雕塑和绘画一样，生活也有它自己的精美杰作。

没错，小伙子已经提前成熟。春天尚未过去，小伙子就开始采收果实。他身上依然带着青春的脉动与激情，可他的自我意识正在渐渐苏醒。观察他的变化，堪称是一件赏心乐事。他拥有美丽的脸庞，还拥有美丽的灵魂，实在是一件令人叹赏的事物。这一切会有怎样的结局，或者是注定会有怎样的结局，全都是无关紧要。他就像化装游行或者戏剧当中的那些优雅人物，他们的快乐让你觉得虚无缥缈，他们的悲哀却能激发你对美的感受，而他们的伤痕，更是像红玫瑰一般娇艳。

灵与肉，肉与灵——这两样东西何等神秘！灵魂之中藏有兽性，肉体则拥有灵性闪耀的时刻。感官有升华之日，理性有堕落之时。肉体的冲动在哪里截止，精神的欲求从哪里开始，谁能说得清呢？凡俗心理学家的那些专横定义何等浅陋！与此同时，要在不同学派的主张之间做个取舍，又是何等困难！灵魂真的只是栖身罪孽之屋①的一个影子吗？如其不然，情形真的像焦尔达

---

① 这里的"罪孽之屋"（the house of sin）代指人的肉体。

诺·布鲁诺①所说的那样，是灵魂包蕴了肉体吗？精神和物质的分裂是一个谜，精神和物质的统一呢，也是一个谜。

他开始寻思，究竟能不能把心理学发展成一种无比严谨的科学，让它向我们揭示驱策人生的每一点微小动力。事实呢，我们总是误解自己，绝少理解他人。经验并不具备道德上的价值，仅仅是人类给自身错误取的别号。鼓吹道德的人一成不变地把经验看作一种警示，声称它具有某种塑造人格的道德功效，夸赞它教会了我们趋利避害。然而，经验并不拥有驱策的力量。作为一种动因，它的作用跟良知本身一样小。它真正揭示出来的道理只有一条，也就是说，我们的未来将会和我们的过去一模一样，我们懊恨不已地犯过一次的罪孽，将来还会高高兴兴地再犯许多次。

他非常清楚，要想得出关于激情的任何科学结论，唯一的方法就是进行实验；显而易见，多利安·格雷不光是一件便利就手的实验品，似乎还预示着丰硕的成果。多利安突如其来地对西比尔·范恩产生了疯狂的爱意，这是个非同小可的心理现象。毫无疑问，这种爱在很大程度上是出于好奇，出于对新鲜体验的渴望，尽管如此，它并不是一种简单的激情，反倒是十分复杂。它包含着少年时代的纯感官本能，这种本能已经在想象的作用之下转化成了另外一种东西，就连小伙子自己也觉得它与感官相隔遥远，

---

① 焦尔达诺·布鲁诺（Giordano Bruno，1548—1600）为意大利哲学家、数学家及天文学家，曾为多明我会僧侣，后被革除教籍。他信仰泛神论，发展并大力宣扬哥白尼的学说，最终被罗马教廷宣布为异端，受火刑而死。他曾提出关于灵肉统一的主张。

然而，恰恰是因为改头换面，它才蕴含着更大的危险。我们对自己隐瞒了一些激情的源头，正是这些来由暧昧的激情对我们实施着最为强力的专制。我们心里最弱小无力的动机，正是那些我们知根知底的动机。屡见不鲜的情况是，我们自以为是在拿别人做实验，真正的实验品却是我们自己。

亨利勋爵坐在那里，还在为这些事情发白日梦，门上却传来一声叩击，他的贴身男仆走进来提醒他，换衣服去赴晚宴的时间已经到了。于是他站起身来，望向窗外的街道。斜晖已经将对面房屋的上层窗户抹成了赤金的颜色，窗玻璃闪着白热金属板一般的光芒，屋宇上方的天空则仿佛是一朵凋残的玫瑰。他油然想到了那位友人炽烈如火的年轻生命，不由得暗自忖度，这一切将会如何收场。

夜里十二点半左右，他回到家里，看到门厅的桌子上摆着一封电报。拆开之后，他发现电报来自多利安·格雷。多利安发电报是为了告诉他，自己已经和西比尔·范恩订了婚。

第五章

"妈妈,妈妈,我真是太高兴啦!"姑娘轻声叫道,把脸埋在了那个面容疲惫的迟暮妇人膝上。黑暗污秽的起居室里只有一把扶手椅,妇人坐在椅上,背对着不请自来的刺目阳光。"我真是太高兴啦!"姑娘重复了一遍,"你一定也很高兴吧!"

范恩太太蹙了蹙眉,把油彩漂白的干瘦双手放在了女儿头上。"高兴!"她应了一声,"我要能高兴的话,西比尔,那也只有在看你演戏的时候。你得专心演戏,别的什么都不要想。艾萨克斯先生待咱们非常不错,咱们还欠他钱呢。"

姑娘抬头看着母亲,噘起了嘴。"你说钱吗,妈妈?"她大声说道,"钱有什么稀罕?爱情可比金钱宝贵。"

"艾萨克斯先生预付了咱们五十镑,好让咱们还债,再给詹姆斯买一身像样的行头。这你可别忘了,西比尔。五十镑是个非常大的数目。艾萨克斯先生真是体贴极啦。"

"可他不是绅士,妈妈,还有啊,我特别讨厌他跟我说话的态度。"姑娘说道,起身走到了窗边。

"没有他的话,咱们的日子还不知道怎么过呢。"年长的女人没好气地回答道。

西比尔·范恩甩甩头,笑了起来。"咱们用不着他啦,妈妈。

现在，迷人王子会替咱们安排一切的。"说到这里，她打住了话头。玫瑰在她的血液里荡漾，染红了她的双颊，急促的呼吸让她花瓣一般的嘴唇微微张开，轻轻地颤抖起来。裹挟激情的南风袭上她的全身，吹动了她长裙上的雅致皱褶。"我爱他。"到最后，她简简单单地说了这么三个字。

"傻孩子啊！傻孩子！"这一串鹦鹉学舌般的话语便是她收到的回答。妇人那些戴了假珠宝的弯曲手指摇来摇去，让这些话语显得格外诡异。

姑娘又一次笑了起来，笑声里带着笼中鸟儿的快活。她的眼睛跟上了笑声的旋律，又用熠熠的光彩来应和。紧接着，她的眼睛闭了起来，仿佛是想要掩藏自身的秘密。片刻之后，她重新睁开眼睛，眼里已经笼上了一层幻梦的迷雾。

薄嘴唇的老成世故坐在破旧的椅子上跟她念叨，提醒她三思而行，还引述了一本名为"怯懦"的书籍，书的作者冒用了"常识"的名字。她听而不闻。她在自己的激情牢狱中享受着无限的自由。她的王子，迷人王子，也和她相伴相依。她借助记忆来唤回他，打发自己的灵魂去寻找他，而灵魂已经把他带了回来。他的吻又一次烙上了她的嘴唇，他的呼吸把她的眼皮煨得火烫。

见此情景，老成世故换了个招数，开始谈论观察与发现。这个小伙子兴许很有钱。果真如此的话，婚姻就应该打进算盘。然而，世俗狡狯的波涛在姑娘坚如磐石的耳廓上撞得粉碎，老谋深算的箭矢也沾不上她的身。她看着那两片薄薄的嘴唇动个不停，顾自地莞尔而笑。

突然之间，她觉得自己必须开口。母亲滔滔不绝，她却只字不闻，这样的场面让她觉得有点儿难受。"妈妈，妈妈，"她叫道，"他为什么这么爱我呢？我知道我为什么爱他。我爱他，因为他就是爱情的化身。可是，他看中了我什么呢？我配不上他。虽然配不上——咳，我说不上来——虽然我觉得自己比他差很多很多，可我并没有自卑的感觉。我觉得自豪，自豪极了。妈妈，以前你爱爸爸，也像我爱迷人王子这样吗？"

听了这话，年长女人那涂满粗劣脂粉的双颊现出了惨白的颜色，发干的嘴唇也在突然袭来的剧痛之中抽搐起来。西比尔赶紧跑到她的身边，伸出双臂环住她的脖子，亲了亲她。"原谅我，妈妈。我知道的，一说起爸爸你就伤心。可是，你伤心也只是因为太爱他啊。别做出这么难过的样子嘛。我今天高兴极啦，就跟二十年前的你一样。噢！让我永远这么高兴下去吧！"

"孩子啊，你实在太小啦，谈情说爱的事情连想都不该想。再说了，你对这个小伙子又有几分了解呢？你连他的名字都不知道。整件事情都特别地不是时候，还有啊，说真的，考虑到詹姆斯正要去澳大利亚①，有一大堆事情要我操心，我只能说，你应该多体谅体谅我才是。不过，刚才我已经说了，要是他有钱的话……"

"噢！妈妈，妈妈，由得我高兴高兴吧！"

范恩太太瞥了她一眼，用一个夸张的舞台动作把她抱在了怀里，这样的夸张动作，经常都会成为戏剧演员的第二天性。就在这时，房门开了，一个褐发蓬乱的小伙子走了进来。他体格壮健，

---

① 澳大利亚当时还是英国的殖民地，1901年成为英国的自治领，1931年成为英联邦内的独立国家。

手大脚大，动作略显笨拙。他养得可不像姐姐那么娇贵，旁人压根儿就猜不出来，他俩竟然是至亲。范恩太太注视着他，堆出了更加灿烂的笑容。她在想象之中把自己的儿子抬上了观众的高位，并且确信不疑，这一刻的定格场景十分有趣。

"要我说，你还是留点儿亲吻给我吧，西比尔。"小伙子说道，乐呵呵地哼了一声。

"噢！你又不喜欢人家吻你，吉姆[①]，"她嚷道，"你是头可怕的大熊。"说完这话，她跑到房间对过，抱住了弟弟。

詹姆斯·范恩温柔地看着姐姐的脸。"跟我出去走走吧，西比尔。依我看，以后我再也见不到这个招人恨的伦敦啦。实话说，我也不稀罕见。"

"儿啊，别说这种吓人的话。"范恩太太一边嘀咕，一边拿起一件花里胡哨的戏装，叹了一声，开始缝补起来。儿子没有加入表演，她觉得有点儿失望。不然的话，眼下这场戏还可以演得更生动哩。

"干吗不说，妈妈？我就是这么想的。"

"儿啊，你真是让我伤心。我相信，你一定会腰缠万贯地从澳大利亚回来的。据我看，殖民地那边是没有上流社会这一说的，至少是没有我说的那种上流社会，所以啊，等你发了财以后，你一定得回来，在伦敦站稳脚跟。"

"上流社会！"小伙子嘀咕了一句，"我可不想跟那种东西沾上边儿。我只是想挣点儿钱，好让你和西比尔离开舞台。我恨死

[①] 吉姆（Jim）是詹姆斯（James）的昵称。

舞台啦。"

"噢，吉姆！"西比尔笑着说道，"你说话可真刻薄！好啦，你真的要跟我一起去散步吗？那可就太好啦！我本来还担心你要去跟朋友们道别哩——比如汤姆·哈迪，送你那只难看烟斗的那个，还有内德·兰顿，笑话你抽那只烟斗的那个。你把走之前的最后一个下午留给了我，真是太贴心啦。咱们去哪儿呢？去公园吧。"

"我这个样子太寒酸啦，"詹姆斯回答道，皱起了眉头，"只有时髦漂亮的人才去公园。"

"瞎说，吉姆。"西比尔轻声说道，捋了捋弟弟的外套袖子。

詹姆斯迟疑片刻。"好吧，"他终于说道，"可你别打扮得太久。"西比尔踩着舞步出了房间，跑上楼的时候还唱了起来。上方传来了她的歌声，还有她纤小双脚的啪嗒足音。

詹姆斯在房间里来回走了两三趟，跟着就转向椅子里那个一动不动的人影。"妈妈，我的东西都准备好了吗？"他问道。

"差不多了，詹姆斯。"范恩太太回答道，眼睛仍然盯着手里的活计。几个月以来，每次跟自己这个粗野刻板的儿子单独相处的时候，她总是觉得有点儿紧张。一旦跟儿子对上了眼，她那种遮遮掩掩的浅薄性情就会受到搅扰。她老是琢磨，儿子是不是猜到了什么。到这会儿，儿子一直都没有再开口，她渐渐无法忍受这样的沉默，于是就发起了牢骚。女人总是通过进攻来自卫，就跟她们总是通过莫名其妙的突然投降来进攻一样。"你要过你的海上生活，詹姆斯，但愿它如你的意，"她说道，"你一定得记着，这是你自个儿的选择。你本来可以找一家律师[①]事务所干干的。律师可是个非常体面的行当，要是在乡下，他们还经常跟最高贵的人家一起吃饭哩。"

"我讨厌事务所，也讨厌当办事员，"儿子回答道，"不过你说得对，我的人生是我自个儿选的。我要说的只有一句，看好西比尔，别让她受到任何伤害。妈妈，你可千万要看好她。"

"詹姆斯，你说话可真是奇怪。我当然会看好西比尔。"

"我听说有个绅士天天晚上都往剧院跑，还跑去后台跟她说话。有这么回事吗？究竟是怎么回事？"

"你说的都是些你不懂的事情，詹姆斯。干我们这行，总是会收到一大堆特别让人受用的关注。就说我自己吧，过去也常常一下子收来好多束花，那才说明人家真正看懂了你的表演。至于西比尔嘛，眼下我还不知道，她对那人的好感是不是来真的。不过，你说的那个年轻人确实是个十足的绅士，一点儿也不假。他总是对我特别客气。还有啊，他一看就是个有钱人，送的花也非常中看。"

"可你连他的名字都不知道。"小伙子毫不客气地顶了一句。

"确实不知道，"做母亲的回答道，脸上是一种泰然自若的表情，"他还没有吐露他的真名。要我说，他这样还挺浪漫的呢。他多半是个贵族。"

詹姆斯·范恩咬了咬嘴唇。"看好西比尔，妈妈，"他叫道，"千万要看好她。"

[①] 英格兰的律师分为两种，高级的是"barrister"（大律师），低级的是"solicitor"，这里的律师是"solicitor"。

"儿啊，你说得我难受极啦。我不是一直都对西比尔特别爱护嘛。不用说，要是这位绅士身家富厚，她跟他定亲也未尝不可。我看他肯定是个贵族。贵族的样儿他都有，我得说一句。对西比尔来说，这兴许是一桩再理想不过的婚事。他俩是非常般配的。他真的俊俏得不一般，大家都注意到啦。"

小伙子自顾自地嘀咕了几句，粗糙的手指敲打着窗子玻璃。他刚刚转身准备说话，房门开了，西比尔跑了进来。

"你们两个可真是一本正经！"西比尔嚷道，"怎么啦？"

"没怎么，"詹姆斯回答道，"要我说，人总得有一本正经的时候。再见，妈妈。我五点钟回来吃晚饭[①]。所有东西都收拾好了，只有衬衫还没装，所以你用不着操心了。"

"再见，儿子。"做母亲的回答道，煞有介事地欠了欠身。

儿子刚才说话的口气惹得她十分恼火，与此同时，儿子的神色之间又有一种让她畏惧的东西。

"吻我一下，妈妈。"姑娘说道。她花瓣一般的嘴唇印上母亲的枯瘠面颊，融化了母亲颊上的霜冻。

"我的孩子！我的孩子啊！"范恩太太高声叫道，抬眼望向天花板，寻找着想象之中的楼座观众。

"走吧，西比尔。"做弟弟的不耐烦地催了一句。他十分讨厌母亲的做作。

他俩走上风声飒飒、日影摇曳的街道，顺着单调乏味的尤斯

[①] 可参看前文中亨利勋爵说的"没有哪个绅士会在七点之前吃饭"。

顿路①往前溜达。这个面色阴沉的壮健青年引来了路人的惊奇目光,因为他的衣着又粗劣又不合体,身边却走着这么一个优雅高贵的姑娘。他就像一名毫不起眼的花匠,走在了一朵玫瑰旁边。

吉姆时不时地皱起眉头,每次都是因为觉察到了陌生人的好奇目光。他厌恶被人注视,这样的厌恶会出现在天才人物的暮年,更会与凡俗众人相伴终生。然而,西比尔却对自己引发的这种反应无知无觉。她的爱情徜徉在她的唇边,笑得花枝乱颤。她满心都是她的迷人王子,而且,她心里或许想得越来越多,嘴里却始终不提王子的事情,只是絮絮叨叨地谈论吉姆即将登上的那艘船,谈论他肯定会找到的金子,还有他必然会从邪恶的红衣丛林劫匪手里搭救出来的那个漂亮女继承人。因为水手也好,货舱总管也好,他将来得到的随便什么职位也好,他肯定都不会干一辈子。噢,干一辈子可不行!水手的生活太可怕啦。想想吧,圈在一艘吓人的船上,看着驼峰一般的大浪声嘶力竭地往船里涌,看着黑风刮倒桅杆,又把船帆扯成一条条尖声嘶叫的长带子!他一定得在墨尔本下船,客客气气地跟船长道个别,然后就马不停蹄地前往金矿。要不了一个星期,他肯定会撞见一大块天然的纯金,比古往今来所有人找到的金块都要大,然后就用马车把金块运到海边,由六名骑警护送。那些丛林窃匪会发起三次袭击,每次都被他们杀得血流成河。要不然……不行,他压根儿就不会去金矿。那些金矿都是吓人的地方,矿上那些男的总是在酒吧里喝得烂醉,然后就掏出枪来对打,而且满嘴脏话。他肯定会成为一个规矩体

---

① 尤斯顿路(Euston Road)是伦敦市区的一条主要街道。

面的绵羊牧场主,然后呢,一天傍晚,骑马回家的路上,他会看见一个骑黑马的强盗正在把那个漂亮的女继承人劫走,于是就追了上去,把她救了出来。当然喽,女继承人爱上了他,他也爱上了女继承人,两个人结了婚,回了国,在伦敦的一座其大无比的宅子里生活。没错,前面有许多美妙事情在等着他。不过,他自个儿也得好好表现才行;不能乱发脾气,也不能乱花钱。她虽然只比他大一岁,懂的人情世故可比他多多了。还有,他千万要记着,每班邮轮启航的时候都得给她写信,每个晚上都得做完祷告才去睡。上帝非常仁慈,肯定会照拂他。不用说,她也会为他祈祷,要不了几年,他保准儿就会回来,又富足又快乐。

小伙子闷闷不乐地听着,始终没有答腔。离家在即,他觉得心如刀绞。

然而,让他痛心郁结的还不只是离家远行。他虽然不谙世事,却也强烈地意识到了西比尔的危险处境。向她求爱的这个花花公子,保准儿对她不怀好意。这个人是个绅士,而他恨的就是这一点,这种恨出自某种古怪得让他无法解释的阶级本能,正因为无法解释,这种本能才更加霸道地主宰了他的内心。除此之外,他还意识到了母亲天性中的浅薄与虚荣,由此看到西比尔和西比尔的幸福都面临着莫大的厄运。人生之初,子女都会恋慕父母;年纪渐长,他们会对父母进行评判;仅仅是在有些时候,他们才会原谅父母。

他的母亲!他心里装着一个关于她的疑问,这个疑问,他已经默不作声地琢磨了好些个月。在剧院偶然听到的半句言语,一天夜里在后台门口等候时传入耳中的一声轻轻嗤笑,让他产生了一连串可怕的联想。他记得,自己当时的感觉就像是劈面挨了一记猎鞭①。想着想着,他的眉头攒成了一道楔子般的深沟。一阵抽搐的剧痛袭上心来,他咬住了自己的下唇。

"我说的话你一个字也没听啊,吉姆,"西比尔嚷道,"可我还在帮你制订各种最美妙的未来计划呢。说点儿什么吧。"

"你要我说什么呢?"

"噢!说你会好好表现、不会忘了我们呗,"她回答道,冲弟弟微微一笑。

詹姆斯耸了耸肩。"跟我忘了你相比,还是你忘了我的可能性大一些,西比尔。"

西比尔羞红了脸。"你这话什么意思啊,吉姆?"她问道。

"我听说,你新交了一个朋友。他是谁?你为什么没跟我提过他?他肯定是对你不怀好意。"

"别说了,吉姆!"西比尔大喊一声,"你可千万别说他的坏话。我爱他。"

"是吗,可你连他的名字都不知道,"小伙子回答道,"他究竟是谁?我有权知道这件事情。"

"他名叫迷人王子。你不会不喜欢这个名字吧。噢!你这个傻孩子!你可别忘了这个名字。你要是见到了他,一定会觉得他是这世上最好的人。以后你会见到他的,等你从澳大利亚回来之后。你会特别喜欢他的。所有的人都喜欢他,而我……爱他。真希望

---

① 猎鞭(hunting-crop)是一种没有鞭梢的短马鞭,可以用来打马,也可以用作武器。

你今天晚上能来剧院。他要来,而我要演朱丽叶。噢!不知道我演得会有多好!想想吧,吉姆,在恋爱中扮演朱丽叶!有他在台下坐着!为他的快乐演出!恐怕我会吓倒整个戏班呢,吓倒他们,或者是迷倒他们。恋爱会让人超越自我。可怜又可恶的艾萨克斯先生肯定会在酒吧里冲那些闲汉嚷嚷,'天才啊!'他本来就把我当成教义来宣传,今晚更会把我宣布为上帝的启示。我已经预感到啦。还有,这一切都属于他,只属于他,只属于迷人王子,属于我美丽的爱人,我的幸运之神。可是,跟他相比,我真是贫乏可怜。贫乏可怜?那又有什么关系?贫穷摸上门,爱情飞进窗①。我们的那些格言都得重写啦。它们都是冬天写的,现在可是夏天啦;对我来说嘛,我觉得是春天,是蔚蓝天空里的一场百花舞筵。"

"可他是个绅士。"小伙子气鼓鼓地说道。

"是王子!"她唱歌似的嚷了一声,"你还能奢望什么呢?"

"他想把你变成奴隶。"

"一想到自由我就哆嗦。"

"我要你对他多留点儿神。"

"看到他只会产生崇拜,了解他也只会产生信任。"

"西比尔,你真是爱他爱得昏了头。"

西比尔笑了起来,挽住了弟弟的胳膊。"亲爱的好吉姆呀,你说话的口气简直像个一百岁的老头。有一天,你自己也会恋爱的。

---

① 这句话是反用西方格言"贫穷上门来,爱情飞窗外",同时代英国画家乔治·沃茨(George Frederic Watts,1817—1904)创作的一幅名画就叫"贫穷上门来,爱情飞窗外"。

到那时，你就会知道恋爱是什么滋味。别这么一脸不高兴嘛。你想啊，你虽然要出远门，留在家里的我却比以前哪个时候都要快乐，想到这个，你肯定会高兴起来的。咱俩的日子都很辛苦，辛苦极了，艰难极了。可是，现在已经不同啦。你马上就要去一个新的世界，我呢，已经找到了一个新的世界。这儿有两把椅子，咱俩就坐这儿，看看那些来来往往的时髦男女吧。"

他俩在一群看热闹的人当中坐了下来。路对面的郁金香花床艳红照眼，宛如一个个跳动的火环。窒人的空气中浮着一层白色的尘埃，看着就像一大团抖颤不已的鸢尾根[①]。一把把色彩艳丽的阳伞翩跹低昂，仿佛是一只只硕大无朋的蝴蝶。

西比尔央求弟弟说说他自个儿的事情，说说他的希望和前程。弟弟说得慢吞吞的，而且非常吃力。他俩的交谈磕磕巴巴，就像赌徒收付筹码一样时断时续。西比尔觉得很是憋屈，因为她没法让弟弟感受自己的喜悦。她能从弟弟那里得到的全部响应，不过是浮现在紧绷嘴边的一丝淡淡笑意而已。过了一会儿，她陷入了沉默。突然之间，她瞥见了一头金发和一张笑意盈盈的嘴巴，多利安·格雷带着两位女士，正乘着一辆敞篷马车从她眼前经过。

她猛一下站了起来。"那就是他！"她叫道。

"谁？"吉姆·范恩说道。

---

① 这里的鸢尾根（orris-root）实际上是指用鸢尾根磨成的粉末。鸢尾根指的是几种鸢尾属植物的根茎，干燥磨粉之后可用于制造药物和香水；这里描写的是公园里的场景，尘埃和阳伞是因为有很多人在公园里游玩或者乘马车兜风。

"迷人王子。"她回答道，目送着那辆维多利亚马车①。

吉姆跳将起来，没轻没重地一把抓住了她的胳膊。"指给我看看。哪个是他？快把他指出来。我一定得瞧瞧他！"他大叫起来。没想到，贝里克公爵的四驾马车恰在此时插了进来，等到公爵的马车不妨碍视线的时候，那辆飞驰的维多利亚马车已经出了公园。

"他走啦，"西比尔失望地咕哝了一句，"真希望你看见了他。"

"我也这么希望，因为他要是有任何对不住你的地方，我一定会宰了他，就跟天堂里一定有上帝一样。"

西比尔惊骇万分地看着弟弟。弟弟又把刚才的话重复了一遍。他的话像刀剑一般劈开空气，周围的人一个个目瞪口呆。站在西比尔近旁的一位女士嗤嗤地笑了一声。

"快走，吉姆。快走。"西比尔低声说道。吉姆紧紧地跟着她穿过人群，心里很为自己刚才的豪言壮语得意。

他俩走到阿喀琉斯雕像②跟前的时候，西比尔转过了身。藏在她眼里的怜悯神色，到唇边却变成了笑声。她冲弟弟摇了摇头。"你真傻，吉姆，简直傻透啦；你是个坏脾气的孩子，就这么一回事。你怎么能说那么可怕的话呢？你压根儿就不知道自个儿在说什么，完全是因为嫉妒和刻薄。噢，你也谈谈恋爱就好啦。爱会让人变得善良，你刚才的话却很恶毒。"

---

① 维多利亚马车（victoria）是一种车身低、顶篷可折叠的四轮马车，据说是因维多利亚女王而得名。

② 阿喀琉斯（Achilles）是古希腊神话中半人半神的英雄，特洛伊战争中希腊联军的主将。海德公园里有建于1822年的威灵顿公爵纪念碑，纪念碑的主体是一尊用缴获的敌军大炮铸成的阿喀琉斯雕像。

"我已经十六岁了,"吉姆回答道,"完全知道自个儿怎么回事。妈妈帮不上你的忙,她根本不知道该怎么照管你。眼下我真希望自己不用去澳大利亚,真想把整件事情一笔勾销。要不是签了合约的话,我真的会这么干的。"

"噢,别这么较真儿嘛,吉姆。妈妈特别爱演那种傻乎乎的通俗闹剧,你呢,就跟那种闹剧里的主角似的。我可不想跟你吵嘴。刚才我看见了他,噢!看见他就让人心满意足。咱俩别吵啦。我知道的,你绝不会伤害我爱的人,对吧?"

"应该不会,只要你还爱着他。"吉姆没好气地回答道。

"我会爱他到永远的!"西比尔叫道。

"他呢?"

"永远都爱我,一样!"

"他最好是这样。"

西比尔往旁边一缩,跟着又笑了笑,搀住了弟弟的胳膊。他只是个孩子嘛。

走到大理石拱门①的时候,他俩招手上了公共马车,之后又在尤斯顿路下了车,下车的地方就在简陋的自家住所附近。时间已经过了五点,而在演出之前,西比尔必须躺下休息一两个小时。吉姆坚持要西比尔去休息,还说他宁愿趁母亲不在的时候跟西比尔告别。母亲肯定会把告别搞成一场闹剧,而他对任何形式的闹剧都是深恶痛绝。

他俩在西比尔的房间里道了别。小伙子觉得那个陌生人插到

---

① 大理石拱门(Marble Arch)在海德公园入口处。

了自己和姐姐中间，心里有了几分妒意，外加一种杀气腾腾的强烈仇恨。不过，等到姐姐揽住他的脖子，开始用手指抚弄他的头发，他还是软下心来，满心怜爱地吻了吻姐姐。下楼的时候，他的眼里噙着泪水。

母亲在楼下等他。他走进房间的时候，母亲抱怨他没有按时回来。他没有答腔，径直坐到了寒碜的晚饭跟前。苍蝇在桌子周围嗡嗡乱转，还在污渍斑斑的桌布上爬来爬去。窗外的公共马车和有轨马车喧嚣嘈杂，可他依然能听见母亲絮絮叨叨的单调声音，贪婪地吞噬着他行前仅剩的每一分钟。

过了一会儿，他一把推开餐盘，双手抱住了脑袋。他觉得，自己有权知道真相。如果事情真像他想的那样的话，母亲早就应该告诉他。母亲注视着他，心里装满了沉甸甸的恐惧。一句又一句唠叨从母亲的嘴里机械地往外蹦，一条破旧的蕾丝手绢在母亲的指间绞来绞去。钟敲六点的时候，他起身走到门口，然后又回身看着母亲。他俩四目相接。他在母亲的眼里看到了哀求宽恕的狂乱神色，一下子怒不可遏。

"妈妈，我有件事情要问你。"他说道。母亲躲躲闪闪地扫视房间各处，没有接他的茬。"你得跟我说实话，因为我有权知道。当初，你跟爸爸结婚了吗？"

母亲深深地叹息一声，但却是如释重负的叹息。好些个星期，好些个月，她日夜都在担心这个可怕的时刻。如今它终于来临，可她并没有觉得恐惧。事实上，她倒是觉得有几分失望。儿子的问题粗鲁直接，要求她拿出直接的回答。这一刻的场景缺少一个层层推进的铺垫过程，因此就显得生硬突兀，让她联想到一次砸了锅的彩排。

"没有。"她回答道。生活如此简单粗暴,实在令她惊讶万分。

"这么说,我爸爸原来是个无赖!"小伙子大喊一声,握紧了拳头。

做母亲的摇起头来。"我本来就知道他不是自由之身。我和他非常相爱。要是他还活着,肯定会照顾咱们的生活的。别说他的坏话,儿子。他毕竟是你的父亲,而且是个绅士。说实在的,他的门第高得很呢。"

一声咒骂从儿子嘴里迸了出来。"我怎么样倒无所谓,"他高声嚷道,"可你不能让西比尔……跟她恋爱的也是个绅士,至少是自称绅士,对不对?不用说,这人的门第也低不了。"

一瞬之间,无比强烈的耻辱感觉席卷了这个妇人。她垂下头,用颤抖的双手擦了擦眼睛。"西比尔是有妈的,"她喃喃说道,"我当初却没有。"

小伙子深受触动,于是便走到母亲身边,俯身吻了吻她。"对不起,我不该打听爸爸的事情,不该让你难过,"他说道,"可我确实忍不住。我得走了。再见。别忘了,以后你只有一个孩子需要照看,还有,要是这个男的对不起我姐姐,我一定会查出他的身份,找到他的下落,像宰条狗一样宰了他。我发誓。"

做母亲的觉得,有了儿子这个夸张荒唐的威胁,配上儿子慷慨激昂的手势和闹剧风格的疯狂措辞,生活变得生动了一些。她熟悉这样的戏剧氛围,因此觉得呼吸顺畅了一些,而且对儿子产生了由衷的赞赏之情,这可是好些个月以来的第一次。她本想以同样饱满的情感把这场戏继续往下演,儿子却打断了她。箱子得往下拿,还得把围巾找出来。寄宿公寓的苦力忙不迭地跑进跑出,接着又是跟车夫讨价还价的过程。戏剧化的瞬间湮没在了粗鄙的细节之中。怀着再次涌起的失望之情,她在窗口挥动那条破旧的蕾丝手绢,告别了乘车远去的儿子。她意识到,一个绝好的表演机会已经就此浪费。作为对自己的一种补偿,她告诉西比尔,她觉得她以后的日子将会无比凄凉,因为她只有一个孩子需要照看。她记住了儿子的这句话,觉得它很是动人。至于儿子的威胁言辞,她一个字也没有提。儿子的这番威胁说得生动逼真、戏味十足,她不禁觉得,将来的某一天,他们都会为此哑然失笑。

第六章

"估计你已经听到消息了吧,巴兹尔?"当天傍晚,侍者将霍沃德领进布里斯托俱乐部一间小包房的时候,亨利勋爵说道。桌上已经摆好了三个人的晚餐。

"没有,哈里,"画家一边回答,一边把帽子和外套交给点头哈腰的侍者,"什么消息?总不至于跟政治有关系吧?政治我可没兴趣。下院里连一个值得画的人都没有,话又说回来,不少议员都该抹点儿白颜料才是。"

"多利安·格雷订了婚啦。"亨利勋爵一边说,一边观察霍沃德的反应。

霍沃德猛一激灵,跟着便皱起眉头。"多利安订了婚!"他叫道,"不可能!"

"千真万确。"

"跟谁订的婚?"

"某个唱戏的小姑娘。"

"这我可没法相信,多利安绝不会这么不明事理。"

"多利安绝对是聪明过人,所以才会时不时地干点儿傻事,亲爱的巴兹尔。"

"婚姻这件事情,可不能时不时地干上一回,哈里。"

"除了在美国之外①,"亨利勋爵懒洋洋地补了一句,"不过,我可没说他结了婚,说的只是他跟人有了结婚的约定,两者之间的区别是很大的。我清清楚楚地记得自己结了婚,但却完全不记得自己跟人有过约定②。依我看,我从来没跟人有过约定。"

"可你想想多利安的出身,想想他的地位和财富。要是跟身份比他差这么多的人结婚,他会闹大笑话的。"

"你要是想促使他娶这个姑娘,那就把这番道理说给他听吧,巴兹尔。说完之后,他肯定会娶她的。但凡有人干下了愚蠢透顶的事情,全都是出于高尚无比的动机。"

"但愿这是个好姑娘,哈里。我可不想看到多利安跟某个卑劣的货色拴在一起,那种人会败坏他的天性,毁掉他的理智。"

"噢,她可不只是个好姑娘——还长得非常漂亮,"亨利勋爵咕哝道,啜了口杯中的橙汁苦艾酒,"多利安说她非常漂亮,而他对这类事情的判断是很少出错的。你给他画的那幅肖像提高了他对旁人外表的鉴赏力,你那幅画像妙用无穷,这也是其中之一。如果那孩子没忘了这次约会的话,咱俩今晚就能见到这个姑娘。"

"你这话当真吗?"

"绝对当真,巴兹尔。要是觉得自个儿还会有比眼下更当真的

---

① 王尔德曾在美国巡回演讲,并且认为美国在性方面的条条框框比英国宽松,他曾在《美国人》(*The American Man*, 1887)一文中写道:"美国男人早早结婚,美国女人频频结婚,男女关系极其融洽。"

② "有约定"的英文是"being engaged",这个短语兼有"订了婚"和"受某种约定的束缚"两种意义。亨利勋爵不是说自己没订过婚,而是说自己不受婚约的束缚。

时候,那我可就惨啦。"

"可是,你赞成这件事情吗,哈里?"画家问道,咬着嘴唇在房间里来回踱步,"不可能,你绝对不会赞成这件事情。这只是一种愚蠢的痴迷。"

"眼下,我绝不会对任何事情表示赞成,也不会表示反对。说是道非的人生态度是十分荒唐的。上天打发我们来到人世,并不是为了让我们大肆鼓吹自己的道德偏见。我从不关心平庸之辈的言谈议论,也从不干预精彩人物的所作所为。如果哪个人拥有让我着迷的魅力,无论这个人选择什么方式来展现自己的魅力,我都会觉得十分可喜。多利安·格雷爱上了一个演朱丽叶的漂亮姑娘,并且向她求了婚。有什么不可以呢?哪怕是娶了梅瑟琳娜①,他仍然跟以前一样有趣。你也知道,我这个人并不是婚姻的拥趸。婚姻的真正缺陷在于使人无私,因为无私的人总是没有色彩,缺乏个性。话又说回来,婚姻的确能把一些性情特殊的人变得更加复杂。这些人不但维持住了自我中心的立场,而且额外添上了许多个自我。他们被迫去过多重的生活,因此就变得更加有条不紊,与此同时,按我的看法,过得有条不紊正是人生的目标。再者说,任何一种体验都有价值,不管你怎么数落婚姻的不是,它总归也是一种体验。我希望多利安·格雷把这个姑娘娶进家门,如火如荼地爱她半年,然后又突然迷上另一个人。这样的话,他就会成为一个绝妙的研究对象。"

---

① 梅瑟琳娜(Valeria Messalina,17?—48)是古罗马皇帝克劳狄的第三任妻子,淫荡而野心勃勃,因与情夫秘密结婚并图谋夺权而被克劳狄处死。

"你这些话没有一个字是当真的,哈里,这你自个儿也知道。要是多利安·格雷的人生毁于一旦,没有人会比你更痛心。你的心眼儿比你装出来的样子好得多。"

亨利勋爵笑了起来。"大家都喜欢把别人想得特别好,原因不过是大家都害怕自己。乐观主义的基石,仅仅是纯粹的恐惧。我们把那些有可能惠及我们自己的美德安在邻人身上,还借此自诩慷慨大方。我们赞美银行家,为的是透支我们的账户,我们在拦路劫匪身上看到了高贵的品质,无非是希望他饶过我们的口袋。我说的每个字都是当真的。我对乐观主义鄙视到了极点。说到毁于一旦的人生,只有发展受到抑制的人生才算是毁于一旦。如果你想要摧残某种天性,对它进行改造就行啦。至于说婚姻嘛,婚姻当然是件蠢事,只不过,男女之间还有一些比婚姻更为有趣的纽带,我当然要加以鼓励。这些纽带的魅力在于赶上了时髦。好啦,多利安本人已经来了。他肯定能说得比我详细。"

"亲爱的哈里,亲爱的巴兹尔,你们两个一定得恭喜我!"小伙子一边说,一边抖掉身上那件绸缎镶领的晚装斗篷,挨个儿跟两个朋友握了握手,"我从来都没有这么快乐过。当然喽,这事情来得有点儿突然;真正可喜的事情全都是这样的。虽说突然,可我还是觉得,这就是我一辈子梦寐以求的东西。"他又是激动又是欢喜,一张脸红彤彤的,看起来格外俊俏。

"愿你永远快快乐乐,多利安,"霍沃德说道,"可我还是对你有点儿意见,因为你订婚都不告诉我。你只告诉了哈里。"

"我也对你有意见,因为你晚餐迟到,"亨利勋爵插了一句,把手搭在小伙子的肩膀上,一边说一边微笑,"好啦,咱们都坐下来,试试这家俱乐部新厨子的手艺,然后你再跟我们说说,这一切是怎么发生的。"

"其实也没什么可说的,"三个人围着小圆桌落座之后,多利安嚷道,"事情的经过无非是这个样子:昨天傍晚跟你道别之后,哈里,我换好衣服去了鲁珀特街①,上你推荐的那家意大利小餐馆吃了点东西,然后就在八点钟到了剧院。西比尔正在演罗瑟琳。当然,舞台布景一塌糊涂,那个奥兰多②也演得荒唐透顶。可你瞧瞧西比尔!你们真应该看看她!她穿着男装出场的时候,简直是漂亮极啦。她上身是一件苔草色的丝绒短马甲,露出两截棕红色的袖子,下装是一条窄小的棕色紧身裤,打着交叉的绑腿,头上是一顶小巧精致的绿色帽子,帽顶用宝石别针别着一片老鹰羽毛,身上披的则是一件带兜帽的斗篷,斗篷的衬里是暗红色的。我觉得,那一刻的她比以往任何时候都秀美绝伦。她真是楚楚动人,一点儿也不输给你画室里的那件塔纳格拉陶俑③,巴兹尔。她的头发环绕着她的脸庞,就像深色的叶子簇拥着洁白的玫瑰。至于她演得如何——嗯,今晚你们就看见啦。她不是别的,就是一个天生的艺术家。我坐在那个污黑邋遢的包厢里,看得如醉如痴,忘记了自己身处伦敦,忘记了自己活在十九世纪。我跟着我的爱

---

① 鲁珀特街(Rupert Street)是伦敦市中心"苏荷区"(Soho)的一条街道。苏荷区当时是音乐厅、小剧院和廉价外国餐馆聚集的地方,受到文艺人士的青睐,今日仍然是伦敦夜生活的中心。

② 奥兰多(Orlando)是《皆大欢喜》当中的男主角,罗瑟琳的恋人。

③ 塔纳格拉陶俑(Tanagra figurine)是公元前四世纪至公元前三世纪主要在希腊东中部城镇塔纳格拉制作的精美陶俑,于十九世纪晚期大量出土,以女像为多。

人去了别处，去了一片从未有人窥见的森林。演出结束之后，我到后台去找她说话。我俩一起坐在那里的时候，她眼里突然有了一种我从未见过的神采。我的嘴唇迎向她的嘴唇，我俩彼此亲吻。我没法向你们形容那一刻的感受。那一刻我觉得，我整个儿的生命凝成了一个玫瑰色的极乐顶点。她全身抖颤，颤得像一枝白色的水仙。接下来，她一下子跪倒在地，亲吻了我的双手。我觉得我不该把这些事情告诉你们，可我就是忍不住。当然，我俩的婚约是完全保密的，她甚至没有告诉她的母亲。不知道我那些监护人会说些什么，拉德利勋爵保准儿会大发雷霆，可我一点儿也不在乎。过不了一年我就成年了，到时就可以随心所欲。我从诗歌当中撷取爱情，从莎士比亚的戏剧里觅得妻室，这么做可谓理所当然，对不对，巴兹尔？从莎士比亚那里学会言谈的嘴唇，在我耳边悄声吐露了它的秘密。我得到了罗瑟琳的拥抱，吻到了朱丽叶的嘴唇。"

"是的，多利安，我觉得你做得对。"霍沃德慢吞吞地说道。

"今天你见她了吗？"亨利勋爵问道。

多利安·格雷摇了摇头。"我在亚登森林里跟她道了别，等下才会在维罗纳[①]的一个花园里找到她。"

亨利勋爵若有所思地啜了一口香槟。"你具体是在哪个时刻提起'婚姻'二字的呢，多利安？她又是怎么回答的呢？说不定，你全都忘光了吧。"

[①] "亚登森林"和"维罗纳的一个花园"分别是《皆大欢喜》和《罗密欧与朱丽叶》当中的地点，参见前文注释。

"亲爱的哈里,我可没把这事情当成一桩买卖,也没有提出什么正经八百的求婚。我跟她说我爱她,她说她不配做我的妻子。不配!咳,跟她相比,整个世界都对我毫无意义。"

"女人都实际得叫人惊叹,"亨利勋爵嘀咕了一句,"比我们实际得多。碰上你说的那种局面,我们往往会忘记说起有关婚姻的事情,可她们总是会提醒我们。"

霍沃德把手搭上了亨利勋爵的胳膊。"别这样,哈里。你惹得多利安生气啦。他跟别的男人不同,绝不会把痛苦带给任何人。他的天性实在善良,做不出那样的事情。"

亨利勋爵望向桌子对面。"多利安从来不会生我的气,"他回答道,"我问这个问题,有一条再好不过的理由,实际上,它还是唯一的一条问问题的正当理由——纯粹的好奇。根据我的理论,每次都是女人向我们求婚,并不是我们向女人求婚。当然喽,中产阶级生活当中的情形是个例外。话又说回来,中产阶级还停留在古代呢。"

多利安·格雷笑了起来,甩了甩头。"你真是无药可救,哈里,不过我并不介意。生你的气是一件不可能的事情。看到西比尔·范恩之后,你就会觉得,忍心亏负她的男人肯定得是头畜生,没有心肝的畜生。我理解不了,怎么会有人愿意羞辱自己心爱的人。我爱西比尔·范恩,想把她送上黄金的宝座,想看到全世界膜拜这个属于我的女人。婚姻是什么?是一个无法收回的誓言。你嘲笑婚姻,为的就是这一点。噢!你可别笑。我想要许下的正是一个无法收回的誓言。她的托付令我忠贞不渝,她的虔信令我行止端正。跟她在一起的时候,我会为你以前教给我的一切感到后悔。我已经不再是你所知的那个样子。我变啦,西比尔·范恩的手轻轻一碰,我就会忘记你,忘记你那些大错特错、绝妙迷人、荼毒心灵、悦耳动听的理论。"

"你说的那些理论是……?"亨利勋爵一边问,一边取了点儿沙拉。

"哦,就是你那些关于人生的理论,关于爱情的理论,关于享乐的理论。说实在话,是你所有的理论,哈里。"

"享乐是唯一一件值得理论探讨的东西,"亨利勋爵回答道,用的是他那种音乐一般的舒缓腔调,"不过,恐怕我不能把我的理论宣布为我自己的发明。它属于大自然,并不在我的名下。享乐是大自然对我们的考验,也是她表示赞许的徽记。我们快乐的时候都是好人,好的时候却未必是快乐的人。"

"噢!可是,你说的'好'是什么意思呢?"巴兹尔·霍沃德叫道。

"是啊,"多利安一边附和,一边往椅背上一靠,目光越过桌子中央那丛繁花簇簇的紫瓣鸢尾,看着亨利勋爵,"你说的'好'是什么意思呢,哈里?"

"'好'就是与自我和谐相处,"亨利勋爵如是回答,用尖尖的白皙手指碰了碰他那只玻璃杯的细细杯脚,"'不好'就是被迫与他人和谐相处。你自己的生活——这才是重要的东西。至于邻人的生活嘛,如果你想成为一名卫道士或者清教徒,当然可以就邻人的生活大肆炫耀你的道德见解,然而,那并不是该你操心的事情。除此之外,个人主义的目标确实更为高远。当代道德对人的要求,无非是接受自身时代的准则,而我认为,对于任何一个有教养的人来说,接受自身时代的准则都是一种极其粗鄙的不道德行为。"

"可是,毫无疑问,人要是只为自己活着的话,哈里,肯定得为此付出可怕的代价吧?"画家提出了异议。

"是的,这年月,所有的东西都在向我们索要过高的代价。依我看,穷人的真正悲哀在于他们负担不起任何东西,只负担得起自我禁制。跟美丽的物品一样,美丽的罪孽也是富人的特权。"

"可你不得不付出其他类型的代价,钱不管用。"

"什么类型的代价,巴兹尔?"

"噢!依我看,代价会是悔恨,会是痛苦,会是……呃,会是自知堕落的愧疚。"

亨利勋爵耸了耸肩。"亲爱的伙计啊,中世纪的艺术确实迷人,中世纪的情感却过了时啦。当然喽,如果只是在小说里用一用,还是无伤大雅的。话又说回来,能在小说里用的都是些现实里不再有用的东西。相信我吧,没有哪个文明人会为享乐后悔,与此同时,没有哪个化外野人能懂得何为享乐。"

"我懂得何为享乐,"多利安·格雷嚷道,"享乐就是仰慕某人。"

"这确实比被人仰慕要强,"亨利勋爵一边回答,一边摆弄水果,"被人仰慕是件麻烦事儿。女人对待我们,正如凡人对待神灵。她们膜拜我们,总是劳动我们替她们做这样那样的事情。"

"要我说,不管她们索取的是什么,总之都是她们给过我们的东西,"小伙子郑重其事地低声说道,"她们让我们的天性之中有了爱,当然有权要求我们以爱回报。"

"你这话千真万确,多利安。"霍沃德叫道。

"从来就没有什么千真万确的东西。"亨利勋爵说道。

"下面这句就是,"多利安接上了话茬,"女人把自己生命中最宝贵的东西给了男人,哈里,这你总不能不承认吧。"

"也许吧,"亨利勋爵叹了一声,"可她们必定会零敲碎打地一点儿一点儿往回要。麻烦就在这里。某个机灵的法国人曾经这么总结,女人总是激发我们成就伟业的愿望,却又总是阻挠我们将愿望付诸实施。"

"哈里,你可真是讨厌!真不知道我为什么这么喜欢你。"

"你永远都会喜欢我的,多利安,"亨利勋爵回答道,"要喝咖啡吗,伙计们?——侍者,拿点儿咖啡来,再拿点儿特优香槟干邑①,还有香烟。算了,烟不用了,我这儿有。巴兹尔,我可不许你抽雪茄。你一定得来支香烟。香烟是一种完美享乐的完美形式,因为它妙不可言,同时又让人意犹未尽。得此一物,夫复何求?没错,多利安,你永远都会喜欢我,因为我体现着所有那些你从来没敢染指的罪孽。"

"胡说八道,哈里!"小伙子嚷道,就着侍者摆在桌上的那尊喷火银龙点上了烟,"咱们去剧院吧。西比尔一上台,你们就会产生一种全新的生活理想。她会向你们展现一种东西,一种你们从来没见识过的东西。"

"我什么都见识过,"亨利勋爵说道,眼睛里带着倦意,"可我总是乐于尝试新的感受。我只是有点儿担心,至少是对我而言,

---

① 特优香槟干邑(fine champagne)是产于法国干邑区的一种上等白兰地,由干邑区最好的两个葡萄种植区(大香槟区和小香槟区)所产白兰地混合而成。

世上并不存在什么新的感受。话虽然这么说,也没准儿,你这位奇妙的姑娘还是能带给我一点儿震撼。我非常喜欢演戏,它比生活真实百倍千倍。咱们走吧。多利安,你跟我一起走。万分抱歉,巴兹尔,可那辆布鲁姆马车①只能装两个人。你得叫辆出租马车跟着我们。"

  三个人站起身来,穿上外套,站在那里啜了几口咖啡。画家一言不发,神思不属,整个人显得愁闷不堪。他没法接受多利安的婚事,同时又觉得,跟其他许多种可能的情形相比,这桩婚事还算是好的。几分钟之后,三个人都到了楼下。按照之前的安排,他独自坐上了一辆马车。看着前面那辆布鲁姆小马车的闪烁灯光,一种莫名的失落感袭上了他的心头。他觉得,多利安·格雷带给他的一切都已经一去不返。生活梗在了他俩之间……他的眼睛暗淡下来,灯光耀眼的拥挤街道也变得一片模糊。出租马车在剧院门口停下的时候,他觉得,自己突然间老了许多岁。

---

  ① 布鲁姆马车(brougham)是一种厢式轻便马车,因苏格兰律师及政客布鲁姆勋爵(Lord Brougham,1778—1868)而得名,通常有四个轮子,可坐二人,有时也可坐四人。

第七章

不知是什么原因,剧院当晚坐得满满当当,那个肥胖的犹太管事在门口招呼他们,脸上堆着谄媚的笑容,抖颤的嘴唇一直咧到了耳根。管事摆着一副装腔作势的奴才样,一直把他们送进包厢,一边挥舞他那双珠光宝气的胖手,一边扯着嗓门儿说话。多利安·格雷对他的厌憎达到了前所未有的程度,感觉就像是自己前来寻访米兰达,结果却碰上了卡利班[①]。另一方面,亨利勋爵倒是对管事格外青睐,至少他嘴里是这么说的。他不光执意跟管事握手,而且信誓旦旦地告诉管事,他觉得非常荣幸,能认识这么个发掘出了一位真正的天才,又为一位诗人破过产的人。霍沃德则饶有兴致地打量着大厅后排的一张张面孔。剧院里的热气咄咄逼人,日轮一般的煤气灯熊熊燃烧,宛如一朵硕大无朋的大丽花,花瓣是一条条黄灿灿的火舌。顶层楼座的那些年轻人已经脱去了外套和马甲,把衣服搭在了座位边上。他们隔着老远大声交谈,还把自个儿的橘子分给邻座那些穿得花花绿绿的姑娘。几个女人在大厅后排放声大笑,嗓门儿尖得要命,听起来十分刺耳。酒吧

[①] 米兰达(Miranda)是莎剧《暴风雨》当中的女主角,美丽纯真。卡利班参见"序言"注释。

那边传来了瓶塞开启的砰砰声响。

"这可真是个找到心中女神的好地方!"亨利勋爵说道。

"没错!"多利安·格雷回答道,"我就是在这儿找到她的,而她比世上所有生灵都要神圣。一旦她开始表演,你就会把一切抛到九霄云外。这些平凡愚陋的观众虽然长相粗鄙、举止野蛮,可是,只要她在台上,他们的表现就会大不相同。他们会静静地坐在那里看她的表演,哭泣欢笑都听凭她的驱使。她会让他们像小提琴一样手到弦鸣,还会给他们注入灵性,而你会情不自禁地觉得,他们毕竟有着跟我们一样的血肉。"

"跟我们一样的血肉!噢,千万别是这样!"亨利勋爵高声喊道。他正在通过他的观剧望远镜①审视顶层楼座的观众。

"别理他,多利安,"画家说道,"我明白你的意思,也相信这位姑娘确实出众。你爱的人必定超凡脱俗,感召力如你所说的姑娘也必定优雅高贵。给自己所处的时代注入灵性——的确是一件值得做的事情。如果这位姑娘能给那些浑浑噩噩的人一个灵魂,能让那些生活肮脏丑陋的人意识到美的存在,能剥去他们的自私,让他们为无关于己的哀痛洒下泪水,那她确实值得你全心的仰慕,也值得整个世界的仰慕。这桩婚事非常合适。刚开始我不是这么想的,现在呢,我已经接受了它。众神为你创造了西比尔·范恩。没有她,你的生命就不完整。"

"谢谢你,巴兹尔,"多利安·格雷回答道,按了按画家的手,

---

① 观剧望远镜(opera-glass)是一种小巧精致的望远镜,因传统上用于观看歌剧而得名,倍数通常在五倍以下,往往兼有装饰之用。

"我就知道你会理解我。哈里太玩世不恭啦,都把我给吓着了。好了,乐队开始演奏了。他们的演奏非常糟糕,好在只会持续五分钟左右。他们演奏完之后,大幕就会升上去,你就会看到那位姑娘,我已经把我拥有的一切美好献给了她,将来还会把全部的生命献给她。"

一刻钟之后,西比尔·范恩在出奇嘈杂的喝彩声中走上了舞台。没错,她的模样确实可爱——亨利勋爵心中暗想,她算得上是自己见过的数一数二的可人儿。她娇羞的模样,还有她惊惶的眼睛,全都像小鹿一般惹人怜爱。扫视着挤满全场的热情观众,她的双颊泛起了淡淡的红晕,宛如一朵玫瑰映在银镜里的影像。她往后退了几步,嘴唇似乎有点儿发颤。巴兹尔·霍沃德一跃而起,为她鼓起掌来。多利安·格雷坐在原地,一动不动地凝视着她,仿佛是身在梦中。亨利勋爵则一边透过望远镜细细打量,一边咕哝,"漂亮啊!漂亮极了!"

戏演到了凯普莱特家厅堂的那一场[①],朝圣者装扮的罗密欧已经和茂丘西奥等一伙朋友进入了厅堂。乏善可陈的乐队奏了几小节音乐,剧中人便跳起舞来。西比尔·范恩在台上那群衣着寒酸、动作笨拙的男角当中翩然移步,仿佛是一个精灵,来自某个更加美好的世界。跳舞的时候,她的身体轻轻摇摆,好似一株随波荡漾的水草。她白皙颈项的曲线好比百合,双手则宛如纯白的牙雕。

可是,不知道为什么,她显得有些无精打采。目光落在罗

[①] 即《罗密欧与朱丽叶》第一幕第四场。在这一场当中,罗密欧偷偷闯进了家族夙敌凯普莱特举办的家庭舞会,在舞会上邂逅了凯普莱特的女儿朱丽叶。

密欧身上的时候,她完全没有喜悦的表示。该她念的那几句台词——

> 志诚的朝圣者啊,别让您的手错受究诘,
> 如它这般才见得敬慕有礼;
> 圣徒之手,朝圣者原可相携,
> 掌心相印也与亲吻无异——

再加上接下来的简短对话,全都出自一种十分做作的演绎方式。她的嗓音非常优美,腔调却全然虚假。她声音的韵味完全不对,不但把戏文弄得生气全无,还让女主人公的炽烈感情显得很不真实。

看着看着,多利安·格雷的脸上没了血色。他又是迷惑又是揪心,两个朋友都不敢开口跟他说话。照他俩的观感,西比尔纯粹是个不称职的演员。他俩都觉得失望之极。

他俩转念又想,真正能检验朱丽叶成色的还是第二幕的阳台那场戏①,于是便等着看那一场。那一场如果演不好,说明她确实一无是处。

不容否认,在月光下现身的那一刻,她的确显得十分迷人。

---

① "阳台那场戏"就是前文中的"花园那一场",亦即《罗密欧与朱丽叶》第二幕第一场,紧接第一幕第四场之后,为此剧名段。在这一场当中,罗密欧在夜间逾墙进入凯普莱特家的花园,正好听到阳台上的朱丽叶在月光下吐露爱慕自己的心迹,于是现身求爱,两人私订终身。

可惜的是，她的表演做作得叫人无法忍受，而且越演越差。她的动作夸张到了荒唐的地步，每一句台词都发挥得过了头。她把以下这段美丽的戏文——

> 多亏我脸上掩着黑夜的面纱，
> 要不然，少女的羞红定会点染我的双颊，
> 为了我适才叫你听去的那些话——

念得慷慨激昂，一副焦头烂额、一丝不苟的模样，活像是一名女学生，正在遵照某个二流辩术老师的教导背诵课文。接下来，她探出阳台，开始念诵这些美妙的句子——

> 虽然我欢喜你，
> 却不欢喜今晚的这份盟誓；
> 它太过鲁莽，太过草率，太过突兀无理；
> 太像是天空里的闪电，而闪电总是倏然消失，
> 等不及人们说一句，"打闪啦。"爱人啊，晚安！
> 这一点爱的蓓蕾，借着滋养万物的夏日气息，
> 也许会在下次相会之时，绽成美丽的花枝——

她机械地念出了这些字句，似乎是完全没有领会其中的意义。这并不是因为紧张。事实上，她的表现一点儿也不紧张，从头到脚都是一副镇定自若的模样。这不是什么别的，只能称之为蹩脚的表演。她彻底演砸了。

到了这时,就连大厅后排和顶层楼座那些没有文化的普通观众都对这场戏失去了兴趣。他们躁动不安,开始高声说话,而且吹起了口哨。那个犹太管事站在二楼座席后面,这会儿也怒不可遏,跺着脚骂了起来。不为所动的只有姑娘自己。

第二幕结束的时候,现场响起了暴风骤雨一般的嘘声。亨利勋爵从椅子上站起身来,穿上了外套。"她长得确实漂亮,多利安,"他说道,"可她演不了戏。咱们走吧。"

"我要把整出戏看完,"小伙子回答道,声音又生硬又苦涩,"实在对不住,浪费了你一个晚上,哈里。我向你们两个道歉。"

"亲爱的多利安,依我看,范恩小姐多半是病了,"霍沃德插了一句,"咱们可以改天再来。"

"我倒希望她真的病了,"小伙子立刻反驳,"可我觉得,之所以演成这样,完全是因为她麻木不仁、冷漠无情。她整个人都变了。昨晚她还是一位了不起的艺术家,今晚却仅仅是一名平庸寻常的演员。"

"千万别这么说你爱的人,多利安。爱情比艺术美妙。"

"两者都不过是摹仿而已,"亨利勋爵如是评论,"算了,咱们还是走吧。多利安,你不能再待下去了。观看拙劣的表演有损于人的品行。再者说,我看你肯定不会希望你的妻子去干演戏的行当。既然如此,就算她把朱丽叶演成了一个木偶,又有什么关系呢?她真是可爱极啦,要是她对生活也像对表演一样懵然无知的话,准会带给你一段非常愉快的经历。真正魅力无穷的人只有两种,一种无所不知,另一种一无所知。老天爷,亲爱的孩子啊,别显得这么悲悲切切!要想永葆青春,秘诀就是永远别跟自己过不去。跟巴兹尔和我一起去俱乐部吧。咱们可以抽几支烟,为西比尔·范恩的美丽干一杯。她确实非常美丽。你还能奢求什么呢?"

"你走吧,哈里,"小伙子叫道,"我想一个人待着。巴兹尔,你也得走。唉!我的心都碎了,你们难道看不见吗?"热泪涌进了他的眼眶。他嘴唇打颤,一头冲到包厢后部,靠到墙上,用双手捂住了脸。

"咱们走吧,巴兹尔。"亨利勋爵说道,声音里带着一种少有的温柔。接下来,两个年轻人一起走出了包厢。

片刻之后,脚灯点亮,大幕升起,第三幕开了场。多利安·格雷回到了座位上,脸色煞白,神情冷傲。台上的戏拖拖拉拉地往下演,长得似乎没有尽头。半数的观众去了外面,沉重的靴子跺得山响,笑声此起彼伏。整件事情变成了一场可耻的溃败。演到最后一幕的时候,剧院里几乎已经空无一人。伴随着一声嗤笑和几声抱怨,大幕落了下来。

演出刚刚结束,多利安·格雷立刻冲进了布景背后的演员休息室。姑娘独自站在房间里,脸上带着胜利的表情,眼里闪着璀璨的火花,全身上下都显得光彩照人。她的嘴唇微微张开,为着它自身的某个秘密漾起了笑意。

多利安走进房间的时候,她看着多利安,脸上露出无限的欢喜。"今晚我演得真差劲,多利安!"她嚷道。

"差劲得可怕!"多利安回答道,惊愕地盯着她——"可怕!可怕极了。莫非你病了吗?你压根儿不知道刚才是什么情况,压根儿不知道我遭了多大的罪。"

姑娘微微一笑。"多利安。"她回答道,用悠长悦耳的拖腔玩味着爱人的名字。对于她花瓣一般的红唇来说,这个名字似乎比蜜还甜——"多利安,你早就应该明白的。不过,你现在总该明白了吧,对吗?"

"明白什么?"多利安气冲冲地问道。

"明白我今晚为什么演得这么差,为什么会一直差下去,为什么再也没法演好。"

多利安耸了耸肩。"我看你肯定是病了,病了就不该演戏。你拿自个儿来出洋相,弄得我的朋友烦透了,我也烦透了。"

姑娘似乎没有听多利安说话。喜悦改变了她的模样,她沉醉在极度的幸福之中。

"多利安,多利安,"她叫道,"认识你之前,演戏就是我全部的生活。只有在剧院里,我才算是活着。以前我以为,戏里面的事情都是真的。这一晚我是罗瑟琳,下一晚又是鲍西娅。贝特丽丝的快乐就是我的快乐,考狄利娅的悲痛就是我的悲痛[①]。我把一切信以为真。在我的眼里,跟我一起演戏的那些平常人都成了神灵一般的人物。画笔涂抹的布景就是我的世界。我知道的只有虚像,还把虚像当成现实。然后呢,你来了——噢,我美丽的爱人!——你从囚牢里解放了我的灵魂。你让我懂得,什么才是真正的现实。今天晚上,有生以来的第一次,我看穿了我演了一辈子的这场无聊闹剧,看清了它的空洞、虚伪和愚蠢。今天晚上,

---

[①] 鲍西娅(Portia)是莎剧《威尼斯商人》当中的女主角,集才智、美貌与财富于一身;贝特丽丝(Beatrice)是莎剧《无事生非》当中的女主角,聪明可爱;考狄利娅(Cordelia)是莎剧《李尔王》当中的女主角,李尔王最小的女儿。

我第一次明白过来，那个罗密欧不过是个又老又丑、涂脂抹粉的怪物，花园里的月光不过是假造的货色，布景粗俗不堪，该我念的那些台词也都是虚情假意，不是我自己的言语，更不是我想说的言语。你带给了我一种更高的东西，所有的艺术都只是它的投影。你让我知道，什么才是真正的爱情。爱人啊！我的爱人！迷人王子！赋予我生命的王子！我已经对虚像厌烦透顶。对我来说，所有的艺术都永远不能和你相提并论。戏里面的那些偶人，跟我有什么关系呢？今晚上台的时候，我一时想不明白，以前的那些本领怎么会通通离我而去。我本以为自己会演得非常精彩，结果却发现，我什么也演不出来。突然之间，我的灵魂领悟到了这一切的含义。这样的领悟让我心醉神迷。我听见了他们的嘘声，可我只是付之一笑。我俩这样的爱情，他们能有什么了解呢？带我走吧，多利安——带我一起走，去一个只有我俩的地方。我恨透了这个舞台。我也许可以摹仿我不曾感受的激情，可我没法摹仿像火一样烧灼着我的激情。噢，多利安，多利安，现在你明白这意味着什么了吗？就算我能够摹仿，在戏里摹仿爱情也会让我觉得是一种亵渎。是你让我看清了这一点。"

多利安一头栽倒在沙发上，把脸扭到了一边。"你杀死了我的爱情。"他喃喃说道。

姑娘惊讶地看着他，笑了起来。他没有反应。姑娘走到他的身边，用纤小的手指抚弄他的头发，跟着又跪了下来，把他的双手贴在自己唇边。他抽回双手，猛地打了个寒战。

接下来，他一跃而起，径直走到门口。"没错，"他叫道，"你杀死了我的爱情。你曾经激发了我的想象，如今却连我的好奇都激发不了。你压根儿不能让我产生任何反应。以前我爱你，是因为你超凡脱俗，因为你拥有天才和睿智，因为你把伟大诗人的梦想变成了现实，又让艺术的幻影有了形体。可你竟然抛弃了这一切，实在是又浅薄又愚蠢。上帝啊！以前我居然会爱你，简直是鬼迷心窍！我可真是个十足的傻瓜！对我来说，你已经什么也不是了。我再也不会见你，再也不会想你，再也不会提起你的名字。你根本不知道，从前你对我意味着什么，从前。不是吗，从前……唉，想起从前我就受不了！真希望我从来没有看见过你！你毁掉了我生命中的浪漫。你对爱情的了解不知道得有多贫乏，居然敢说它损害了你的艺术！没有了你的艺术，你也就一无是处。我本来可以让你名声大噪，星光熠熠，如日方中，世界会拜倒在你的脚下，而你也会拥有我的姓氏。可你现在成了什么？一个长了张漂亮脸蛋的三流演员。"

姑娘脸色煞白，浑身颤抖。她两只手攥得紧紧的，声音好像梗在了喉咙里。"你不是认真的吧，多利安？"她喃喃说道，"你肯定是在演戏。"

"演戏！戏还是留给你演，既然你演得那么好。"多利安恶狠狠地回答道。

姑娘站起身来，穿过房间走到他的身边，脸上是一种催人泪下的痛苦表情。紧接着，姑娘用一只手搭着他的胳膊，看着他的眼睛。他一把将姑娘搡了回去。"别碰我！"他大喊一声。

姑娘不由自主地发出一声低低的呻吟，跟着就纵身扑倒在他的脚下，伏在那里，像一朵被人踩得七零八落的花。"多利安，多利安，别离开我！"她的声音如同耳语，"我没有演好，太对不起你啦。那时候，我一心只想着你。可我会努力的——真的，我会努力的。它来得太突然了，我对你的爱。我想我永远也不会知道爱的滋味，要不是你吻了我的话——要不是我俩彼此亲吻的话。再吻我一次吧，我的爱人。别离开我的身边。我承受不了啊。噢！别离开我的身边。我弟弟……不，没关系。他不是说真的。他只是开玩笑……可你，噢！你就不能原谅我今晚的表现吗？我会非常非常努力的，努力演得好一些。别对我这么狠心，因为我爱你胜过爱世上的一切。再怎么说，我只有这一次没让你满意啊。不过你说得很对，多利安，我应该表现得更像个艺术家。当时我太傻啦，可我就是控制不了。噢，别离开我，别离开我。"说到这里，一阵哀恸至极的抽泣噎住了她。她蜷在地板上，像一只受伤的动物，多利安·格雷那双美丽的眼睛俯视着她，那张精雕细刻的嘴巴弯成了弧形，诉说着无比的轻蔑。若是你不再爱一个人，这个人表露的种种情感便总是带有一种荒唐可笑的味道。在多利安看来，西比尔·范恩此刻的举动完全是一出愚蠢至极的闹剧。她的泪水，她的抽泣，全都让多利安十分恼火。

"我走了，"到最后，多利安终于开了口，声音又平静又清晰，"我也不想这么无情，可我确实不能再跟你见面。你让我大失所望。"

西比尔默默地流着眼泪，没有回答，只是爬得离他近了些。姑娘纤小的双手漫无目的地伸向前方，似乎是在寻找他。他转过身去，走出了休息室。片刻之后，他已经离开了剧院。

他不知道自己去了哪里，只记得自己在一条条灯光黯淡的街道之间东游西荡，走过一道道黑影幢幢的阴森拱廊、一座座狰狞可怖的房屋。嗓音嘶哑、笑声刺耳的女人在他的身后招呼他，醉汉们摇摇晃晃地走过他的身边，一会儿骂骂咧咧，一会儿自言自语，活像是一只只畸形的猿猴。他看到门阶上蜷缩着奇形怪状的孩童，听见黑沉沉的院子里响起尖叫和詈骂。

天刚破晓，他发现自己来到了柯汶特花园①近旁。黑暗褪去，泛着淡淡红晕的天空渐渐清朗，变成了一颗色泽完美的珍珠。一辆辆巨型的运货马车在路面磨得光溜溜的空旷街道上辘辘前行，车上载着花枝轻颤的百合。空气中弥漫着鲜花的芬芳，花儿的美似乎缓解了他的痛苦。他跟着大车进了市场，看着那些汉子卸车。一个穿着白色罩衫的车夫给了他一些樱桃，他向车夫道了谢，暗自惊异车夫为什么不肯收他的钱，然后就有一搭没一搭地吃了起来。樱桃是半夜摘的，浸透了清凉的月色。一长溜少年抬着筐子从他面前鱼贯而过，又在一座座蔬菜堆成的碧绿山丘之间迂回前行，筐子里装的是条纹郁金香，还有红红黄黄的玫瑰。门廊的灰色柱子已经被阳光晒得褪了色，廊下站着一群没戴帽子的姑娘，衣服上溅满泥污，正在无所事事地等待拍卖结束。还有一群人围在广场咖啡店的翻板门周围。壮实的拉车马儿蹄子打滑，重重地踏上粗糙的石板，身上的铃铛和鞍辔哗啦啦地摇晃起来。几个车夫躺在一堆麻袋上，已经进入了梦乡。紫颈粉足的鸽子跳来跳去，拣食地上的种子。

过了一小会儿，他挥手招来出租马车，坐着车回了家。他在自家的门阶上逗留片刻，扫视着寂静的广场，扫视那些空空如也、

---

① 柯汶特花园（Covent Garden）是伦敦西区东部的一个街区，街区的中心广场当时是一个鲜花蔬果市场，该市场今已迁往他处。

窗板紧闭的窗户，还有那些格外惹眼的百叶帘。天空的色彩已经与蛋白石毫无二致，屋顶在天光下闪闪发亮，仿佛是白银铸就。一缕纤薄的烟雾从对面某户人家的烟囱里升起，像一条紫罗兰色的丝带，袅袅地穿过色如珠母的空气。

他家的宽敞门厅镶着橡木墙板，天花板上悬着一盏巨大的威尼斯镀金吊灯，那是从某位威尼斯执政官的游船上弄来的物品。吊灯里的三个喷嘴依然在突突地喷吐火苗，仿佛是蓝色火焰形成的三片纤小花瓣，还带着白色火焰的镶边。他关掉吊灯，把帽子和斗篷扔到桌上，穿过藏书室走向自己的卧室。他的卧室在底楼，是一个八角形的大房间。出于新近养成的奢侈嗜好，他刚刚对卧室进行过一番装潢，在里面挂上了几张文艺复兴时期的奇特壁毯，都是在瑟尔比庄园一间废弃阁楼里发现的遗物。转动门把的时候，他忽然瞥见了巴兹尔·霍沃德给他画的那幅肖像，于是便猛然后退一步，似乎是吃了一惊。接下来，他继续走进自己的房间，神情多少有点儿困惑。取下外套上的襟花之后，他好像犯了踌躇，最后还是走回画像旁边，仔仔细细地看了起来。借着勉力穿过奶油色百叶丝帘的昏暗天光，他发现画像里的面孔似乎起了一点儿变化，表情跟以前不太一样。这么说吧，那张面孔的嘴角带上了一抹残忍的意味。这件事情，可真是奇哉怪也。

他转身走到窗边，拉起了百叶帘。明亮的晨光涌入房间，把那些奇形怪状的影子赶进了各个昏黑的角落，让它们躺在那里瑟瑟发抖。可是，他刚才在画像面孔上看到的那个怪异表情似乎还在原处，甚至比刚才更加明显。借着摇曳的炽烈阳光，他清清楚楚地看到了画像嘴巴周围的冷酷纹路，情形就像是从镜子里看到了自己的影像，而且是在做了亏心事之后。

他蹙了蹙眉，从桌上拿起一面椭圆形的镜子。镜子是亨利勋爵送给他的众多礼物之一，象牙的镜框上雕着几个丘比特。他急不可耐地瞥了一眼光亮的镜面，镜中的他一如往昔，嘴边并没有那种扭歪红唇的纹路。这是怎么回事？

他揉了揉眼睛，走近画像，再一次细细审视。单看画像本身，并没有任何变化的迹象，然而，画中人整个儿的表情的的确确有了改变。这可不是他自个儿的幻觉。这事情一目了然，让人心惊胆战。

他颓然坐进一把椅子，开始思考眼前的事情。突然之间，他记起了自己说过的一些话，记起了画像完成的那一天，他在巴兹尔·霍沃德画室里说的那些话。没错，那些话他记得清清楚楚。当时他道出了一个疯狂的愿望：自己永葆青春，让画像渐渐变老；自己的美貌永不褪色，让画布上的面孔去替他承受激情与罪孽的恶果；画像会烙上痛苦与思索催生的道道纹路，自己则永远停留在许愿当时才刚刚觉醒的少年时代，永远保有少年时代的一切优雅、一切朝气、一切美好。难不成，他的愿望变成了现实吗？那样的事情压根儿就不可能，想想都让人毛骨悚然。然而，画像明明白白地摆在他的面前，画中人的嘴角也明明白白地写着那抹残忍的意味。

残忍！他哪里做过残忍的事情呢？犯错的是那个姑娘，又不是他自己。他曾经把姑娘想象成一位了不起的艺术家，还向她献出了自己的爱，因为他觉得她了不起。然后呢，姑娘却让他大失所望。她见识短浅，没有什么可取之处。然而，想到姑娘匍匐在他脚下像小孩子一样啜泣的情景，他心里还是涌起了无限的遗憾。他油然想起，看着她哭泣的时候，自己是如何地铁石心肠。他的天性为什么会是这样？上苍为什么要给他一个这样的灵魂？话又说回来，当时他自己也遭了不少罪。在演出持续的那三个可怕钟头里，他尝到了千百年的痛苦，经受了亿万年的折磨。他的生活绝不比她的生活轻贱，即便他给她造成了一段时期的伤害，可她也坏了他一时半刻的兴致。再者说，女人天生就比男人更能承受悲伤。她们靠自己的情感过活，脑子里装的也只有自己的情感。她们之所以跟人恋爱，无非是为了找一个演闹剧的配角。亨利勋爵就是这么告诉他的，而亨利勋爵又对女人的本性十分了解。他干吗要为西比尔·范恩心烦呢？对他来说，她已经什么也不是了。

可是，画像呢？画像的事情该怎么说？它掌握着他生活的秘密，揭示着他的所作所为。曾几何时，它教会了他爱慕自己的美貌。从今往后，它会教他憎恶自己的灵魂吗？从今往后，他还会再去看它吗？

不对，这仅仅是感官混乱造成的错觉，是他之前经历的那个可怕夜晚留下的幻影。这样的错觉，肯定是因为那种致人疯狂的血色病菌突如其来地蹿进了他的脑子。画像没有变，蠢人才会认为它变了。

然而，画像正在打量他，有了瑕疵的漂亮面孔带着残忍的笑容。它鲜亮的头发在清晨的阳光里熠熠生辉，蓝色的双眼迎上了他的目光。无限的怜惜袭上他的心头，不是为他自己，而是为他的画像。画像已经变了，以后还会变得更多。它黄金一般的颜色将会凋残灰败，它的红玫瑰和白玫瑰将会死亡。他犯下的每一桩罪孽都会让它增添一个污点，破坏它美丽的容颜。不过，他绝不会犯下什么罪孽。变也好，不变也好，这幅画像都会是他良知的镜鉴。他将会抗拒所有诱惑，再也不跟亨利勋爵见面——至少是再也不听他那些高妙却有毒的理论，当初在巴兹尔·霍沃德家的花园里，就是那些理论第一次激起了他对种种荒唐事物的渴望。他会回头去找西比尔·范恩，给她补偿，跟她成亲，努力找回对她的爱意。是的，他有责任这么做。她承受的痛苦必定比他深重。可怜的孩子！之前他实在自私，对她也实在狠心。他会再次为她痴迷，他俩会幸福地生活在一起。与她相伴，他会拥有美好纯洁的生活。

他从椅子上站起身来，把一扇巨大的屏风拉到了画像的正前方。他瞥了画像一眼，禁不住打了个寒战。"真是可怕！"他暗自嘀咕了一句，跟着就走到落地窗前，打开了窗子。踏上窗外草地的时候，他深深地吸了一口气。晨间的清新空气似乎驱散了他所有的阴郁激情。他满脑子都是西比尔，心里也响起了逝去爱意的隐约回音。他一遍又一遍地念着姑娘的名字。鸟儿在露水浸润的花园里鸣啭，仿佛在向花儿叙说姑娘的遭际。

第八章

午后多时,他才从睡梦中醒来。这之前,贴身男仆维克多几次踮着脚尖蹩进来看他的动静,心下暗自狐疑,年轻的主子为什么这么晚还不起床。等到他终于拉响铃铛,维克多便轻轻悄悄地走了进来,手里端着一个古旧的赛弗尔①小瓷盘,瓷盘里有一杯茶,还有一沓信件。接下来,维克多拉开了三扇长窗的帘子,帘子的材质是橄榄色的绸缎,蓝色的衬里微光闪闪。

"少爷今早睡得很好嘛。"维克多笑眯眯地说道。

"几点钟了,维克多?"多利安·格雷睡意蒙眬地问道。

"一点过一刻,少爷。"

这么晚了!他坐起身来,啜了几口茶,开始翻看信件。其中一封来自亨利勋爵,是勋爵打发人早上送来的。他踌躇片刻,把那封信搁到一边,无精打采地拆开了别的信件。信件的内容跟往常一样,无非是些名片、晚宴请柬、预展门票和慈善音乐会节目单,如此等等。社交季②的每一个早晨,这类货色都会像雨点一般

---

① 赛弗尔(Sèvres)为法国城镇,在巴黎西南不远处,以出产瓷器闻名。
② 社交季起源于十八世纪的英国伦敦上流社会,是上流人士集中进行社交活动和户外活动的时节。按照《德布雷特英国贵族年鉴》的说法,伦敦的社交季由英国王室在伦敦居留的时间确定,为每年的四月到七月以及十月到圣诞节。

洒向上流社会的年轻男士。今早收来的还有一张数目不小的账单,买的是一套路易十五时期[①]的錾银盥洗用具。他还没有勇气把这张账单转给他的那些监护人,因为他们全都是极其老套,压根儿不曾认识到,在我们所处的这个时代,唯一的必需品就是可有可无的东西。除此之外,杰明街的那些放债人[②]写来了几封措辞十分客气的信,说是可以随时提供金额不限的贷款,利息也再合理不过。

约摸十分钟之后,他起了床,胡乱披上一件做工精美的丝绣羊绒睡袍,走进了缟玛瑙铺地的浴室。睡过了头之后,清凉的水倒让他精神一振。之前经历的所有事情,他似乎已经忘得一干二净。有那么一两次,他模模糊糊地记起自己参与过一出离奇的悲剧,然而,那样的记忆虚幻缥缈,如同梦境一般。

刚刚穿好衣服,他立刻走进藏书室,走到开着的那扇窗子近旁,在一张小圆桌跟前坐了下来,开始享用仆人为他准备的一份简单的法式早餐。天气非常好,暖洋洋的空气中似乎洒满了香料。一只蜜蜂飞进来,绕着他前方的那只青花龙纹大罐嗡嗡乱转,罐子里装满了色如硫磺的玫瑰。他觉得无比惬意。

突然之间,他瞥见了自己用来遮挡画像的那扇屏风,不由得打了个激灵。

"少爷冷吗?"贴身男仆一边问,一边把一个煎蛋卷摆到桌上,"要不我把窗子关上?"

[①] 路易十五时期指法王路易十五在位的时期,即1715至1774年。

[②] 杰明街(Jermyn Street)是伦敦市中心的一条街道,当时和现在都有不少绅士服装店。当时的一些裁缝允许顾客赊账并收取利息,实际上等于放债人。

多利安摇了摇头。"我不冷。"他喃喃说道。

这一切难道是真的？画像真的变了吗？会不会，完全是因为想象作祟，他才把画像的喜色看成了凶相呢？不过是一块涂了油彩的画布，哪里有会变的道理？这事情荒谬绝伦，哪天兴许可以当笑话讲给巴兹尔听，肯定能让巴兹尔会心一笑。

可是，他对整件事情的记忆如此鲜明！先是在昏暗的天光之下，接着又在明亮的晨曦之中，他确实看到了那张歪扭嘴巴四周的残忍意味。想到这里，他简直有点儿害怕，怕自己的贴身男仆离开这个房间。他心里明白，一个人独处的话，他肯定忍不住要去察看画像。他害怕事情变得确凿无疑。男仆送来了咖啡和香烟，转身往门外走，他心里立刻腾起一股狂乱的冲动，想要叫男仆留下。男仆带上房门之后，他又把男仆叫了回来。男仆站在那里等候他的吩咐，而他看着男仆，一时间找不到话说。"谁来我都不见，维克多。"他终于说道，叹了一声。男仆躬身施礼，退了下去。

这之后，他起身离开桌子，点上香烟，猛一下坐进一张铺有奢华软垫的沙发，沙发正对着那扇屏风。屏风是件古物，材质是烫金的西班牙皮革，压印的图案十分华丽，风格源自路易十四时期。他满心好奇地审视着屏风，暗自揣测，它可曾遮掩其他某个人的生活隐秘。

难不成，他非得把它挪开吗？干吗不让它留在原处呢？知道真相又能有什么用？事情如果是真的，那就十分可怕。如果不是真的，又何必为它费神？可是，万一时运不济或者阴差阳错，别的什么人窥见了屏风背后的可怕变化，那可怎么办？如果巴兹尔·霍沃德跑了来，想要看看自个儿的作品，他又该如何应付呢？巴兹尔肯定会提出这样的要求。不行，他必须查明这件事情，而且必须马上动手。不管查出什么样的结果，总比眼下这种可怕的悬疑状态要好。

他站起身来，锁上了藏书室两边的门。再怎么说，他必须独自观看自身耻辱的面具，不能让别的人看见。接下来，他拉开屏风，面对面地看到了自己。千真万确，画像变了。

后来他时常想起此刻的情景，一想起就觉得惊异不已：他凝视着自己的画像，刚开始的感觉竟然与科学上的好奇相去无几。画像发生了如此这般的变化，实在让他觉得不可思议。然而，事实是它的确发生了变化。难道说，画布上那些构成形状与色彩的化学原子[①]，与他自身的灵魂存在某种微妙的关联吗？难道说，那些原子会将灵魂的意图付诸实施、将灵魂的梦想变成现实吗？会不会，这事情另有某种更加可怕的因由呢？他打了个冷战，惴惴不安地回到了沙发上，躺在那里，惊骇万分地盯着画像。

另一方面，按他的感觉，画像确实帮了他一个忙，让他认清了自己对西比尔·范恩是多么地亏负、多么地残忍。现在去补救还不算太晚。西比尔仍然可以成为他的妻子。他那种虚无缥缈的自私爱情将会臣服于某种更加崇高的力量，转化为某种更加高尚的激情，巴兹尔·霍沃德为他画的这幅肖像则会成为他人生的指

[①] "化学原子"（chemical atom）这个概念可能是来自英国著名数学家卡尔·皮尔逊（Karl Pearson，1857—1936），他在1892年出版的《科学规范》（*The Grammar of Science*）一书中指出，物理学的研究对象从小到大依次是以太素（ether element）、初始原子（prime-atom），化学原子（chemical atom）、分子（molecule）、质点（particle）和物体（body）。

引。画像对他的意义,将会等同于圣徒对一些人的意义,良知对另一些人的意义,以及畏惧上帝的心理对我们所有人的意义。世上有的是麻痹悔恨感觉的鸦片,有的是迷昏道德意识的药物,画像却为人的堕落提供了一个清晰可见的表征。它是个永不磨灭的标记,昭示着人类对自身灵魂的蹂躏。

钟敲了三点,四点,接着又是四点半的双响报时,多利安·格雷却还是一动不动。他正在努力梳理生活的暗红丝线[①],想用它织出某种图案;想为晕头转向的自己找到一条路径,走出这个激情主宰的血色迷宫。他不知道该做什么,也不知道该想什么。到最后,他走到桌边,给他爱过的那个姑娘写了一封激情洋溢的信,谴责自己丧心病狂,乞求姑娘原谅自己。他写了一页又一页,满纸都是疯狂的悲叹,以及更加疯狂的痛苦忏悔。自责的举动包含着一种奢侈的满足。责备自己的时候,我们会油然觉得,任何旁人都无权责备我们。赦免我们罪行的是告解本身,并不是神甫。信写完之后,多利安觉得,自己已经得到了宽恕。

门上突然传来一声叩击,紧接着,他听见亨利勋爵在外面说话。"亲爱的孩子,我一定得见见你。赶紧让我进去。你这样把自个儿锁在里面,我简直担心极啦。"

他没有立刻答话,继续一动不动地待在原地。外面的人还在敲门,声音越来越大。没错,最好还是让亨利勋爵进来,跟勋爵

[①] "暗红丝线"(scarlet thread)这个意象也见于王尔德同时代作家柯南·道尔(Arthur Conan Doyle,1859—1930)的处女作《暗红习作》(*A Study in Scarlet*,1887)。该小说当中,神探福尔摩斯曾经说:"生活的乱麻苍白平淡,凶案却像一缕贯串其中的暗红丝线……"

讲明他即将展开的新生活,该争吵就争吵,该决裂就决裂。想到这里,他一跃而起,手忙脚乱地用屏风挡住画像,打开了门上的锁。

"这一切真是遗憾极了,多利安,"亨利勋爵一进门就说,"可你千万别太往心里去。"

"你是说西比尔·范恩的事情吗?"小伙子问道。

"是啊,当然,"亨利勋爵一边回答,一边坐进一把椅子,慢条斯理地扯下黄色的手套。"从某个方面来说,这事情确实可怕,话又说回来,这并不是你的错。告诉我,演出结束之后,你去后台看过她吗?"

"去过。"

"我就知道你肯定去过。你跟她闹起来了吗?"

"当时我简直禽兽不如,哈里——绝对是禽兽不如。不过,现在已经没事啦。之前的事情我一点儿也不后悔,因为它让我对自己有了更多的了解。"

"是吗,多利安,你能够这样看待问题,我真是高兴极啦!我本来还担心,你这会儿悔恨得无法自拔,正在撕扯你漂亮的鬈发哩。"

"那些情绪都过去啦,"多利安摇了摇头,笑着说道,"现在啊,我觉得再开心不过了。第一条,我懂得了良知是什么。它并不像你跟我说的那样。它是我们心里最神圣的事物。你可别讥笑它,哈里,再也别这么做——至少是别在我面前这么做。我想做个好人。要是想到自个儿的灵魂变得面目可憎,我会受不了的。"

"你这就算是为道德打下了一个非常迷人、非常艺术的基础,多利安!我向你表示祝贺。可是,你打算从哪儿开始洗心革面呢?"

"从娶西比尔·范恩开始。"

"娶西比尔·范恩!"亨利勋爵大叫一声,站了起来,惊诧莫名地看着他,"可是,亲爱的多利安——"

"行了,哈里,我知道你想说什么,无非是一些关于婚姻的坏话。别说了,再也别跟我说这种话。两天之前,我曾经向西比尔求婚。我不会违背我对她的诺言,她将会成为我的妻子。"

"你的妻子!多利安!……你没收到我的信吗?今早我给你写了信,而且是打发我自己的人送来的。"

"你的信?哦,没错,我想起来了。信我还没看呢,哈里,因为我担心信里有我不喜欢的东西。你总是用你那些格言把生活砍得七零八落。"

"这么说,你什么都不知道喽?"

"这话是什么意思?"

亨利勋爵穿过房间,坐到多利安·格雷身边,紧紧地抓住了多利安的双手。"多利安,"他说道,"我那封信——别害怕啊——是为了告诉你,西比尔·范恩已经死了。"

小伙子爆发出一声痛苦的叫喊,从亨利勋爵的手里抽回自己的双手,一下子跳了起来。"死了!西比尔死了!不可能!胡说八道!你怎么敢这么说?"

"这件事千真万确,多利安,"亨利勋爵神色肃穆地说道,"所有的早报都登了。我写信给你,就是想叫你什么人也别见,等我来了再说。当然喽,他们肯定得搞一场死因调查[①],你可千万别牵

---

① 死因调查是由验尸官主持的一个法律程序。在英格兰和威尔士,验尸官是由地方政府聘任的独立司法官员,职责之一是对非自然死亡进行验尸及死因调查。

扯进去。要是在巴黎,这类的事情会让你成为时髦人物,可是,伦敦人的意见实在太偏颇啦。在咱们这儿,你可千万别在初登社会舞台的时候弄出丑闻,丑闻得留到上了年纪的时候,用来增添生活的色彩。依我看,剧院里的人都不知道你的名字吧?不知道的话,那就算万事大吉。有人看见你去她的房间吗?这一点非常重要。"

多利安惊骇万分,脑子里一片茫然,一时间说不出话来。到最后,他闷声闷气地嗫嚅道,"哈里,你刚才是说死因调查吗?这话是什么意思?难道西比尔——?噢,哈里,我受不了啦!可你还是快说吧,赶快把所有的事情告诉我。"

"我断定这事情绝非意外,多利安,虽然他们只能对公众这么说。情形似乎是这样的,夜里十二点半左右,她正要跟母亲一起离开剧院,却又说自己把什么东西忘在了楼上。他们等了她一会儿,可她始终没有下楼。到最后,他们发现她躺在化妆间的地板上,已经断了气。她不小心吞下了某种东西,某种剧院里用的可怕玩意儿。我不知道那东西叫什么,总之它要么含有普蓝酸,要么就含有铅白①。我估计是普蓝酸,因为她似乎是在顷刻之间死去的。"

"哈里,哈里,太可怕啦!"小伙子叫道。

"确实可怕;不用说,这事情惨极啦,可你千万别让自个儿牵

---

① 普蓝酸(Prussic acid)是氢氰酸的旧称,氢氰酸为氰化氢(HCN)水溶液,为无色易挥发液体,有杏仁气味,剧毒。氰化氢最初由普蓝颜料(即普鲁士蓝,Prussian blue)分离制得,"普蓝酸"这个名称由此而来;铅白(white lead)是一种铅化合物,有毒,以前曾用于制造颜料和化妆品。

扯进去。《旗帜报》①说她十七岁了,可我倒觉得,她应该不到这个年纪。她看着那么稚嫩,表演又显得那么生疏。多利安,你千万别为这件事情慌了神。你得跟我一起去吃晚饭,然后再去歌剧院瞧瞧。歌剧院今晚有帕蒂②的专场,所有人都会去。你可以上我姐姐的包厢去待着,她还带了几个标致的女伴呢。"

"这么说,是我害死了西比尔·范恩,"多利安·格雷喃喃说道,似乎是在自言自语——"我害死了她,情形跟我拿刀子割断了她纤小的喉咙没什么两样。可是,即便发生了这样的事情,玫瑰还是像以前那么娇艳,我家花园里鸟儿的歌声也还是那么欢快。我呢,今晚还是会跟你一起吃饭,然后去歌剧院,再然后,我估计,还得找个地方吃点儿宵夜。生活真是戏剧得不可思议!要是在书里读到这些事情的话,哈里,我觉得我肯定会潸然泪下。然而,不知道为什么,眼下它发生在了现实生活里,发生在了我自己的身上,反倒是显得太过精彩,容不得泪水的存在。喏,这就是我平生写下的第一封激情洋溢的情书。奇怪吧,我第一封激情洋溢的情书居然写给了一个死去的姑娘。我真想知道,他们,那些我们称之为死者的苍白静默之人,还会有感觉吗?西比尔!她还会有感觉,有知觉,有听觉吗?噢,哈里,我曾经多么地爱她!现在想来,那似乎已经是多年之前的事情了。她曾经是我的

---

① 《旗帜报》(*The Standard*)是1827年创刊的一份伦敦报纸,今日犹存。
② 帕蒂(Patti)即阿德丽娜·帕蒂(Adelina Patti,1843—1919),为意大利著名歌剧女演员,曾被意大利作曲家威尔第形容为有史以来最好的歌手。帕蒂经常在伦敦演出。

一切,后来却有了那个可怕的夜晚——那真的只是头天晚上的事情吗?——她演得那么糟糕,我的心都要碎了。她向我解释了所有的原因,模样也可怜极了,可我完全无动于衷,只觉得她非常浅薄。突然之间,发生了一件叫我害怕的事情。我不能告诉你是什么事情,总之它可怕极了。刚才我说过,我打算回去找她。我觉得自己做得不对。现在倒好,她已经死了。我的天哪!我的天!哈里,我该怎么办呢?你不知道我面临着什么样的危险,什么东西也不能还我清白了。她本来是可以还我清白的。她没有权利自杀,这么做太自私了。"

"亲爱的多利安,"亨利勋爵回答道,从自己的烟匣里拿了支烟,又掏出了一只金片做的火柴盒,"女人要想改造男人,唯一的方法就是让男人烦得无以复加,以至于丧失对生活的所有兴趣。要是你真的娶了这个姑娘,那你可就完啦。当然喽,你肯定会好好待她,因为人总是能好好待那些自己漠不关心的人。可是,她很快就会发现,你对她完全不感兴趣。一旦发现自己的丈夫是这种态度,女人要么会邋遢得目不忍睹,要么就会戴上十分漂亮的帽子,费用由其他某个女人的丈夫支付。我还没说到门不当户不对的问题,这个问题极其可怕,当然不会得到我的赞同,抛开这个问题不说,我照样敢跟你打包票,整件事情无论如何也会是一场彻头彻尾的失败。"

"我看也是,"小伙子一边咕哝,一边在房间里来回踱步,脸色白得吓人,"可我觉得我有责任这么做。这桩可怕的悲剧弄得我没能完成应尽之责,并不是我的过错。记得你以前说过,向善的决心都有一个致命的缺陷——总是下得太晚。我这个决心显然属于这种情况。"

"向善的决心不过是一种干预科学定律的徒劳尝试,根子是纯粹的虚荣,结果则是纯粹的虚空。隔三岔五,它们会带给我们一些无济于事的自满自得,对弱者来说不无诱惑。这东西就是这么回事儿,仅仅是我们从自个儿没有户头的银行开出的支票而已。"

"哈里,"多利安·格雷叫道,走上前去,坐在了亨利勋爵身边,"为什么,我对这桩悲剧的感受达不到我希望的那种程度呢?依我看,我并不是一个铁石心肠的人啊。你说呢?"

"前两个星期你干了太多的蠢事,已经配不上'铁石心肠'这个称号啦,多利安。"亨利勋爵回答道,脸上露出了迷人的苦笑。

小伙子皱起了眉头。"我不喜欢你这个解释,哈里,"他抗议了一句,"可我还是挺高兴的,因为你并不认为我铁石心肠。我绝对不是那种人,这一点我很清楚。不过,说老实话,之前的这件事情并没有对我造成该有的震撼。按我的感觉,它似乎只是一出精彩戏剧的精彩结局,囊括了古希腊悲剧的惨烈之美,我虽然在剧中扮演了重要的角色,最后却毫发无伤。"

"这是个很有意思的问题。"亨利勋爵说道。他拨弄着小伙子潜意识之中的自矜自负,从中得到了极大的乐趣——"有意思极了。依我看,正确的解释是这样的:真正的生活悲剧往往发生得极不艺术,以致我们受创于它们的粗蛮暴烈、混乱支离、荒诞无稽、格调阙如。这类悲剧对我们的影响,跟粗俗的事物一模一样。它们以纯粹的蛮力冲击我们,使得我们厌恶不已。然而,有些时候,蕴含着艺术之美的悲剧会降临到我们的生活当中。如果这些美的元素真实存在,整件事情就会深深打动我们的戏剧感官。

突然之间，我们发现自己不再是剧中的演员，摇身变成了看戏的观众。这么说吧，既是演员又是观众。我们观看自己的表演，单是这种非同寻常的奇妙情境就让我们心醉神迷。拿眼下这个例子来说吧，究竟发生了什么事情呢？某个姑娘因为爱你而自杀身死。真希望我也能有这样的经历，这样的经历会让我终此一生都痴迷于爱情。那些倾慕我的人——数目不算太多，可也有那么几个——总是乐此不疲地活着，即便我早已失去了对她们的兴趣，或者她们早已失去了对我的兴趣。她们变得执拗烦人，每次相遇，她们都会立刻谈起往日的事情。女人的记性可真要命！这种记性多么可怕！它反映出的智力停滞又是多么彻底！人应该尽情领略生活的色彩，绝不该记住生活的细节。细节永远都是粗俗的。"

"我得在我的花园里种点儿罂粟①才行。"多利安叹道。

"没这个必要，"他的同伴不以为然，"生活的手里永远都不缺罂粟。当然喽，有些时候，确实会出现赖着不走的东西。有一次，我整整一季什么花都不戴，光是戴紫罗兰，就为了向一段不肯死去的浪漫表达艺术的哀思。不过，最后它还是死掉了。我记不得是什么杀死了它，应该是她的那句表白吧，说是要为我牺牲整个世界。那样的时刻总是让人揪心，让人充满了对于永恒的恐惧。对了——你相信吗？——一个星期之前，在汉普希尔夫人家的晚宴上，我竟然坐在了前面说的那位女士旁边，而她坚持要把整件事情复习一遍，刨出往昔，挖掘未来。我已经把我的浪漫埋在了

---

① 根据古希腊神话，罂粟是生长在睡神许普诺斯居所门口的花。这种花在西方文化中象征着睡眠、遗忘、安宁和死亡。

一畦日光兰①下面，可她非得把它扯出来，还一口咬定我毁掉了她的生活。我得说明一下，她那顿晚餐吃得酣畅淋漓，所以我并没有产生丝毫忧虑。可是，她的表现是多么没有品味！过去的唯一魅力就在于已成过去，女人却永远认识不到大幕已经落下，总是想看到第六幕②，一旦戏剧的精彩之处彻底告罄，她们就要求接着往下演。要是由着她们的话，所有的喜剧都得以悲剧收场，所有的悲剧又都会在闹剧中结束。她们的矫揉造作确实迷人，可她们完全没有艺术品味。你比我幸运多啦。我跟你打包票，多利安，我认识的哪个女人也不会为我做西比尔·范恩为你做的事情。平庸的女人总是懂得自我安慰，其中的一些借助于种种多愁善感的颜色。千万别相信浅紫色装束的女人，不管她什么年纪，也不要相信年过三十五还喜欢粉红丝带的女人。这样的爱好总是意味着她们阅历不浅。另一些女人突然从自己的丈夫身上看到了种种可贵的品质，由此得到了极大的安慰。她们在人前显摆自己的婚姻幸福，就跟它是最最迷人的罪孽似的。宗教也给一些女人提供了安慰。有个女人跟我说过，宗教的种种神秘具有跟调情一样的魅力，而我也非常明白她的意思。除此之外，再没有比'罪人'这个称号更大的恭维啦。良知把我们所有人都变成了自大狂。没错，女人从现代生活当中找到的安慰真可谓无穷无尽。说实在的，我

---

① 日光兰（asphodel）是刺叶树科日光兰亚科一属多年生开花草本植物的统称，原产于西欧、中欧和南欧。根据古希腊神话，冥王哈得斯统治的地府里有一片"日光兰之原"（the field of asphodel），是死者最后的安息之所。

② 迄近代为止，西方戏剧先后以三幕及五幕为主要样式，《莎士比亚全集》中所有戏剧都只有五幕。

还没讲到最重要的那个安慰呢。"

"是什么呢,哈里?"小伙子无精打采地说道。

"咳,就是最明显的那个安慰。自己的仰慕者没了,那就拿别人的仰慕者来填补空缺。在上流圈子里面,这样的举动总是能洗刷一个女人的耻辱。不过,说真的,西比尔·范恩跟所有那些司空见惯的女人该有多不一样啊!在我看来,她的死蕴含着一种巨大的美感。生活在一个涌现如此奇迹的时代,我真是深感庆幸。这样的奇迹让人相信,大家都不当真的一些事物毕竟是真实的存在,比如浪漫,比如激情,比如爱情。"

"当时我对她冷酷极了。这一点你忘了说。"

"恐怕我不得不说,女人最欣赏冷酷,赤裸裸的冷酷,胜过欣赏其他任何事物。她们都拥有不可思议的原始本能。我们已经解放了她们,可她们一切照旧,依然是渴望有个主子的奴隶。她们喜欢被人主宰。我敢肯定,当时你表现得好极了。我从没见过你实实在在地生气,可我能够想象,你当时的样子有多可爱。还有啊,归根结底,前天你就跟我说了一些话,当时我觉得那些话只是你的异想天开,现在才发现那些话千真万确,而且是整件事情的关键所在。"

"什么话呢,哈里?"

"你当时说,在你心目当中,西比尔·范恩是所有浪漫传奇女主角的化身——她这一晚是苔丝狄蒙娜,下一晚又是奥菲利娅,就算在朱丽叶的身上死去,也会从伊摩琴的身上复活。"

"现在她不会复活了。"小伙子喃喃说道,用双手捂住了脸。

"没错,她确实不会复活。她已经演完了最后一个角色。可是,你只能这么想,她在那个花里胡哨的化妆间里孤独地死去,无非是一个诡异骇人的戏剧片断,来自某一出詹姆斯一世时代①的悲剧,无非是韦伯斯特、福特或者西里尔·图尔纳②笔下的一个精彩场景。这个姑娘从来不曾真正活过,因此也从来不曾真正死去。至少是对你而言,她从头到尾都是一个梦,是一个在莎士比亚戏剧当中翩然飞舞、为莎士比亚戏剧增辉添彩的幻影,是一支令莎士比亚的音乐更加圆润、更加喜气洋洋的芦笛。在她刚刚触及真实生活的那个瞬间,她破坏了生活,生活也破坏了她,所以她就去了。你想要哀悼的话,那就为奥菲利娅哀悼吧。你尽可以把灰土撒在头顶③,因为考狄利娅已经被人缢死,尽可以仰天悲号,因为勃拉班修④的女儿已经香消玉殒。可你千万别为西比尔·范恩浪费眼泪,因为她比那些角色还要虚幻。"

两人都沉默下来,房间里暮色渐深。形形色色的影子,曳着银色的双足,无声无息地从花园里爬了进来。各种器物的色彩倦意沉沉地慢慢褪去。

过了一会儿,多利安·格雷抬眼看着亨利勋爵。"你向我讲

---

① 詹姆斯一世时代即英王詹姆斯一世在位的时代,亦即1603至1625年。这个时代和之前的伊丽莎白时代(1558—1603)同被视为英国戏剧的黄金时期,参见前文注释。

② 韦伯斯特(John Webster, 1580?—1634?)、福特(John Ford, 1586—1639?)和西里尔·图尔纳(Cyril Tourneur, 1575?—1626)都是詹姆斯一世时代的剧作家。

③ 把灰撒在头上是犹太人表示哀悼的一种方式,《圣经·撒母耳记下》当中写道:"他玛把灰尘撒在头上,撕裂所穿的彩衣,以手抱头,一面行走,一面哭喊。"

④ 勃拉班修(Brabantio)是《奥瑟罗》当中的角色,苔丝狄蒙娜的父亲。

清了我自己是怎么回事，哈里，"他轻声说道，略显宽慰地叹了一声。"你讲的道理我都心有戚戚，可是，不知道为什么，以前我总是害怕这些道理，自己跟自己也讲不明白。你可真是我的知己！不过，咱们还是别再谈之前的事情了吧。那是一段奇妙的经历，仅此而已。我倒想知道，未来的生活有没有为我备下同样奇妙的东西。"

"生活为你备下了一切，多利安。凭着这副非同凡响的俊美外表，你没有什么做不到的事情。"

"可是，哈里，假如我变得憔悴苍老、皱纹满面呢？那时会怎么样呢？"

"哦，那时啊，"亨利勋爵说道，起身准备离去——"到那时，亲爱的多利安，你就得通过艰辛的奋斗去争取胜利。现在呢，胜利会自己送上门来。不成，你一定得留住你的美貌。在我们生活的这个时代，过度的阅读遮蔽了聪明，过度的思考扼杀了美丽。我们可不能失去你。好啦，你还是赶紧换好衣服，坐车去俱乐部吧。说实在的，咱们已经迟了不少啦。"

"我看我还是到歌剧院去跟你会合吧，哈里。我觉得非常疲倦，什么也不想吃。你姐姐的包厢是几号来着？"

"二十七号，我没记错的话。包厢在大观层①，门上有她的名字。可是，你不过来吃饭，我觉得挺遗憾的。"

"我觉得我吃不下，"多利安无精打采地说道，"不过，你跟我

---

① 大观层（grand tier）通常指楼座一层，是剧院中视野最好的区域之一。以伦敦的皇家意大利歌剧院为例，英国王室观剧的包厢就在这一层。

讲了这么些道理，我真是感激不尽。你绝对是我最好的朋友，谁也不曾像你这么理解我。"

"咱俩的友谊这才刚刚开始呢，多利安，"亨利勋爵说道，跟多利安握了握手，"再见。希望你能在九点半之前赶到。别忘了，今晚可有帕蒂的演出呢。"

亨利勋爵带上房门之后，多利安·格雷摇响了唤人铃。几分钟之后，维克多拿着几盏灯走进房间，放下了百叶帘。多利安火急火燎地等着男仆离开。照他的感觉，男仆的每件活计都耗去了无穷无尽的时间。

男仆刚刚离去，多利安立刻冲向屏风，一把拉开了它。没有，画像并没有发生进一步的变化。没等他本人听到西比尔·范恩的死讯，画像早已知晓此事。生活之中的种种事件，画像都可以即时洞悉。那一抹邪恶的残忍意味破坏了它嘴部的精致线条，无疑是出现在姑娘饮下毒药的那个瞬间，不管姑娘饮下的是什么毒药。如其不然，画像的变化会不会与行为的实际后果无关呢？难道说，它省察的仅仅是灵魂深处的念头吗？他琢磨着这些问题，期望有一天能亲眼看到画像发生变化的过程，一边这么期望，一边战栗不已。

可怜的西比尔！这一切何等浪漫！她常常在舞台上摹仿死亡，死神也终于亲身降临，带着她一起去了。那可怕的最后一场，她究竟是怎么演绎的呢？死去的时候，她有没有诅咒过他呢？不会的。她为了对他的爱情而死，从今往后，爱情永远都会是他心目中的神圣典礼。她以自己的生命献祭，赎清了所有的过失。他再也不会去想她让他遭过的罪，再也不会去想剧院里的那个可怕夜晚。想到她的时候,他只会想到一个非凡的悲剧角色,奉上天的差遣来到尘世的舞台,为的是向世人证明爱情的绝对真实。非凡的悲剧角色?想起她孩子一般的形容、奇妙迷人的举止,还有她羞赧娇怯的韵致,泪水涌进了他的眼眶。他匆匆挥去泪水,重新打量起画像来。

他真真切切地觉得,抉择的时刻已经到来。又或者,他早已做出了抉择?没错,生活已经替他做了抉择——不光是生活,还有他自己对生活的无尽好奇。永远的青春、无止境的激情、妙不可言的隐秘乐趣、恣肆的快活,以及更加恣肆的罪孽——所有这些他都要尽情体验。画像将会替他背负耻辱的重担,仅此而已。

想到画布上的悦目容颜即将蒙垢受辱,一阵痛楚悄然袭上他的心头。之前有一次,他孩子气地想要模仿纳西瑟斯,于是就亲吻或是作势亲吻了画中人的嘴,眼下呢,这张嘴冲他扮出了一个无比冷酷的笑容。一个又一个早晨,他曾经坐在画像跟前,叹赏它的美丽,有些时候,他简直觉得自己为它着了魔。难道说,从今往后,它会随着他的每一次情绪失控而变化吗?难道说,它会变成一个令人作呕的怪物,被他藏进某个落锁的房间,再也见不到那总是令它波光潋滟的绝美金发更添明艳的阳光吗?可惜啊!真是可惜!

有那么一瞬间,他想要对天祈祷,祈祷他和画像之间的这种可怕关联就此终结。画像因他的祈祷而起了变化,兴许也会因他的祈祷而不再变化。可是,不管永葆青春的机会有多么荒诞无稽,不管它伴随着多么严重的后果,只要对生活有一点儿起码的了解,哪个人愿意放弃这样的机会呢?再者说,这事情真的由他做主吗？这样的替代关联真的是他的祈祷造成的吗？整件事情的背后，会不会有某种古怪的科学道理呢？思维既然能影响有生命的有机体，会不会也能影响没有生命的无机物呢？进一步说，即便没有思维和主观愿望的参与，身外之物就不能与我们的心绪和激情产生共振，原子与原子就不能因神秘的爱意或者奇异的亲近感而彼此响应吗？不过，缘由的问题无关痛痒，总之他绝不会再拿祈祷去撩拨任何可怕的力量。画像要变，那就由它去变。这事情到此为止，干吗要刨根问底呢？

更何况，观看画像还会带来一种真正的乐趣。有了它的指引，他可以深入自己内心的隐秘处所。对他来说，这幅画像就是魔镜之中的魔镜。它已经向他揭示了他自己的躯体，将来还会向他揭示他自己的灵魂。除此之外，寒冬将它笼罩的时候，他自己依然会踏在春天颤悠悠步入夏天的地方。当血色悄悄离开它的脸庞，留给它一张惨淡的白垩面具和一双呆滞无神的眼睛，他自己依然会保有翩翩少年的迷人风采。他美貌的鲜花永远绽放，一朵也不会凋残。他生命的脉息永远磅礴，一丝也不会衰减。跟希腊诸神一样，他也会永远强壮，永远矫健，永远快活。画布上的这个彩色人形变成了什么样子，又有什么关系呢？他自己是安全的。这样就足够了。

他一边微笑，一边把屏风拉回原处，让它继续挡在画像前方，然后便走进卧室，他的贴身男仆已经在那里恭候。一个小时之后，他已经坐在了歌剧院里，而亨利勋爵探出身子，正在向他的座位凑过去。

第九章

第二天早上,他正在用早餐,仆人把巴兹尔·霍沃德领进了房间。

"可算是找到你了,多利安,"霍沃德神色严峻地说道,"昨晚我就来过,他们说你上歌剧院去了。不用说,我知道那是不可能的事情。可我真希望你当时留了话,好让我知道你真正的去向。我整晚都难受极了,心里还有点儿害怕,怕的是祸不单行。要我说,刚听说这件事情的时候,你应该发封电报给我才是。我读到这个消息完全是碰巧,因为我在俱乐部顺手抄起了一张晚版的《环球报》[①]。之后我马上赶到了这里,发现你没在,心里十分着急。我实在没法向你形容,整件事情让我多么地痛心。我知道,你肯定痛苦极了。可是,当时你上哪儿去了呢?是去看这个姑娘的母亲了吗?有那么一瞬间,我真想跟过去找你。报纸上登了她家的住址。是在尤斯顿路上的某个地方,对吧?可我担心自己无力抚慰你们的伤痛,反而会打搅你们。可怜的妇人!不知道她有多伤心!还有,这可是她唯一的孩子啊!这事情她是怎么说的呢?"

---

① 《环球报》(*The Globe*)是创办于1803年的一家伦敦报纸,于1921年并入《朴尔莫尔公报》。

"亲爱的巴兹尔,我怎么知道呢?"多利安·格雷咕哝道,端起一只做工精巧、饰有金珠的球形威尼斯玻璃杯,啜了一点儿淡黄色的葡萄酒,一副厌烦之极的模样,"当时我在歌剧院啊。你应该上那儿去找我。我在那儿初次碰见了格温德林夫人,也就是哈里的姐姐,我们都坐在她的包厢里。她真是迷人极了,帕蒂也唱得美妙绝伦。别谈那些吓人的话题啦。只要你闭口不谈一件事情,那它就等于没有发生过。就像哈里说的那样,唯有表达能让事物获得真实性。我得提一句,这姑娘并不是那个妇人唯一的孩子。她还有个儿子,我估计肯定是个标致的小伙子。可他并不演戏,干的是水手之类的行当。好啦,跟我说说你自个儿,说说你手头的画吧。"

"你去了歌剧院?"霍沃德说道,语速十分缓慢,声音里还带着一抹绷得紧紧的痛苦,"死去的西比尔·范恩还躺在肮脏污秽的寄宿公寓里,你却去了歌剧院?你心爱的姑娘还没有入土为安,你就能跟我谈论别的女人如何迷人、帕蒂的歌声如何美妙?要知道,伙计,种种恐怖正在等着吞噬她纤小苍白的躯体啊!"

"别说了,巴兹尔!我不想听!"多利安大叫一声,一跃而起,"你可千万别跟我说东说西。事情完了就是完了,过去了也就过去了。"

"昨天也能叫做过去吗?"

"这跟实际过了多长时间有什么关系呢?只有浅薄的人才需要三年五年的时间来摆脱一种情感。独立自主的人都可以随时终结哀伤,就跟找到乐趣一样轻而易举。我可不想听任自身情感的摆布。我要做的是利用它们,享受它们,主宰它们。"

"多利安,你这话太吓人啦!肯定是有什么东西彻底地改变了你。你的模样一点儿也没变,还是那个日复一日到我画室去当模特的翩翩少年,可是,那时的你又单纯又自然,心里充满了爱,可以说是全世界最最纯洁不染的生灵。现在呢,我不知道你中了什么邪,说话的口气就好像全无心肝、全无恻隐。你这都是哈里教的,我看出来了。"

小伙子一下子红了脸,走到窗边,对着花园看了片刻。葱绿的花园洒满阳光,景物闪闪烁烁。"我欠了哈里天大的人情,巴兹尔,"他终于开了口——"比欠你欠得多。你只是教会了我贪慕虚荣。"

"这么说的话,我已经为此受到了惩罚,多利安——或者说,总有一天会受到惩罚。"

"我不明白你这是什么意思,巴兹尔,"小伙子叫道,转过身来,"也不明白你想要什么。你到底想要什么呢?"

"我想要以前给我当模特的那个多利安·格雷。"画家悲哀地说道。

"巴兹尔,"小伙子说道,走到画家身边,一只手搭上画家的肩膀,"你来得太晚啦。昨天,当我听说西比尔·范恩自杀的时候——"

"自杀!天哪!确确实实是自杀吗?"霍沃德叫道,抬眼看着多利安,满脸都是惊骇。

"亲爱的巴兹尔!你总不至于认为这是一起庸俗不堪的事故吧?她当然是自杀的。"

年长的男人用双手捂住了脸。"太可怕了。"他喃喃说道,禁不住打了个寒战。

"不可怕,"多利安·格雷说道,"一点儿也不可怕。这是当代最了不起的浪漫悲剧之一。通常来说,演员在现实中过的都是再平凡不过的生活。他们都是些尽责的丈夫,忠诚的妻子,或者是其他类型的乏味人物。你明白我的意思吧——讲的是中产阶级的规矩,外加所有诸如此类的玩意儿。西比尔跟他们多不一样!她用生活完成了她最出色的悲剧。从头到尾,她始终都是戏台上的女主角。演出的最后一个晚上,就是你看见她的那个晚上,她演得那么糟糕,恰恰是因为她认识到了爱情的真实性。等她认识到爱情只是虚幻的时候,她死去了,若是处在她的境地,朱丽叶兴许也会死去。她辞别人间,返回了艺术的国度,着实具有殉道者的风范。她的死,跟殉道一样徒劳可叹,跟殉道一样凄美动人。可是,听我说了这些,你可千万别以为我一点儿也不难过。要是你赶在昨天的某个时刻来——比方说五点半左右,或者是差一刻六点——就会看到我泪流满面的模样。说实在的,就连哈里都完全不了解我那时的痛苦,哈里当时在这儿,消息是他告诉我的。我遭了天大的罪。后来呢,这种感觉就过去了。我没办法重复一种情感,谁都没办法重复,除了多愁善感的人以外。还有啊,你真是一点儿道理也不讲,巴兹尔。你来是为了安慰我,原本是一番美意。看到我已经得到了安慰,你反而火冒三丈。你这样可真叫有同情心!你让我想起了哈里给我讲的一个故事,说是有一个慈善家,花了二十年的时间来矫正某种不公,或者是修改某种不公的法律——我忘了到底是哪一样了。最后他终于大功告成,心里却失望得无以复加。他完全没有事情可做,差一点儿无聊至死,结果就变成了一个无可救药的反人类分子。对了,亲爱的巴兹尔老兄，你要是真想安慰我的话，倒不如教我怎么忘记之前的事情，或者教我用一种相宜的艺术眼光来看待它。戈蒂耶①不是经常写到艺术的安慰作用吗？记得有一天，我在你的画室里捡起一本皮面的小册子，偶然读到了那个可喜的句子。不过，我可不像咱俩一起去马洛②的时候你跟我提过的那个小伙子，那时你告诉我，那个小伙子总是说，黄色的绸缎可以让人忘怀生活里的所有苦难。我非常喜欢那些可以触摸把玩的美丽事物，古旧的织锦啦，绿锈斑斑的青铜啦，漆器啦，牙雕啦，优美的环境啦，奢侈品啦，节日盛装什么的，所有这些都可以带给人很多乐趣。可是，它们还可以创造艺术情怀，至不济也可以揭示艺术情怀，对我来说，这种情怀才是更重要的东西。就像哈里说的那样，一旦成为自己生活的旁观者，你就可以逃脱生活的苦难。我知道，我这么说话会让你觉得奇怪，因为你还没认识到我的进步有多大。你刚认识我的时候，我不过是一名学童。现在呢，我已经长大成人，有了新的激情，新的思想，新的见解。我确实跟以前不一样了，可你绝不能减少对我的喜爱。我确实变了，可你还得做我永远的朋友。当然喽，我非常喜欢哈里，不过我也知道，你比他好。你并不比他强大——你对生活太过畏惧——可你确实比他好。还有啊，以前咱俩在一起的时候，真的是开心极啦！不要离开我，巴兹尔，也

---

① 戈蒂耶（Théophile Gautier，1811—1872）为法国诗人、剧作家、小说家及文艺批评家，著述颇丰，热情鼓吹浪漫主义，对包括王尔德在内的很多作家产生了影响。"为艺术而艺术"这句口号因他而脍炙人口，他还曾在一本诗集的前言中写道："艺术是生活的最大安慰。"

② 马洛（Marlow）是英格兰白金汉郡城镇，在伦敦西面约50公里处。

不要跟我争吵。我就是我，别的就没什么可说的了。"

听了这番话，画家心里涌起了一种莫名的感动。这个小伙子是他的至亲至爱，小伙子的魅力也曾让他的艺术发生极其重大的转折。到这会儿，他再也不忍心出言责备。说到底，小伙子的冷漠多半只是一种转瞬即逝的情绪而已。小伙子的身上，毕竟有那么多的善良秉性，那么多的高贵品质。

"好吧，多利安，"良久之后，画家终于开了口，脸上带着哀伤的笑容，"今天之后，我再也不会跟你提起这件可怕的事情。我只是希望，你的姓名不会跟这件事情搅在一起。死因调查的时间就在今天下午。他们传你去了吗？"

多利安摇了摇头，听到"死因调查"这个字眼儿的时候，厌恶的表情从他脸上一掠而过。这一类的玩意儿，全都包含着如此粗鄙、如此庸俗的意味。"他们不知道我的姓名。"他回答道。

"她总该知道吧？"

"只知道我的教名，而且我敢肯定，她从来都没有跟任何人提过。有一次，她跟我说，他们都很想知道我是谁，可她每次都告诉他们，我名叫迷人王子。她这么说真是可爱。你一定得帮我画一张西比尔的像，巴兹尔。我想给自己添一点儿纪念她的东西，不能只留着几个吻和一些断肠词句的回忆。"

"既然你喜欢，多利安，我可以试着画点儿东西。可你自己一定得上我那儿去，再给我当当模特。没有你，我已经画不下去啦。"

"我再也不能给你当模特了，巴兹尔。绝对不行！"他大叫一声，往后缩了一缩。

画家直愣愣地盯着他。"亲爱的孩子啊，你这是什么话！"画家叫道,"难不成,你是想说你不喜欢我给你画的像吗?画像在哪儿呢?你干吗要拿屏风挡着它?让我瞧瞧它。它可是我一辈子的巅峰之作啊。赶紧把屏风拉开吧,多利安。你的仆人用这种方法遮挡我的作品,实在是太过分啦。刚才进来的时候,我就觉得这房间看着有点儿不对劲。"

"这跟我的仆人不相干,巴兹尔。你总不至于以为我会允许他来布置我的房间吧?他有时可以帮我摆摆鲜花——仅此而已。不是他,屏风是我自己放的。照在画像上面的光线太强了。"

"太强!没这回事吧,亲爱的伙计?它挂那个位置正合适。让我过去看看。"说到这里,霍沃德举步走向画像所在的那个角落。

多利安·格雷爆发出一声惊骇的叫喊,一头冲到了画家和屏风之间。"巴兹尔,"他说道,脸色一片煞白,"你可千万别看。我不想让你看。"

"我自个儿的作品都不让看!你不是当真的吧。干吗不让我看呢?"霍沃德嚷道,笑了起来。

"你要是去看的话,巴兹尔,我拿我的名誉起誓,这辈子再也不会跟你说一句话。我这话绝对当真。我不会给你任何解释,你也别来问我。可你得记着,只要你碰一碰这道屏风,咱俩的交情就算是彻底完了。"

霍沃德恍如五雷轰顶,万分惊愕地看着多利安·格雷。他从来没见过多利安这副模样。小伙子实实在在地气白了脸,双手紧攥,瞳仁仿佛是两团蓝色的火焰,全身都在打颤。

"多利安!"

"别说了!"

"我说,有什么大不了的呢?你不想让我看,我当然不会去看,"画家冷冰冰地说道,转身走向窗边,"不过,说实在的,我连自个儿的作品都不能看,似乎有点儿荒唐,更何况,秋天我还要送它去巴黎展览呢。那之前,我多半得再给它上一道清漆,所以我迟早得看到它。既然如此,今天看又有何不可呢?"

"送它去展览!你想送它去展览?"多利安·格雷高声喊道,莫名的恐惧在他心里蔓延。他的秘密就要暴露给全世界了吗?世人就要为他生活的隐秘目瞪口呆了吗?绝对不行。采取行动——不知道什么行动——反正得立刻采取行动。

"是啊,这你总不至于反对吧。乔治·珀蒂打算把我最好的作品收集起来,在瑟泽街办个特展①,开幕的时间是十月的第一周。画像我只需要用一个月,照我看,这么点儿时间你绝对不会不舍得。实际上,那时你保准儿不在城里。再说了,既然你总是拿屏风挡着它,想必不会对它特别在意。"

多利安·格雷用手抹了抹额头,额头上挂着串串汗珠。按他的感觉,自己已经大难临头。"一个月之前,你跟我说,你永远也不会把它送去展览,"他叫道,"为什么又改了主意呢?你们这些人讲究始终如一,可你们的心绪跟别的人一样多变。唯一的区别,不过是你们的心绪变化没什么道理而已。你曾经极其郑重地跟我保证,世上的一切都不能诱使你把它送去展览,这你总不至于忘了吧。你跟哈里也说过一模一样的话。"说到这里,他突然停了下

---

① 乔治·珀蒂(Georges Petit,1856—1920)为法国著名艺术品商,印象派艺术的重要赞助人。他的画廊在巴黎的瑟泽街(*Rue de Sèze*),画廊于 1933 年关闭。

来，眼睛里亮起一点光芒。他记了起来，亨利勋爵曾经半开玩笑半认真地告诉他，"你要是想尝试一刻钟的奇异感受，那就让巴兹尔说说他为什么不肯展出你的画像吧。以前他跟我说过他为什么不肯，给我的感觉简直像天启一样哩。"没错，说不定，巴兹尔也有自个儿的秘密。他得问问巴兹尔，看看能不能把秘密刨出来。

"巴兹尔，"他一边说，一边凑到巴兹尔跟前，直直地看着对方的脸，"咱俩都有一个秘密。你把你的秘密告诉我，我就把我的告诉你。以前你不肯展出我的画像，原因在哪里呢？"

画家不由自主地打了个冷战。"多利安，如果我告诉你，你多半就不会那么喜欢我啦，肯定还会嘲笑我。这两个后果，哪一个我也承受不了。如果你希望我永远不再看你的画像，那我倒可以接受，反正我总可以看你本人。如果你不想让世人看见我这辈子的巅峰之作，我也没什么不满意的。对我来说，你的友情比任何名誉和声望都重要。"

"不行，巴兹尔，你一定得告诉我，"多利安·格雷不依不饶，"我觉得我有权知道。"他的恐惧感已经消退，取而代之的则是好奇心。他打定了主意，一定要刨出巴兹尔·霍沃德的秘密。

"咱们坐下吧，多利安，"画家说道，一副心慌意乱的模样，"咱们坐下说吧。好了，你只需要回答我一个问题。你有没有注意到画像当中的某种古怪呢？——它一开始多半没有引起你的注意，后来却突然显现在了你的眼前，有没有这样的事情呢？"

"巴兹尔！"小伙子大叫一声，颤抖的双手紧紧地抓住了椅子的扶手，惊骇狂乱的双眼直愣愣地盯着画家。

"我明白啦，你确实注意到了。可你什么也别说，先听我把话讲完。多利安，从遇见你的那一刻开始，你的魅力就对我产生了无比奇妙的影响。我受了你的主宰，灵魂、大脑和能力都是如此。你为我具体地呈现了那种完美的样板，以前我一直看不见它，可它的影子总是在我们这些搞艺术的人心里萦回，仿佛是一个绝美的梦幻。我崇拜你。我开始嫉妒跟你交谈的所有人，想把你的一切变成我的专利。只有在跟你相聚的时候，我才会觉得快乐。即便是没在我身边的时候，你依然存在于我的艺术之中……当然，这一点我从未向你透露一丝一毫。那样是绝对行不通的。你肯定理解不了，连我自己都觉得莫名其妙。我只知道，我面对面地看到了'完美'本身，我眼里的世界从此精彩纷呈——兴许是精彩得过了头，因为这一类的疯狂崇拜全都蕴含着一种危险，那就是丧失崇拜激情的危险，丧失的危险跟维系的危险一样大……时间一周一周地过去，我对你越来越着迷。然后呢，情况又有了新的发展。之前我为你画像的时候，你时而是盔明甲亮的帕里斯①，时而又是阿冬尼，身披猎手斗篷、手执锃亮的刺猪标枪②。你曾经坐在我的面前，头戴沉甸甸的莲花，仿佛是坐在哈德良的船头，正在凭眺尼罗河的浑浊绿波③；还曾经俯身向地，仿佛是临着古希腊林地里的那个宁静池塘，看到悄无声息的银色水面映出了自己的

---

① 帕里斯（Paris）是古希腊神话中的特洛伊王子，长相俊美，因诱拐斯巴达王后海伦而引发特洛伊战争。

② 根据古希腊神话，阿冬尼喜欢打猎，最后为野猪所伤，死在阿弗洛狄忒的怀里。参见前文注释。

③ 这句话的意思是格雷扮成了安提瑙斯，关于安提瑙斯的死，说法之一是他与哈德良一起泛舟尼罗河，溺死在了河里。参见前文注释。

非凡美貌[1]。所有这些都符合艺术的理想标准——无知无觉、完美无瑕、超然世外。然而，有一天，有时我真觉得那是劫数来临的一天，我决定给你画一幅美妙的肖像，画你本来的样子，画中的你不再裹着那些湮灭时代的装扮，而是穿着你自个儿的衣服，身处你自个儿的时代。也许是因为这种手法的现实主义特性，也许只是因为你自身的非凡魅力直接呈现在了我的面前，不再有雾气或者纱幕的遮掩，到底是哪一种原因，我自己也不知道。可我知道，画这幅画的时候，我恍然觉得，丝丝缕缕的色彩都揭示了我内心的秘密。我渐渐担起心来，担心旁人看出我这种崇拜偶像的心理。那时我觉得，多利安，我吐露了太多的秘密，在画像里倾注了太多的自我。就是在那个时刻，我下定了决心，永远也不能让它出现在展览当中。当时你有点儿生气，那只是因为你没有完全领会它对我的意义。哈里听我讲过这当中的缘由，可他只是嘲笑我。不过，我并不在乎他的嘲笑。画完之后，我独自坐在画像旁边，觉得自己的决定没有错……好了，几天之后，这东西离开了我的画室。刚刚摆脱它在画室里施放的那种让人无法承受的魔力，我立刻觉得自己愚不可及，居然会荒唐地以为，自己不光在画像里看到了你无比俊俏的长相和我自己的绘画本领，还看到了别的什么东西。即便是现在，我仍然不由自主地觉得，认为创作过程当中的激情真的会在作品里有所体现，实在是一种错误的想法。艺术总是比我们想象的更为抽象。形状和色彩向我们揭示的只是形状和色彩，再没有别的东西。我常常觉得，艺术对艺术家

---

[1] 这句话的意思是格雷扮成了纳西瑟斯，参见前文注释。

本人的掩藏效果始终都比揭示效果彻底得多。所以呢，接到巴黎方面的邀请之后，我决定把你的画像用作我这场展览的首要展品。之前我从来都没想到，你居然会拒绝这件事情。现在我明白了，你这么做是对的，这幅画确实不该展出。听了我说的这些事情，多利安，你可千万别生我的气。就像我跟哈里说过的那样，你生来就是让人崇拜的。"

多利安·格雷长长地吸了一口气，双颊重新有了血色，唇边也漾起了笑意。危险已经过去，他暂时可保无虞。然而，听了适才这番奇异的告白，他禁不住对画家产生了无尽的怜悯，并且暗自揣测，有没有那么一天，他自己也会像画家这样，彻底臣服于某位友人的魅力。亨利勋爵十分危险，因此就格外迷人。可是，勋爵的魅力仅止于此。勋爵太过聪明，太过玩世，没法让人产生真正的喜爱。有没有那么一天，某个人会让他心里充满奇异的崇拜之情呢？生活为他备下的种种遭际之中，包不包括这一样呢？

"我觉得非常意外，多利安，"霍沃德说道，"你竟然从画像里看出了这一点。你真的看出来了吗？"

"我在画像里看到了某种东西，"多利安回答道，"某种让我莫名其妙的东西。"

"这么说，现在你不会介意让我看看它了吧？"

多利安摇了摇头。"你真的不该提这个问题，巴兹尔。我绝不会让你站到画像跟前。"

"有一天你会的，对吧？"

"永远不会。"

"好吧，也许你是对的。好了，我得跟你告辞啦，多利安。一生之中，只有你一个人真正地影响到了我的艺术。我创作出来的好作品，全都得归功于你。唉！你根本不会知道，把刚才那些事情告诉了你，我付出了怎样的代价。"

"亲爱的巴兹尔，"多利安说道，"你告诉了我什么呢？无非是你觉得你对我的仰慕超出了应有的限度。这种话连恭维都算不上。"

"我本来就没想恭维你。刚才的话是一番告白。这番告白之后，我心里似乎少了什么东西。也许啊，崇拜之情永远都不应该形诸言语。"

"你这番告白让人大失所望。"

"是吗，那你的期望又是什么呢，多利安？你并没有在画里看到什么别的，对吗？画里没有别的可看，对吗？"

"没有，画里没有别的可看。你干吗这么问呢？可你千万别跟我提崇拜的事情。那样的说法太蠢啦。你和我是朋友，巴兹尔，以后也一直是朋友，绝不能有任何改变。"

"你已经有哈里了。"画家悲哀地说道。

"咳，哈里！"小伙子叫道，发出一阵涟漪般的笑声，"哈里这个人哪，白天尽说些荒诞无稽的鬼话，夜晚尽干些匪夷所思的事情。我想过的正是他这种生活。话又说回来，依我看，遇上麻烦的时候我是不会去找哈里的。我肯定会去找你，巴兹尔。"

"你会再给我当模特吗？"

"没门儿！"

"你拒绝我，等于是断送了我的艺术生命，多利安。谁也不可能碰上两个完美的样板，碰上一个都是罕有的运气。"

"我没法跟你讲明原因，巴兹尔，可我绝不能再给你当模特了。肖像这种东西有一个要命的特性。它有它自个儿的生命。我会去找你喝茶的,那不也一样惬意嘛。"

"从你的角度来看,恐怕得说是更加惬意才行,"霍沃德悲伤地嘀咕了一句,"好了,再见。你不让我再看看这幅画,我觉得挺遗憾的。不过,这也是没有办法的事情。我非常理解你对它的感觉。"

画家走出房间之后,多利安·格雷冲自己笑了笑。可怜的巴兹尔!他哪里知道真正的原因!自己非但没有被迫吐露心里的秘密,反而如有天助地榨出了朋友的秘密,这又是多么地奇妙!他这番奇异的告白说明了多少问题!他那种没头没脑的阵发嫉妒,那种如痴如狂的忠诚,那些毫无节制的溢美之辞,还有那些莫名其妙的缄默时刻——全部都得到了解释。想到这里,多利安禁不住有点儿惋惜。从这份浪漫色彩如此浓重的友情当中,他仿佛看到了一种悲剧性的东西。

他叹了一声,摇响了唤人铃。必须把画像藏起来,不惜任何代价。他绝不能再去冒如此巨大的暴露风险。他可真是失心疯,竟然任由这件东西留在一个许多朋友都可以出入的房间里,哪怕是只留一个小时。

第十章

仆人进来之后，多利安一瞬不瞬地盯着他，心里面暗自琢磨，他可曾起意窥视屏风背后的情形。仆人面无表情，等待着多利安的吩咐。多利安点起香烟，走到镜子跟前，往镜子里扫了一眼。镜子清清楚楚地映出了维克多的脸，那张脸静如止水，活脱脱是一幅奴性的写照。没错，仆人这方面没什么好担心的。不过，多利安觉得，小心才是上策。

他慢条斯理地吩咐仆人，先去通知女管家来见他，再去找那个装裱匠，叫装裱匠立刻派两名伙计过来。他仿佛觉得，仆人退下的时候，眼睛似乎往屏风那边瞟了一眼。要不然，这只是他自个儿的幻觉吗？

过了一会儿，女管家利芙太太急急忙忙地走进了藏书室，身穿丝质的黑裙，满是皱褶的手上戴着老式的露指棉线手套。他吩咐女管家，把课室的钥匙拿来。

"您是说那间老课室吗，多利安先生？"女管家大声问道，"咳，里面全都是灰尘啊。您进去之前，我得先把那间屋收拾一下，收拾好了才行。它眼下的模样可不适合您瞧，先生。不适合您，真的。"

"不用收拾，利芙。把钥匙拿来就行了。"

"好吧,先生,您要是就这么进去,身上肯定会沾满蜘蛛网的。不是吗,那间屋子可有将近五年没开过了呢,老爵爷去世之后就没开过。"

听到管家提起自己的外祖父,多利安不由得皱了皱眉。外祖父留给他的都是些可恨的回忆。"没关系,"他回答道,"我只是想进去看看,没什么别的意思。把钥匙给我。"

"喏,钥匙就在这儿,先生,"老太太一边说,一边倒腾她那串钥匙,双手抖得非常厉害,"钥匙就在这儿,我马上就把它取下来。可是,您不会是想搬到那上面去住吧,先生,您在这儿不是挺舒服的吗?"

"不会,不会,"他很不耐烦地嚷嚷起来,"谢谢你,利芙。这样就行了。"

管家在房里逗留了一小会儿,唠叨了几句家务琐事。他叹了口气,吩咐管家尽管按自个儿觉得合适的方法去办。管家离开了房间,脸上笑开了花。

房门关上之后,多利安把钥匙装进衣兜,扫视着房间里的情形。他的目光落在了一块巨大的罩布上,罩布是紫色的缎子做的,带有金线绣成的繁复图案。那是十七世纪晚期的一件精美工艺品,产自威尼斯,是他外祖父从博洛尼亚①附近的一个女修道院找来的。没错,这件东西可以用来遮盖那个可怕的玩意儿。在以前,这块罩布兴许经常被人用作柩衣,眼下呢,它即将遮盖一件东西,这件东西散发着独特的腐朽气息,有甚于死亡本身——这件东西

---

① 博洛尼亚(Bologna)为意大利东北部的历史名城。

催生恐怖,自身却永远不会死亡。虫蚁怎样蛀蚀尸首,他的罪孽就会怎样蛀蚀画布上的那个形象。它们会毁损它的美貌,啃啮它的优雅,会让它变得丑怪污秽、令人唾弃。即便如此,这件东西依然会长存不去。它是永生的。

他打了个寒战,一时间觉得有点儿后悔,后悔自己没有把藏匿画像的真实原因告诉巴兹尔。巴兹尔肯定会帮助他抵抗亨利勋爵的影响,抵抗他自身性情之中那些毒性有甚于勋爵的影响。巴兹尔对他的爱发于至诚,其中未曾掺杂一丝卑劣、一丝痴愚。巴兹尔的爱绝不是对于美貌的肤浅恋慕,发之于感官,又会在感官疲惫之时终结,而是米开朗基罗、蒙田和温克尔曼[①]曾经体验的那种爱,是莎士比亚本人曾经体验的那种爱。是的,巴兹尔肯定能够拯救他。只可惜,现在已经来不及了。往昔总归可以抹去,懊恨、否认和遗忘都能够办到这件事情。然而,未来已经不可避免。他身上的那些激情总归要为自身找到可怕的出口,他心里的那些迷梦也总归要把自身的邪恶憧憬变成现实。

他从沙发上揭起那块金紫交错的巨大罩布,双手托着罩布走到了屏风后面。画布上的这张脸真的比先前更恶毒了吗?他觉得这张脸并没有变,对它的厌憎之情却比先前还要强烈。金头发,

---

[①] 米开朗基罗,参见前文关于"波纳罗蒂"的注释;蒙田(Michel de Montaigne, 1533—1592)为法国文艺复兴时期最有影响的作家之一,尤以随笔闻名,被普遍视为现代怀疑主义的鼻祖,代表作为随笔集《尝试集》(*Essais*),其中有许多深刻坦率的自我剖析;温克尔曼(Johann Joachim Winckelmann, 1717—1768)为德国著名艺术史家及考古学家,崇仰古希腊艺术,为新古典主义先锋人物,对德国的文学、艺术以至哲学影响深远。此外,温克尔曼有显著的同性恋倾向。

蓝眼睛，玫瑰色的红唇，一切都跟先前一样，变了的仅仅是它的表情。它的表情冷酷得令人发指。跟他从画像里看到的谴责和申斥相比，巴兹尔关于西比尔·范恩的那些数落是多么地流于表面！——多么流于表面，多么轻描淡写！他自己的灵魂从画布上直视着他，正在传唤他去接受审判。痛苦的神色突然笼罩了他的脸，他猛一挥手，用那块华丽的柩衣盖住了画像。恰在此时，门上响起一声叩击。男仆进房的时候，他刚好从屏风后面走了出来。

"那些人到了，先生。"

他禁不住觉得，必须立刻赶走男仆，绝不能让这个人知道他要把画像藏到哪里。这个人身上有一种鬼鬼祟祟的味道，眼睛也显得诡计多端、阴险狡诈。于是他坐到写字桌前，草草地写了一张给亨利勋爵的便笺，一方面是请勋爵找点儿值得一读的东西，叫男仆带回来给他，一方面是为了提醒勋爵，他俩约好了当晚八点一刻见面。

"等到他答复才能回来，"他一边说，一边把便笺递给男仆，"还有，把那些人领到这儿来吧。"

两三分钟之后，又有人敲响了房门。南奥德利街①的著名装裱匠哈巴德先生已经亲自上门，同来的还有一个长相有些粗野的年轻助手。哈巴德先生身材矮小，面色红润，留着红色的连鬓胡子，跟他打交道的艺术家大多处于积贫成疾的状态，极大地抑制了他对艺术的崇敬。一般说来，他从来不会离开自己的店铺，总是等着顾客找上门来。不过，他每次都对多利安·格雷格外优待。

---

① 南奥德利街（South Audley Street）是伦敦西区的一条街道，也在前文提及的梅费尔范围之内。

多利安身上有种特质，所有人都会为他着迷。哪怕只是看他一眼，也让人心里高兴。

"有何吩咐，格雷先生？"哈巴德一边说，一边揉搓他那双斑斑点点的胖手，"我觉得，应该让自己享受一下亲身上门的荣幸。我刚刚弄到了一件画框之中的极品，先生。甩卖场上捡来的便宜。古代的佛罗伦萨画框，据我看本来是泉丘宅邸①的东西。特别适合宗教题材的画，格雷先生。"

"您竟然不辞劳苦亲自登门，真让我过意不去，哈巴德先生。改天我肯定会过去看看那个画框——虽然我眼下并不是特别喜欢宗教艺术——不过，今天我只是想让人帮我把一幅画搬到顶楼去。这幅画很沉，所以我才想到问您借两个伙计使使。"

"谈不上什么劳苦，格雷先生。不管您有什么差遣，全都是我的荣幸。要搬的是哪一件艺术品呢，先生？"

"这件，"多利安回答道，拉开了遮挡画像的屏风，"你们得让它保持现在的样子，连罩布一块儿搬上去，行吗？我是怕上楼梯的时候把它给刮花了。"

"容易极了，先生，"生性随和的装裱匠说道，跟着就和助手一起动手，把画从长长的黄铜挂链上取了下来，"好了，要搬到什么地方去呢，格雷先生？"

"我给您带路，哈巴德先生，麻烦您跟着我来。要不然，还是

---

① 泉丘宅邸（Fonthill Abbey）是英格兰西南部威尔特郡的一座著名大宅，由一度号称"英格兰最富平民"的威廉·贝克福德（William Beckford，1760—1844）出资兴建，于1813年全部完工。宅子的主楼于1825年坍塌，剩余部分随后也遭拆毁。

您走前面吧。要我说,咱们恐怕得一直爬上顶楼哩。咱们走正面的楼梯好了,正面的楼梯比较宽。"

他替他俩摁住敞开的房门,他俩走进外面的门厅,开始往楼上走。繁复精美的画框把画像变得极其笨重,多利安时不时都得伸手帮忙,尽管哈巴德先生一再发出谄媚的抗议。哈巴德先生拥有真正的商贩都有的那种强烈厌憎,见不得绅士动手做任何有用的事情。

"这东西还真有点儿沉,先生。"爬上顶楼的时候,小个子装裱匠气喘吁吁地说道,擦了擦亮晶晶的额头。

"要我说就是沉得要命。"多利安咕哝了一句,用钥匙打开了课室的门。这间屋子即将替他保存他生命中的离奇秘密,让他的灵魂逃过世人的眼睛。

他已经有四年多没进过这间屋子了——这里是他童年的游戏室,他年纪稍长之后又成了他的书房,事实上,自打它完成书房的使命之后,他再也不曾踏进这里。这是一个比例匀称的大房间,是末代克尔索勋爵特地为这个小外孙建造的。因为小外孙酷肖乃母,再加上其他的一些缘故,勋爵始终都对他深恶痛绝,想跟他保持一定的距离。进来之后,多利安觉得屋里的情形几乎没有任何变化。那口硕大无朋的意大利描金箱子还在,箱板上绘着稀奇古怪的图案,镀金的包边已经失去了光泽,孩提时代,他经常都在箱子里面藏身。那个椴木书柜也在,里面装着他那些卷了角的课本。那张破破烂烂的佛兰德[①]壁毯仍然挂在书柜后面的那面

[①] 佛兰德(Flanders)为欧洲西北部濒临北海的一片历史区域,包括今日的法国北部、比利时西部和荷兰西南部的一些地区。

墙上，壁毯上有一个掉了色的国王，正在花园里跟王后下棋，一大群猎手骑着马从他俩旁边经过，戴了护手的手腕上架着蒙眼的鹰隼。关于房间里的一切，他的记忆何等清晰！环顾四周，孤独童年的分分秒秒涌上了他的心头。想到自己纯洁无瑕的少年时代，他不禁觉得，那张要命画像即将藏匿的地点竟然会是这间屋子，实在是让人毛骨悚然。在那些逝去的日子里，他哪里料想得到，生活为他准备了如此这般的种种遭遇！

然而，要让画像逃过窥探的眼睛，宅子里再没有跟这间屋子一样保险的地点。他自己拿着钥匙，其他人都进不来。藏在紫色的枢衣下面，画布上的那张脸尽可以变得兽欲横流、肿胀痴肥、污秽不堪。有什么关系呢？谁也不可能看见它。他自己也不会去看。他干吗要去观看自个儿灵魂的怵目污损呢？他本人可以永葆青春——这就够了。再者说，归根结底，他的天性就不能往好里变吗？并没有理由遽下断言，他的未来必然充满耻辱。说不定，某种爱会走进他的生活，净化他的灵魂，帮他抵挡那些似乎已经在他心灵和身体里躁动的罪孽——那些罪孽又离奇又暧昧，正因为神秘莫测，更显得奇妙迷人。说不定，有朝一日，那一抹残忍的意味会从它敏感的红唇上消失，他也就可以向世人展示巴兹尔·霍沃德的杰作了。

不，那是不可能的事情。一个时辰又一个时辰，一个星期又一个星期，画布上的人形正在老去。它的容颜兴许能逃脱罪孽的毁损，但却逃不脱岁月的侵蚀。它的双颊会凹陷松弛，黄褐的鱼尾纹会悄悄围住它渐渐枯干的双眼，让它们变得丑怪骇人。它的头发会失去鲜亮的色彩，嘴巴也会带上老年人的特征，要么傻呆呆地张着，要么就耷拉成粗俗可鄙的模样。它会变得跟他儿时记忆中那个无比严厉的外祖父一样，喉咙上满是褶子，冰冷的双手青筋绽露，身子也扭曲变形。只能把画像藏起来。什么也救不了它。

"抬进来吧，哈巴德先生，麻烦您，"他回过身去，有气无力地说了一句，"抱歉让您等了这么久。刚才我有点儿走神了。"

"休息一下总是好的，格雷先生，"依然喘息不已的装裱匠回答道，"把画放哪儿呢，先生？"

"哦，哪儿都行。这儿，这儿就行。我不想把它挂起来，就把它靠在墙边吧。谢谢。"

"可以看看这件艺术品吗，先生？"

多利安打了个激灵。"您不会感兴趣的，哈巴德先生。"他回答道，眼睛死死地盯着装裱匠。对方要是胆敢掀起那块遮盖他生活隐秘的华丽罩布，他完全可能扑将过去，把对方摁倒在地。"好了，不用再麻烦您啦。这次您亲自上门，我真是感激您的好意。"

"哪里话，哪里话，格雷先生。不管什么事情，随时乐意为您效劳，先生。"说完之后，哈巴德先生踏着沉重的步子，领着助手下楼去了。助手回头瞥了一眼多利安，粗鄙的脸上露出了又腼腆又惊异的神情。他从来没见过如此俊美非凡的人物。

他俩的脚步声消失之后，多利安锁上房门，把钥匙揣进衣兜，心里一下子踏实下来。永远也不会有人看见那个可怕的玩意儿。除了他自己以外，谁的眼睛也不可能看见他的耻辱。

走进藏书室的时候，他发现时间刚过五点，仆人已经把茶送了上来。房里有一张深色香木做成的小桌子,桌面嵌有许多螺钿,那是他监护人的妻子拉德利夫人馈赠的礼物。身为一名楚楚动人的专业病号,夫人去年是在开罗过的冬。小桌子上摆着亨利勋爵写来的一张便笺,便笺旁边是一本黄纸装订的书,封皮已经略见磨损,边缘也脏兮兮的。茶盘里放着一份第三版的《圣詹姆斯公报》[1]。显而易见,维克多已经去而复返。他不由得暗自琢磨,装裱匠离开的时候,维克多有没有在门厅里撞见他们,有没有旁敲侧击地刨出他们来这里的使命。维克多肯定会发现画像不见了——肯定是已经发现了这件事情,送茶的时候就发现了。那道屏风没有拉回原位,墙上的空白十分明显。哪天夜里,他没准儿会发现维克多悄悄地摸上顶楼,打算撬开课室的门哩。家里边儿蹲着个暗探,真是一件瘆人的事情。他听人说过,有一些富人终身遭受仆人的勒索,就因为仆人偷看了一封信,偷听了一席话,或者是捡到了一张附有地址的卡片,又或是在枕头下面找到了一朵残花,抑或一片皱巴巴的蕾丝花边。

他叹了一声,给自己斟了点儿茶,拆开了亨利勋爵的便笺。勋爵的便笺很简单,无非是说随信附来了这张晚报和一本他可能会感兴趣的书,再就是自己会在八点一刻赶到俱乐部。接下来,他无精打采地翻开勋爵送来的《圣詹姆斯公报》,开始浏览报上的文章。第五页上有一个用红铅笔画的记号,引领他读到了以下这

---

[1]《圣詹姆斯公报》(St James's Gazette)为1880年创刊的伦敦报纸,每天出版三次,于1905年停刊。该报立场保守,曾大肆抨击《多利安·格雷的画像》,并为王尔德的获罪入狱拍手称快。

段报道:

女伶死因水落石出

西比尔·范恩之死因调查今晨于霍克斯顿路贝尔酒馆举行,由地区验尸官丹比先生主持。西比尔·范恩为年少女伶,近日受聘于霍尔伯恩街区皇家剧院①。调查结论为意外身亡。陈述证言及聆听伯瑞尔医生陈述尸检结果之时,死者之母表现至为悲恸,众人纷纷致以莫大同情。

他皱了皱眉,将报纸一撕两半,拿着碎片走到房间的另一头,一把扔了出去。这一切何等丑陋!丑陋的特性又把事物变得何等真实、何等骇人!亨利勋爵居然把这样的报道送了来,他觉得有点儿生气。勋爵还用红铅笔给它做上标记,显然是愚不可及。维克多没准儿会去读这篇报道呢。这家伙英文不错,读这种东西绰绰有余。

说不定,维克多已经读了报道,而且起了疑心。不过,即便如此,又能有什么关系呢?多利安·格雷跟西比尔·范恩的死有什么相干呢?没什么好怕的。她又不是多利安·格雷杀的。

他忽然瞥见亨利勋爵送来的那本黄皮书籍,心里便开始琢磨,那会是一本什么样的书。放书的那张小桌子是八角形的,闪着螺钿的光泽,看在他的眼里,总像是一群古怪的埃及蜜蜂用白

---

① 霍尔伯恩(Holborn)是伦敦市中心的一个街区,皇家剧院应即位于该街区的霍尔伯恩皇家剧院(Holborn Theatre Royal),该剧院建于1866年,1880年失火焚毁。

银打制的东西。他走到小桌跟前,拿起书本,猛一下坐进一把扶手椅,开始翻看起来。几分钟之后,他沉浸在了书里。他读过的所有书籍之中,就数这一本最为奇异。读着读着,他恍然觉得,世上的种种罪孽纷至沓来,穿着精美绝伦的衣装,和着优雅细腻的笛音,正在为他奉上一场无声的表演。他曾经依稀梦见的种种事物突然变得真切可见,他从未梦见的种种事物也在他眼前渐次展现。

这是一本没有情节的小说①,人物也只有一个。事实上,整本书无非是对某个巴黎青年的一番心理剖析。此人穷一生之力,想要在自身所处的十九世纪实现除十九世纪之外所有世纪的激情和思维模式,并且实实在在地想以自身作为载体,总结世界精神②所曾经历的种种心绪。此人热爱那些总是被世人谬称为"美德"的自抑之举,只因为这些举动矫揉造作,另一方面,他同样热爱那些依然被智者称为"罪孽"的本能叛逆。这本书的文笔具有璀璨多姿的奇特风格,既鲜明又晦涩,充斥着暗语、古语、深奥的措

---

① 根据故事中对这本书的外观和内容的描述,多数西方学者认为,王尔德是在暗指法国作家乔里-卡尔·于斯曼(Joris-karl Huysmans,1848—1907)撰写的小说《逆天》(*À rebours*,1884),尽管故事中的描述与《逆天》并非完全吻合。《逆天》为颓废派代表作,集中刻画一个富有的唯美主义青年,讲述他的品味和内心生活。王尔德对《逆天》十分推崇。

② 世界精神(world-spirit)由德语词汇"*Weltgeist*"而来,是德国大哲学家黑格尔(Friedrich Hegel,1770—1831)提出的一个概念。按照黑格尔的说法,世界精神主宰一切的社会现象和人类历史过程,是人类社会历史发展的基础和决定力量。世界精神借由人类历史揭示自身,世界历史就是世界精神的发展史。

辞和繁冗的阐释,有如法国象征派一些顶尖艺术家的作品①。书中的种种比喻像兰花一般妖异,色调也如兰花一般微妙。它用神秘主义哲学的术语来描绘感性的生活。有些时候,你简直无从分辨,自己读到的究竟是某个中世纪圣徒的灵性极乐,还是某个当代罪人的病态自供。这是一本蛊惑人心的书,字里行间似乎弥漫着浓烈的香薰气息,令人意乱神迷。书中充满了繁复的叠句和安排巧妙的重复片断,在他一章一章往下读的过程之中,单是文句的抑扬顿挫,单是那种始终如一的微妙韵律,就已经让他陷入某种形式的冥思,陷入某种梦境一般的恍惚状态,致使他浑然不觉,白昼渐渐消隐,暮色悄悄降临。

铜绿色夜空的幽光透进窗子,天空里没有一丝云彩,只缀着一点孤星。他借着暗淡的天光继续阅读,一直到看不见了才罢休。接下来,在贴身男仆几次提醒他时间晚了之后,他终于站起身来,走进隔壁的房间,把书放到那张始终立在他床边的佛罗伦萨小桌上,开始换赴晚宴的衣服。

他将近九点才赶到俱乐部,发现亨利勋爵独自坐在日间起居室里,一副百无聊赖的模样。

"万分抱歉,哈里,"他高声说道,"不过,说真的,这全都是你的过错。你给我的那本书太让我入迷啦,我都不知道时间是怎

---

① 象征主义运动是十九世纪晚期兴起于法国、俄罗斯、比利时等地的文学及艺术运动。文学上的象征主义运动以法国诗人波德莱尔(Charles Baudelaire, 1821—1867)出版诗集《恶之花》(*Les Fleurs du mal*, 1857)为开端。象征主义者认为文艺应当反映只能通过间接手段揭示的绝对真理,因此大量使用隐喻和暗示手法,并将各种象征意义赋予特定的形象和事物。

么过的了。"

"这就对了,我知道你会喜欢它。"做东的人一边回答,一边起身离座。

"我可没说我喜欢它,哈里。我只是说它让我入迷。两者之间的区别是很大的。"

"哈,你已经认识到这一点啦?"亨利勋爵咕哝了一句。接下来,两人一起走进了餐厅。

第十一章

此后多年，多利安·格雷始终无法摆脱这本书的影响。又或许，更确切的说法是他从来不曾有过摆脱的打算。他从巴黎买来了这本书的首版大开本，总数不下九本，还给它们包上颜色各异的封皮，以便配合他阅读之时的不同心境，以及他天性之中的多变兴致。有些时候，他似乎彻底失去了掌控自身天性的能力。他渐渐觉得，书中那个奇妙的主人公，那个将浪漫气质与科学气质不可思议地集于一身的巴黎青年，不啻是他自己的一个先声。除此之外，他真真切切地觉得，整本书写的都是他自己的人生经历，写在他未曾经历之时。

有一点，他比小说里那个非凡的主人公幸运。他从来不曾产生——实际上也没有理由产生——那种多少有些怪诞的恐惧，从来不曾恐惧镜子、抛光金属表面和无波止水，而那个巴黎青年很早就产生了这样的恐惧，起因则是看到某种显见得惊艳一时的美突然之间衰谢凋残。他总是带着一种近于残忍的快乐——说不定，几乎每一种快乐都带有残忍的成分；毫无疑问，每一种乐趣都是如此——去读这本书的后半部分，读那些略显夸张却着实凄惨的记述，读一个人的悲伤与绝望，而这个人之所以如此，是因为失去了旁人身上乃至整个世界当中最让自己看重的一样东西。

他的绝美风姿彻底征服了巴兹尔·霍沃德，还有他身边的其他许多人，而他之所以幸运，是因为这种美似乎永远不会离他而去。隔三岔五，关于他生活方式的诡异流言会在伦敦悄悄蔓延，成为各家俱乐部的谈资。然而，人们就算听过了对他最为不利的传言，看到他的时候仍然无法相信，他真的干过什么不名誉的事情。他始终保有一尘不染的外表。一旦多利安·格雷走进房间，谈吐粗鄙的人就会立刻噤声，因为他们从他纯洁的面容当中看到了一种诘难。只要他出现在他们眼前，似乎就能让他们忆起那些已然被自己葬送的纯真。他们都惊叹不已，在这样一个声色犬马的污秽时代，像他这么优雅迷人的人物怎么能洁身自好，不沾染任何污渍。

他时而踏上去向神秘的旅程，很长时间都不露面，致使他的朋友和自命为他朋友的人产生种种无比离奇的猜测。从这样的旅程回到家里之后，他往往会立刻摸上顶楼，用那把现已从不离身的钥匙打开那个上锁的房间，拿上一面镜子，站到巴兹尔·霍沃德为他画的那幅肖像跟前，一会儿看看画布上那个日益衰老的邪恶形象，一会儿看看光洁的镜面，与镜中那张年轻美丽的脸庞相视而笑。如此鲜明的对比，总是能把他对乐趣的感觉变得更加敏锐。他越来越沉迷于自身的美丽，越来越喜欢探究自我灵魂的堕落。他会以一丝不苟的态度，有时还带着畸形的狂喜，仔仔细细地检查那些丑怪骇人的纹路，那些纹路刻上了起皱的额头，又在肥厚肉感的嘴巴周围蔓生。检查过程之中，他时或暗自比较，罪孽的痕迹与岁月的痕迹，究竟是哪一种更为可怕。他会伸出白皙的双手，跟画像那双粗糙肿胀的手排在一起，随即莞尔而笑。他挪揄画像的变形躯体,还有它日渐衰朽的四肢。

千真万确,夜里的某些时刻,置身于自己那间香气幽雅的卧室,或是港区①附近那家声名狼藉的小酒馆里某个污秽不堪的房间——他惯于更名换姓、乔装改扮地光顾那家酒馆——辗转无眠的他会懊恨不已地想起自己的灵魂蒙受的自我毁灭,这样的懊恨感觉纯粹出于私心,所以才格外刺痛难堪。然而,这样的时刻难得一见。当年他和亨利勋爵在朋友的花园里并坐的时候,勋爵初次唤醒了他对生活的好奇,眼下看来,这份好奇似乎与满足的程度成正比。知道得越是多,他越是想知道。他心里的饥渴达到了疯狂的程度,他越是投其所好,它越是不知餍足。

不过,至少是就他与上流社会的关系而言,他还算不上全然无所顾忌。冬季里是每个月一两天,社交季里则是每个星期三的傍晚,他会向外界敞开他那座精美宅第的大门,请来当代最负盛名的音乐家,让他们用美妙绝伦的音乐款待宾客。他举办的那些小小晚宴总有亨利勋爵帮着张罗,既以精挑细选的宾客名单和巧妙的座位安排闻名,又以餐桌装饰的高雅品味著称。他的餐桌总是拥有如交响曲一般和谐的精妙布置,摆放着奇花异草和刺绣的餐巾台布,以及年代久远的金银碗盏。事实上,许多人,尤其是年轻男子,都从多利安·格雷身上看到或自以为看到了一个榜样,这个榜样把他们在伊顿或牛津读书时的理想变成了真正的现实,既拥有学者的真才实学,又拥有阅世老手的翩翩风度、卓异气质

---

① 伦敦的港区(the Docks)是码头集中的区域,位于伦敦东部。

和完美举止。在他们看来,他简直就是但丁①笔下那些人当中的一员,那些人的追求便是"借由对美的崇拜完善自身"。他是个戈蒂耶式的人物,为了他,"可见世界才会存在"②。

除此之外,对他来说,至高至大的艺术当然还是生活本身,其他的一切艺术,似乎都只是生活的准备。时尚可以让真正绝妙的事物风靡一时,精致主义③则可以算作一种独特的尝试,旨在确证美是一种彻头彻尾的现代事物,可想而知,这两样东西都让他十分着迷。他的着装风格,以及他时不时摆出的种种特殊派头,都对混迹于梅费尔舞会和朴尔莫尔④俱乐部的那些时髦青年产生了显著的影响。他们照搬他的一举一动,竭力复制他优雅的纨绔做派自然散发的魅力,尽管于他而言,那样的做派只是半真半假的东西。

---

① 但丁(Dante,1265?—1321)为意大利大诗人,代表作《神曲》(*Divine Comedy*)为世界文学瑰宝。据一些西方学者所言,括号中的引文并非出自但丁笔下。

② 戈蒂耶见前文注释。戈蒂耶这句话的全文是:"我全部的价值在于他们从未提及的一点,也就是说,为了我这样的人,可见世界才会存在。"这句话的意思大致相当于黄庭坚的名言:"天下清景,不择贤愚而与之,然吾特疑端为我辈设。"

③ 精致主义(Dandyism)是于十八世纪末兴起于巴黎和伦敦的一股风潮,精致主义者在个人仪表、语言、习惯癖好等方面竭力求美。按照波德莱尔的说法,精致主义肇兴于贵族社会向民主社会过渡的时代背景,精致主义者以美为生活信条,他们的存在本身就是对循规蹈矩的中产阶级市民的一种非难。他在《现代生活的画家》(*The Painter of Modern Life*,1863)一文中写道,精致主义者"没有其他事业,唯一的事业就是在自己身上栽培美的观念、满足自己的激情,以及感受和思考"。王尔德本人也是精致主义的奉行者。

④ 梅费尔见前注;朴尔莫尔(Pall Mall)是伦敦一条上流街道的名称,街上有不少上流俱乐部。

原因在于，一方面，他万分乐意接受他几乎是刚一成年即已获得的地位，实际上，想到自己真的可能在当代的伦敦享有《萨蒂利孔》作者在尼禄时代的罗马享有的地位①，他还会隐隐约约地觉得欢喜，另一方面，从内心深处的感觉的来说，他并不甘于充当一名微不足道的"风雅判官"，作用只限于给人提供戴珠宝、打领结或是用手杖的建议。他想要阐发一种全新的生活方针，这种方针将会拥有严谨的哲学基础和秩序井然的准则，并在感官的精神升华之中达致完满。

感官崇拜时常遭受相当合理的痛斥，因为人类本能地恐惧那些看似比自己强大的激情和感受，同时又意识到，那样的激情和感受与那些组织不如人类严密的生命形式相去无几。然而，在多利安·格雷看来，人们始终没有领悟感官的真正性质，感官之所以停留在野蛮与兽性的状态，仅仅是因为世人总是试图用饥饿来降伏它们，要不就试图用痛苦来扼杀它们，从不曾打算将它们纳入一种新的灵性，这种新的灵性将会有一个首要的特征，那就是对美的敏锐直觉。回顾人类的历史进程，他总是有一种挥之不去的失落感。牺牲是那么地巨大！成果又是那么地微不足道！历史上有过种种疯狂偏执的拒斥，有过种种怪诞畸形的自虐与自弃，

---

① 《萨蒂利孔》(*Satyricon*)是古罗马时代一部韵散结合的拉丁文作品，通过三个男子之间的纠葛叙写了古罗马社会的奢靡放纵，流传至今的只有残篇。作者据称为古罗马皇帝尼禄（Nero, 37—68, 54—68在位）的朝臣盖尤斯·佩特洛尼乌斯（Gaius Petronius, 27？—66）。古罗马作家老普林尼（Pliny the Elder, 23—79）和塔西陀（Publius Tacitus, 56？—117）都曾称佩特洛尼乌斯为尼禄的"风雅判官"（*arbiter elegantiarum*），亦即裁决品味高下的权威人物，下文中也使用了这一说法。

它们的根源是恐惧，结果则是堕落，比人们想象中的堕落可怕千倍万倍的堕落。受了愚昧的驱使，人们想要逃脱想象中的堕落，自然却给了人们一个绝妙的讽刺，将修士与隐者赶出栖身之所，迫使他们与沙漠之中的野兽同食，与荒野之中的野兽同群。

是的，正如亨利勋爵预言的那样，世上将会涌现一种新的享乐主义，它将会重塑生活，使之远离严苛乖戾的清教主义，匪夷所思的是，在我们自己的这个时代，清教主义居然正在复兴。毫无疑问，新的享乐主义将会借重理性的助力，与此同时，它绝不会接受任何一种理论或体系，只要这种理论或体系要求牺牲哪怕是一种激情体验。认真说来，它的目的将会是体验本身，并不是体验的成果，不论这样的成果是苦是甜。扼杀感官的禁欲主义，以及麻痹感官的粗鄙纵欲，都会被它拒之千里。与此相反，它会教人们牢牢攫住生活之中的每一个瞬间，生活本身，也不过是一个瞬间而已。

我们当中，很少有人不曾有过在黎明之前醒来的经历，醒觉之前，我们要么是刚刚体验了一场几乎令我们迷恋死亡的无梦安眠，要么是刚刚体验了一个充满惊骇与畸形欢乐的夜晚，这样的夜晚，种种比现实本身还要可怕的幻影从我们的脑海之中掠过，这些幻影充满了所有怪异事物都有的勃勃生机，正是这种生机让哥特艺术[①]拥有了经久不衰的活力，可想而知，哥特艺术尤其适合

[①] 哥特艺术（Gothic art）指的是十二世纪中叶至十六世纪初流行于西欧的一种艺术风格，这种风格的首要体现是哥特式建筑，尤其是大教堂，哥特式大教堂的主要特征是尖顶拱门、飞檐扶壁和拱肋穹顶。在后世，"哥特式"这个词渐渐带上了"怪诞""阴郁""神秘"以至"恐怖"等等意味。

那些心灵为病态冥想所苦的艺术家。醒觉之后,一根根白色的手指渐次摸进帷帐,看上去,那些手指正在不停战栗。奇形怪状的黑影无声无息地爬进房间的角落,就这么窝在了那里。外间传来了鸟儿在枝叶之间穿梭的动静,或者是人们前往工作地点的声音,又或是风儿的叹息与啜泣,风儿从山丘吹来,徘徊在寂静的屋子周围,似乎是不敢吵醒沉睡的人们,同时又衔命在身,不得不把睡神从她的紫色洞穴里唤出来[1]。昏暝的薄纱一层一层地次第揭开,事物一点一点地恢复了原有的形状和色彩,在我们的注视之下,黎明正在按它那种古老的方式重塑世界。晦暗失色的镜子重新投入了摹仿外物的生活。无焰的细蜡烛依然立在我们原来摆放的位置,旁边是我们还没读完的那本只裁开了一半的书,或者是我们在舞会上戴过的那朵缠了铁丝的花,又或是那封信,我们要么是一直没敢去读,要么是已经读了太多次。在我们看来,一切都跟先前一模一样。我们早已熟知的真实生活,已经从黑夜的虚幻阴影之中卷土重来。我们不得不从当初停下的地方再次启程,一种可怕的感觉悄悄袭来,我们意识到,自己不得不强打精神,应付又一轮一如既往、令人厌倦的陈年旧习;又或许,悄悄袭来的是一种异想天开的渴望,渴望有那么一个清晨,自己睁眼看见的会是一个焕然一新的世界,一个在夜里照我们的心意得到了改造的世界,在新的世界里,事物都会有新鲜的形状和色彩,不再是从前的模样,要不就拥有了新的奥秘,在新的世界里,过去不会有

---

[1] 根据古希腊神话,睡神许普诺斯的居所是一个永远不见阳光的黑暗洞穴,洞穴没有门,免得睡神被开门的声音吵醒。参见前文关于罂粟的注释。

多少位置，或者是根本没有位置，无论如何，过去即便继续存在，也不会体现为可以察觉的负担或者懊悔，新的世界里没有过去，因为就连快乐的回想也不无苦涩，就连享受的记忆也暗藏痛楚。

在多利安·格雷看来，创造如此这般的新世界才算得上真正的生活目标，或者是真正的目标之一；他努力寻找各式各样的感受，这些感受不光得新鲜可喜，还得包含构成浪漫必不可少的奇异特征。寻找过程之中，他常常会用上一些他深知与自身天性格格不入的思维模式，全心接纳它们的微妙影响，等到充分领会这些影响的色调、满足自己的求知欲之后，他就会拿出一种古怪的漠然态度，将它们置之脑后。这样的漠然态度与性格之中的真正热情并非水火不容，事实上，按照某些当代心理学家的看法，它经常都是这种热情的先决条件。

外界一度传言他打算皈依罗马天主教，毋庸置疑，天主教的仪式始终令他十分着迷[①]。天天都有的祭礼，繁难可怕的程度确实有甚于古代世界的所有祭礼，可他还是为之动容，既是因为仪式对感官证言的断然拒斥，也因为仪式的各种要素有一种原始的单纯，仪式试图象征的人类悲剧又有一种永恒的悲怆。他喜欢跪在冰冷的大理石地板上观看神父的施为，看他身穿笔挺的绣花法衣，用苍白的双手缓缓揭开圣体龛的罩布，或是将珠宝装饰的宫灯形圣体匣高高举起——有时候，你不免欣然设想，匣子里的灰白面

[①] 天主教拥有一些繁复精美的仪式，因此吸引了许多唯美主义者。王尔德一直都对天主教很感兴趣，文中的这句话实际上是他本人的看法。不过，他直到临终的时候才皈依天主教。

饼真的是"天堂的面包",真的是天使们的食粮[①]——又或者,看他身披象征基督受难的袍子,将圣体掰碎装进圣餐杯[②],并且捶打自己的胸膛,为自己的罪孽忏悔。男孩子们身着滚边的红袍,神色肃穆地将一只只烟雾缭绕的香炉擎到空中,那些香炉仿佛是一朵朵硕大的镀金花朵,在他看来也有一种莫名的魅力。走出教堂的时候,他总是会好奇地张望那些黑黢黢的告解室,渴望着坐进某间告解室的昏黑阴影,隔着破旧的格栅倾听男男女女的告解,倾听他们悄声诉说自己生活的真实故事[③]。

不过,他始终不曾误入歧途,正式地接受某种信条或者体系,由此抑制自身的智力发展,也不曾疏于辨别,将一间只适合在无月无星的暗夜暂住一晚半宿的旅舍,误认为一座宜于久居的家宅。神秘主义[④]具有将寻常事物化为神奇的非凡力量,似乎又总是伴有那种精微奥妙的唯信论[⑤],因此让他在一季之间深有触动。还有

[①] 这里描述的是天主教弥撒的场景,弥撒是天主教最重要也最频繁的仪式,意在向基督表示钦仰、感恩、祈求和悔罪之心,因为基督为代偿人类的罪孽而殉身十字架,献出了自己的血肉。弥撒当中有祭献面饼和酒的环节。面饼和酒分别象征基督的肉和血,亦即"圣体"和"圣血";圣体龛是固定在圣坛上的锁闭容器,用以存放圣体;圣体匣可以挪动,用以展示圣体。

[②] "象征基督受难的袍子"指的是天主教弥撒中主祭神父穿着的"十字褡",是套在最外面的无袖罩袍,绣有象征基督受难的十字;圣餐杯用于装酒,亦即"圣血"。

[③] "男孩子们"指的是助祭的侍童;告解室是神父聆听信众忏悔的小隔间。

[④] 神秘主义泛指各种相信超自然存在(终极真理、神性、神,如此等等),并力图借助直接经验、直觉或洞察力来认知乃至融入此种实在的哲学观念及实践,许多宗教和哲学流派都包含神秘主义成分。

[⑤] 唯信论原文为"antinomianism",或译"反律法主义",大致主张是基督徒仅凭信仰即可得救,无须受制于世俗道德及律法。

一季,他倾心于德国达尔文主义运动的唯物教条,怀着莫名的欣喜孜孜以求,试图将人类的思想与激情回溯到大脑里某个珍珠般的细胞,或者是身体里某条白色的神经[1],并且沉醉于这样一种观念,亦即精神完全仰赖特定的物质条件,无论它是病态还是健康,是正常还是反常。然而,正如先前所说,在他看来,相较于生活本身,一切生活哲学都没有任何分量。他无比真切地感觉到,一旦脱离行动与实验,所有的理性思考都是无益徒劳。他深深知道,感官不亚于灵魂,也有精神层面的秘密等待揭晓。

于是乎,他开始研究香料,研究香料的制造法门,提炼一种又一种香气馥郁的精油,焚烧一种又一种来自东方的芬芳树脂。他发现所有的心绪都可以在感官生活中找到对应,由此决意探明两者之间的真正关联,探明乳香何以令人神秘莫测,龙涎香何以令人情难自禁,紫罗兰何以令人忆起逝去的浪漫,麝香何以令人意乱神迷,黄玉兰[2]又何以令人浮想联翩。他常常想要详细阐发一种货真价实的香料心理学,探讨一些香料对人的种种影响,比如各种香气甜美的根茎和盛满花粉的芬芳花朵,比如馨香的植物油和颜色暗沉的香木,比如令人发腻的匙叶甘松[3]、催人疯狂的北枳

---

[1] 德国达尔文主义运动指的是达尔文的进化论在德国产生的影响及衍生学说,比如德国生物学家、博物学家及哲学家恩斯特·海克尔(Ernst Haeckel, 1834—1919)的理论,海克尔曾提出"细胞灵魂""细胞记忆"等概念。

[2] 黄玉兰(champak),学名 *Magnolia champaca*,木兰科常绿乔木,原产南亚及东南亚,以芬芳馥郁的黄色或白色花朵著称。

[3] 匙叶甘松(spikenard),学名 *Nardostachys jatamansi*,败酱科多年生草本植物,原产喜马拉雅地区,根茎可提炼气味浓烈的芳香油。

椇①,以及据称可以让灵魂摆脱忧伤的芦荟。

另有一段时间,他全心投入了音乐,时常在一个长长的房间里举办千奇百怪的音乐会,房间带有格子窗和金红错杂的天花板,还有漆成橄榄绿的墙壁。在这些场合,疯癫的吉卜赛人用小小的齐特琴弹出撕心裂肺的狂野曲调,神色肃穆的黄头巾突尼斯人拨响巨型鲁特琴②的紧绷琴弦,咧嘴大笑的黑人用铜鼓敲出单调的节拍,此外还有精瘦的印度人,裹着缠头蜷在暗红色的垫子上,吹起长长的芦管或是铜管,魇住或是假装魇住庞大的眼镜蛇和可怕的角蝰。有些时候,舒伯特的优雅、肖邦的凄美乃至贝多芬的和谐壮美都不能钻进他的耳朵,野蛮音乐的突兀间断和刺耳噪音却可以触动他的心弦。他不遗余力地从世界各地搜罗最最奇异的乐器,乐此不疲地抚弄它们,尝试着演奏它们,它们要么来自湮灭民族的坟茔,要么就来自尚未毁于西方文明的少数几个野蛮部落。他的藏品包括内格罗河印第安人的神秘乐器"朱鲁帕里",女人不得观看这种乐器,年轻男子观看之前也得经过斋戒和鞭笞③,以及秘鲁人使用的那种陶罐,它可以发出凄厉的鸟叫声,以及阿方

---

① 北枳椇(hovenia),学名 *Hovenia dulcis*,鼠李科小乔木或灌木,广布于亚洲,花序芬芳甘甜,可食用。

② 齐特琴(zither)是英文当中对亚欧各地一类彼此形状大体相似的拨弦乐器的统称,其中最古老的品种是我国的筝;鲁特琴(lute)是英文中对多种形似吉他的乐器的统称,比如我国的琵琶。

③ 内格罗河(*Rio Negro*)是亚马逊河北岸的最大支流;"朱鲁帕里"(*jurupari*)是亚马逊印第安人的一种神圣乐器,与当地一个只准男性崇奉的神祇同名,由树皮及木管制成,形状略似喇叭。文中所说的禁忌实有其事。

索·德·奥瓦列[1]在智利听过的那种人骨长笛,以及在库斯科[2]附近发现的碧玉乐器,这种乐器声音洪亮,音调也异常甜美。他还拥有一些装了石子的彩画葫芦,摇一摇就可以发出声音;一把墨西哥人的长号,演奏的方法不是吹气,而是吸气;一支声音刺耳的"图里",原本属于亚马逊地区的部落,终日坐在高树上的哨兵将它吹响的时候,声音据说可以传到三里格之外[3];一只带有两片震动木簧的"特波纳兹特里"木鼓,鼓槌上裹着从植物乳液中取得的一种弹性胶质[4];一些阿兹特克人的"约透铃",像葡萄一样串串垂挂[5];外加一只圆柱形的大鼓,鼓膜是巨蟒的皮,与科尔特斯一起进入墨西哥神庙的时候,伯纳尔·迪亚兹曾经见过这种鼓[6],还为我们生动地记述了它的悲凉声音。他沉迷于这些乐器的古怪特质,每当想到艺术界也和自然界一样出产怪物,出产形状狞恶、

---

[1] 阿方索·德·奥瓦列(Alfonso de Ovalle,1601/1603—1651)为耶稣会士,智利历史学家。

[2] 库斯科(Cuzco)为秘鲁东南部古老城市,曾是印加帝国都城。

[3] "图里"(turé)是亚马逊地区帕利科尔部落(Palikur)使用的一种单簧片管乐器;里格为长度单位,1 里格等于 3 英里,亦即约 4.8 公里。

[4] "特波纳兹特里"(*teponaztli*)是墨西哥中部土著使用的一种木鼓,大体是一段挖了槽的圆木,槽上覆有簧片,以鼓槌敲击簧片发声。

[5] 阿兹特克人(Aztec)为古代墨西哥的主要民族,"约透铃"(yotl-bell)不详所指,但阿兹特克人的确有成串的铃形乐器。

[6] 科尔特斯(Hernán Cortés,1485—1547)为西班牙殖民者,于 1519 至 1521 年间率军摧毁阿兹特克帝国,将帝国首都特诺奇蒂特兰改名为墨西哥城;伯纳尔·迪亚兹(Bernal Díaz,生 1492—1498,卒 1585)为西班牙殖民者,曾是科尔特斯麾下士兵,著有《征服新西班牙信史》(*La Historia Verdadera de la Conquista de la Nueva España*),书中有关于阿兹特克文化的记录。

声音恐怖的玩意儿，他心里就会涌起莫名的喜悦。然而，一段时间之后，他厌倦了这些东西，于是便坐进他在歌剧院的那个包厢，或者独自一人，或者与亨利勋爵一起，心醉神迷地倾听《唐豪瑟》[①]，还把这部艺术珍品的序曲看作自身灵魂悲剧的写照。

有一次，他迷上了珠宝研究，于是就仿效法国元帅安·德·茹尤斯[②]的做派，穿上一件缀有五百六十颗珍珠的袍子去参加一场化装舞会。这一嗜好让他沉溺多年，事实上，说他从未戒绝也不为过。他常常花上一整天的时间，反复整理他收藏在匣子里的各种宝石，比如会在灯光下变成红色的橄榄色金绿宝石、带有银丝纹路的猫眼石、浅绿色的橄榄石、粉玫瑰色和酒黄色的黄玉、闪着四芒星光的殷红色石榴石、火红色的桂榴石、橘色和紫罗兰色的尖晶石、层迭呈现红蓝宝石色泽的紫水晶，如此等等。日光石的金红色泽、月光石的珍珠白，还有蛋白石的断续虹彩，都让他钟爱不已。他从阿姆斯特丹买来了三颗硕大异常、色彩也异常艳丽的翡翠，还收藏了一颗令所有行家艳羡的"老矿"绿松石[③]。

除此之外，他还找到了一些关于珠宝的精彩掌故。阿方索的《教士箴规》当中提到了一条蛇，这条蛇的眼睛是货真价实的红锆

---

① 《唐豪瑟》(*Tannhäuser*) 为瓦格纳于 1845 年完成的三幕歌剧，主角是中世纪德国的同名吟游骑士。

② 安·德·茹尤斯 (Anne de Joyeuse, 1560/1561—1587) 为法王亨利三世的密友及宠臣，在宗教战争中死于法国新教徒之手。

③ "老矿"绿松石指的是出自年代久远的绿松石产区（比如伊朗呼罗珊省的尼沙帕地区），色泽较新矿为好的绿松石。

石[1]，关于亚历山大的浪漫传奇也提到，这位伊马夏征服者在约旦的山谷里发现了一些蛇，这些蛇"长有道地翡翠的背鳍"[2]。菲罗斯特拉图斯告诉我们，恶龙的脑袋里有一颗宝石，"只需向它们展示金字和红袍"，就可以使它们在魔法作用之下昏昏入睡，然后宰掉它们[3]。按照炼金大师皮埃尔·德·波尼菲斯[4]的说法，钻石可以隐身，印度玛瑙则使人善辩。红玉髓可以平息怒火，红锆石可以催眠，紫水晶可以去除酒气。石榴石能够驱魔，注水石[5]能够令月亮失色。月亮石的光泽随着月亮盈缩，米洛苏斯石则可以识别窃贼，只有小山羊的血液能使它失去效力。莱昂纳达斯·卡米拉斯[6]曾经见人从一只刚刚杀死的蟾蜍脑袋里取出一颗白色的石头，这种石头具有万试万灵的解毒功用。阿拉伯鹿心脏里的结石拥有祛除瘟

---

[1] 阿方索即佩德罗·阿方索（Pedro Alfonso），十二世纪西班牙作家及科学家，信奉基督教，《教士箴规》（Clericalis Disciplina）是他用拉丁文编写的一本道德故事集。从这本书的英文译本来看，这条蛇出自书中的第十四个故事"金蛇传说"。

[2] 亚历山大即马其顿国王亚历山大大帝（Alexander the Great，前356—前323），伊马夏（Emathia）是马其顿的古称。

[3] 古希腊罗马时代有几个名叫菲罗斯特拉图斯的作家，这里指的是古罗马时代的希腊作家弗拉维乌斯·菲罗斯特拉图斯（Flavius Philostratus, 170/172—247/250），他的著作《提亚纳的阿波罗尼乌斯生平》（Life of Apollonius of Tyana）当中有借助金字（符咒）和红袍屠龙的记载。阿波罗尼乌斯是古罗马时代的希腊哲学家，出身于古罗马城镇提亚纳。

[4] 皮埃尔·德·波尼菲斯（Pierre de Boniface，？—1323）为法国炼金士。

[5] 此段叙述除传说之外，宝石名称皆为实有，唯"注水石"（hydropicus）及下文中的"米洛苏斯石"（meloceus）及"埃斯皮拉特石"（aspilates）不详所指。

[6] 莱昂纳达斯·卡米拉斯（Leonardus Camillus）为意大利作家，生平不详，著有《宝石之鉴》（Speculum Lapidum, 1502）。

疫的魔力。据德谟克里特[①]所说，阿拉伯鸟的巢中有一种埃斯皮拉特石，可以让佩戴者远离所有火患。

履行加冕仪式的时候，锡兰[②]国王会手握一块硕大的红宝石，骑马穿过自己的城市。祭司王约翰[③]的宫门"以赭玉髓制成，门上嵌有角蛇的角，如此一来，任何人都不可能将毒药带入宫中"。宫门的三角楣饰有"两只金苹果，苹果上镶有两颗石榴石"，如此一来，门楣白天金光闪耀，夜晚则闪着石榴石的光芒。洛吉在名为《亚美利加的珍珠》的怪异传奇中写道[④]，在女王的房间里，你可以看到"世上所有的贞女形象，全都以白银镂刻而成，嵌在橄榄石、石榴石、蓝宝石或是翡翠磨成的美丽镜面里"。马可·波罗曾经看见，"黄金之国"[⑤]的居民将玫瑰色的珍珠放到死者的嘴里。一头海怪执迷于潜水者偷去献给卑路斯王[⑥]的那颗珍珠，于是杀死窃贼，

---

① 德谟克里特（Democritus，前460？—前370？）为古希腊著名哲学家，对植物和矿物也多有研究。

② 锡兰（Ceilan）是斯里兰卡的旧称，通常写作"Ceylon"。

③ 祭司王约翰（John the Priest），通常写作"Prester John"，是十二世纪至十七世纪流行于欧洲的传说当中的人物，为信奉基督教的东方君主。描述祭司王宫殿的引文出自《祭司王书札》（*The Letter of Prester John*），后者是一封真实作者至今未知的伪托书札，从十二世纪中叶开始在欧洲广泛流传，书札中的写信人和收信人分别是祭司王约翰和东罗马皇帝。

④ 洛吉即托马斯·洛吉（Thomas Lodge, 1558？—1625），英国剧作家及作家，曾往南美洲游历。《亚美利加的珍珠》（*A Margarite of America*, 1596）是他以南美为背景撰写的一本浪漫小说。

⑤ "黄金之国"（Zipangu）是马可·波罗对今日日本的称呼。

⑥ 卑路斯王（King Perozes）即波斯国王卑路斯一世（Peroz I），波斯萨珊王朝君主，457至484年在位。

还为失窃的珍珠哀悼了整整七个月。据普罗科皮乌斯①所说,匈奴人把卑路斯王诱到了海怪所在的巨穴,卑路斯王便扔掉了珍珠。珍珠从此消失无踪,阿纳斯塔修斯皇帝②开出了相当于五百六十磅黄金的赏格,但却还是没有找到它。马拉巴③国王曾经向某个威尼斯人展示一串念珠,上面穿着三百零四颗珍珠,每一颗代表一位他崇奉的神祇。

按照布兰托姆④的说法,觐见法王路易十二的时候,亚历山大六世之子瓦伦蒂诺公爵⑤骑了一匹浑身挂满金叶的马儿,帽子上镶了两排大放光芒的红宝石。英王查理的马镫缀有四百二十一颗钻石⑥。理查二世拥有一件价值三万马克的大衣⑦,上面镶满了红尖晶

---

① 普罗科皮乌斯(Procopius,500?—565?)为拜占庭帝国重要学者及历史学家。

② 阿纳斯塔修斯皇帝(Anastasius I)为拜占庭帝国皇帝,491至518年在位。

③ 马拉巴(Malabar)是印度西南海滨的一片地区。

④ 布兰托姆(Brantôme,1540?—1614)为法国士兵及历史学家,著有关于当时宫廷生活的大部头回忆录。

⑤ 路易十二(Louis XII)为1498至1515年在位的法国国王;亚历山大六世(Alexander VI)为1492至1503年在位的罗马教皇;瓦伦蒂诺公爵即凯撒·波基亚(Cesare Borgia),为亚历山大六世与情妇所生之子。

⑥ 英国周刊《钱伯斯杂志》(Chambers's Journal)1867年6月8日刊《王冠珠宝》(Crown Jewels)一文说,英王查理二世(Charles II,1660至1685年在位)即位不久就"买了一颗名贵的东方红宝石和一颗极其完美的心形大钻石,还用三百二十颗钻石装饰了他的马镫"。由此看来,这里的"英王查理"指的可能是查理二世,而不是他的父亲查理一世。

⑦ 理查二世(Richard II)为1377至1399年在位的英格兰君主。这里的马克(mark)是古代英格兰货币单位,在理查二世的年代,1马克等于2/3镑。

188

石。根据霍尔的记载，加冕礼之前，去往伦敦塔的路上，亨利八世穿的是"缕金上衣，胸铠上镶着钻石和其他名贵宝石，巨大的项圈则由硕大的红尖晶石缀成"。①詹姆斯一世的各位幸臣都戴着嵌翡翠的金丝耳环。爱德华二世曾经送给派尔斯·盖夫斯顿②一套镶红锆石的赤金铠甲，一个黄金玫瑰嵌绿松石的金项圈，外加一顶缀有珍珠的头盔。亨利二世佩戴长及肘部的珠宝手套，并且拥有一只缝有十二颗红宝石和五十二颗上品大珍珠的鹰猎手套③。身为本族最后一位勃艮第公爵，"鲁莽查理"④的公爵冠饰有蓝宝石，还有梨形的珍珠。

生活曾是何等精致！往昔生活的盛装与美饰，何等富丽堂皇！即便只是从纸上看到逝者的奢华，感觉仍然妙不可言。

再下来，他又把注意力转向刺绣，转向在北欧国度那些寒冷居室里权充壁画之用的挂毯。他拥有一种非凡的本领，无论喜欢

---

① 霍尔即爱德华·霍尔（Edward Hall, 1497—1547），英格兰官员及历史学家，与引文几乎完全一致的文字见于霍尔所著英格兰编年史的最后一部分《亨利八世的辉煌朝代》(*The Triumphant Reign of Henry VIII*)；亨利八世（Henry VIII）为1509至1547年在位的英格兰君主。当时的英格兰君主加冕之前须从伦敦塔行进至加冕礼举办地点西敏寺。

② 爱德华二世（Edward II）为1307至1327年在位的英格兰君主；派尔斯·盖夫斯顿（Piers Gaveston, 1284？—1312）为爱德华二世宠臣，历来被视为爱德华二世的同性恋人。

③ 亨利二世（Henry II）为1154至1189年在位的英格兰君主。鹰猎手套是携带鹰隼打猎时所用的特制手套，作用是防止鹰爪抓伤手臂。

④ "鲁莽查理"（Charles the Rash, 1433—1477），亦称"大胆查理"（Charles the Bold），为当时统治法国的瓦卢瓦家族的最后一个勃艮第公爵。

上了什么，一时之间总是能全心全意地沉浸其中。研究这个主题的时候，他深深体会到光阴对美妙事物的摧残，几乎产生了消沉的情绪。万幸的是，他自己好歹逃过了这样的摧残。一夏又是一夏，黄水仙一次又一次开开谢谢，可耻的经历在一个又一个的恐怖夜晚反复上演，而他一如既往。怎样的冬天也不能毁损他的容颜，不能侵蚀他鲜花一样的灿烂青春。有形外物的遭际，与他真有天壤之别！它们都去了哪里呢？褐皮肤姑娘做来取悦雅典娜的那件番红花颜色的大袍子，袍子上画着众神与巨人作战的场景[1]，去了哪里呢？尼禄用来荫蔽罗马斗兽场的巨型天篷，那张其大无比的紫色篷布画着星光熠熠的天空，画着阿波罗驾驭金缰白马战车的英姿，去了哪里呢？他渴望见识为太阳祭司特制的那些奇妙餐巾，餐巾上绣有欢宴所需的一切美味佳肴[2]，渴望见识奇佩里克王的尸衣，以及缝在尸衣上的三百只金蜜蜂[3]，渴望见识蓬图斯主教为之义愤填膺的那些怪异衣袍，衣袍上绘有"狮、豹、熊、狗、

---

[1] 根据柏拉图《对话录》之《欧蒂弗罗篇》（*Euthyphro*）的记述，希腊人敬献雅典娜的袍子上画满了众神与巨人作战的场景。

[2] 这个"太阳祭司"（the Priest of the Sun）指的是218至222年在位的古罗马皇帝赫利奥加巴鲁斯（Heliogabalus, 203?—222），此人极度残暴荒唐，最后被禁卫军杀死。他出身于太阳神祭司世家，少时即成为叙利亚某地的太阳神大祭司。据古罗马时代晚期作者不确的传记集《罗马帝王纪》（*Augustan History*）所载，他的宴客怪癖之一是自己大吃大喝，客人面前则只有餐巾，上面绣着他正在享用的那些美食。

[3] 这里的奇佩里克王（King Chilperic）有误，应当是法兰克国王奇德里克一世（Childeric I, 440?—481/482），奇德里克的陵墓于1653年被人发现，墓中有大约三百只金制蜜蜂，有人认为这些蜜蜂原本是缝在一件斗篷上的。奇佩里克也是法兰克国王，为奇德里克后裔。

树林、岩石、猎手——实际上囊括了画家能从自然界抄来的一切事物",[①]也渴望见识奥尔良公爵查理[②]穿过的那件大衣,大衣的袖子上绣着一首歌的歌词,开头一句是"夫人,我满心欢喜",此外还有金线绣成的乐谱,每个音符都由四颗珍珠缀成,因为当时的音符是方形的[③]。他还读到了兰斯行宫为勃艮第的让娜王后[④]预备的房间,房间里点缀着"一千三百二十一只刺绣鹦鹉,鹦鹉身上饰有国王的纹章,外加五百六十一只蝴蝶,蝴蝶翅膀上相应饰有王后的纹章,所有这些饰品都以黄金制成"。凯瑟琳·德·美第奇让人为自己制作了一张悼亡床[⑤],床是黑丝绒做的,饰有洒金的新月和太阳。金色和银色花缎制成的床帏绣着繁枝密叶的花圈和花环图案,边缘缀有珍珠镶嵌的刺绣流苏。这张床所在的房间里悬挂

---

① 蓬图斯主教(Bishop of Pontus)指阿马西亚的圣阿斯特利乌斯(Saint Asterius of Amasea, 350?—410?),此人曾担任阿马西亚主教,阿马西亚在今天的土耳其,所属地区当时名为蓬图斯。他曾多次在讲道时大力抨击过度装饰衣物的奢侈风气,引文中的话即出自他之口。

② 奥尔良的查理(Charles of Orléans, 1394—1465)为法国贵族及宫廷诗人,于1407年袭封奥尔良公爵。

③ 中世纪时未有五线谱,使用的记谱工具是纽姆谱(Neumes),音符的标记是四线谱上的一个个实心小方块。

④ 兰斯(Reims)为法国东北部历史悠久的重要城市;勃艮第的让娜王后(Joan of Burgundy, 1293—1348)为勃艮第公爵之女,法王菲利普六世之妻。

⑤ 凯瑟琳·德·美第奇(Catherine de' Medici, 1519—1589)为意大利贵族,法王亨利二世的王后,亨利二世之后三个法王的母亲。根据美国女作家哈德森·莫尔(N. Hudson Moore, 1857—1927)在《蕾丝之书》(The Lace Book, 1904)当中的记述,这里的"悼亡床"是美第奇在丈夫死后为自己制作的寝床,用以表示对丈夫的哀悼。

着一条条织银丝绸，上面缝着用黑丝绒剪成的花样，全都是王后亲手制作的悼亡饰品。路易十四的房间里立着一些金线刺绣的女像柱①，每一个都有十五英尺高。波兰国王索别斯基的御床是用士麦那金缎制成的，上面缝着用绿松石嵌成的《可兰经》字句。镀银的床柱精镂细刻，嵌有无数珐琅地宝石圆形饰章。这张床是从维也纳城下的土耳其营帐里夺来的，穆罕默德的军旗就曾经立在它摇曳飘摆的涂金顶篷之下②。

如是这般，他花了整整一年的时间，竭力搜集那些最为精美的织物和绣品。他收来了雅致的德里细纱，它饰有金线织就的精细掌叶纹样和虹彩闪耀的甲虫翅膀，收来了达卡薄纱，它因晶莹剔透而在东方赢得了"云罗""流水"和"晚露"的雅号，收来了图案奇异的爪哇布料，收来了精美繁复的明黄色中国帐幔，收来了茶色或淡蓝色丝缎装订的书本，书本饰有三瓣鸢尾和飞鸟之类的图案，收来了以匈牙利针法③织成的网眼蕾丝面幕，收来了西西里锦缎和硬挺的西班牙丝绒，还收来了缀有镀金硬币的格鲁吉亚织品，以及饰有金绿图案和艳丽飞鸟的日本袱纱④。

---

① 女像柱（caryatid）为古希腊罗马神庙所用的一种廊柱，造型为女性立像。
② 波兰国王索别斯基即波兰－立陶宛联邦国君约翰三世索别斯基（John Ⅲ Sobieski, 1629—1696）。1683 年，信奉伊斯兰教的奥斯曼土耳其帝国出兵围困神圣罗马帝国首都维也纳，索别斯基率军驰援，最终击败奥斯曼土耳其军队，史称"维也纳之战"；士麦那（Smyrna）是奥斯曼土耳其帝国重镇，今称伊兹密尔。
③ 匈牙利针法（Hungary point）是一种织出钻石形或人字形纹样的针法。
④ 袱纱（*Foukousa*），通常写作"*Fukusa*"，是日本的一种传统方形织品，用于包装礼物，也用于茶会之类的仪式。

对于基督教神职人员的法衣，他也有一种特殊的热情，实在说来，与教会仪式有关的一切事物都让他十分着迷。他宅子的西廊里排着一长列雪松橱柜，里面存着许多世所罕见的美丽衣衫。千真万确，那些都是基督新娘的嫁衣[①]，她们必须穿起紫色的衣装，佩上珠宝，再加上细麻装束，以便掩藏她们苍白消瘦的躯体，她们的躯体凋残于自愿选择的磨难，毁伤于自我施加的痛苦。他拥有一件精美非凡的法袍，材质是猩红色丝绸和金线织成的花缎，上面绣着六瓣花朵簇拥金色石榴的连续纹样，两胁还有细小珍珠缀成的菠萝图案。法袍的前襟饰带分成了一个个方块，方块之中画着圣母的生平事迹，圣母加冕的场景则以五彩的丝线绣在法袍的兜帽之上。这件法袍出自十五世纪，是意大利的工艺品。另一件法袍则以绿色丝绒制成，绣有莨苕叶[②]团成的一个个心形图案，图案周围伸展着一枝枝长茎的白花，银线和五彩水晶将花朵的细部勾勒得格外鲜明。法袍的扣袢饰有金线堆绣的六翼天使头像，前襟饰带的图案是红色和金色丝线织成的格子，无数的圆形补缀刻画着各位圣徒和殉道者，圣塞巴斯蒂安[③]也在其中。他的收藏还

[①] "基督新娘的嫁衣"指的是修女在起誓献身教会并终身保持童贞的祝圣仪式上穿用的礼服。

[②] 莨苕（acanthus）是爵床科一属植物的统称，长有锯齿形的叶子。莨苕叶纹饰始于古希腊时代，是西方艺术中最常见的叶形纹饰之一。

[③] 圣塞巴斯蒂安（St. Sebastian）为早期基督教圣徒及殉道者，死于公元288年前后，据说是在罗马皇帝戴克里先（Diocletian，284至305年在位）的命令之下被士兵乱箭射死。他在西方艺术当中的形象通常是半裸的美少年，从文艺复兴时期开始带有同性恋意味。王尔德流亡巴黎期间所用化名为"塞巴斯蒂安·梅尔莫斯"（Sebastian Melmoth）。

包括一些十字褡,分别以琥珀色丝绸、蓝色丝绸、金线织锦、黄丝花缎或织金丝绸制成,饰有基督受难的标记,并且绣有狮子孔雀之类的象征符号[1];一些白缎和粉丝花缎制成的无袖法袍,饰有郁金香、海豚和三瓣鸢尾的图案;一些猩红丝绒或蓝色亚麻质地的祭坛罩布;外加许多圣餐布、圣袱和圣巾[2]。从这些物品承载的种种神秘功用之中,他找到了某种催发想象的东西。

原因在于,这些珍宝,还有他收藏在自家美宅里的一切物品,都可以成为他忘却的手段和逃避的途径,都可以让他在一季之间摆脱那种时或显得难以承受的恐惧。他曾在那个上了锁的冷寂房间里度过童年的许多时日,房间的墙上如今有了他亲手悬挂的那幅可怕画像,画像的变化面容让他看清了自己生命的彻底堕落,画像的前方则垂挂着那块权充帷幕的金紫柩衣。有时候,他会连着几个星期远离那个房间,由此忘记那个怵目惊心的彩绘玩意儿,找回他轻松的心情、他兴高采烈的美妙感觉,还有他对于存在本身的倾情专注。接下来的某个夜晚,他会突如其来地溜出自己的宅子,跑进蓝门场[3]附近的一些可怕处所,日复一日盘桓不去,直到被人赶走为止。回到家里之后,他会立刻坐到画像跟前,有时

---

[1] 十字褡参见前文注释。在基督教艺术当中,"犹大之狮"(Lion of Judah)是基督的象征,孔雀则象征永生和复活(因为孔雀会更新羽毛)。

[2] 圣餐布是圣餐礼所用的垫巾,圣袱是用来覆盖圣餐杯的布片,圣巾是用来抹汗或纯为装饰的手帕。

[3] 蓝门场(Blue Gate Fields)是一个现已废弃的地名,指的是维多利亚时代伦敦东区的一片区域,是当时伦敦最凄惨的贫民窟之一,还是与烟馆、妓院和谋杀案相联系的一个下流所在。

候的感觉是对画像和自己充满厌憎，有时候却满怀特立独行的自豪——罪孽之所以诱人，一半就是因为这样的自豪——沾沾自喜地笑看那个丑怪的影像，看它被迫承受本该落在他自己身上的负担。

几年之后，他觉得自己再也不能长时间地离开英格兰，于是就舍弃了他和亨利勋爵合用的那座特卢维尔[①]别墅，以及阿尔及尔的那幢带有围墙的白色小屋，他俩曾在那里消磨不止一个冬天。一方面，他很不愿意离开那幅与自己生命如此密不可分的画像，另一方面，他虽然让人给那个房间加上了一重又一重构造复杂的门闩，但却还是担心，有人会趁自己不在的时候闯进房间。

他心里非常清楚，其他人即便闯进了房间，仍然不可能知悉任何内情。诚然，画像虽说丑怪至极、面目可憎，但却依然跟他十分相像；可是，他们能从这个事实推演出什么结论呢？要是有人拿这个来奚落他，那他肯定会反唇相讥。画像又不是他画的。画像再怎么邪恶可耻，跟他本人能有什么关系呢？就算他把真相告诉他们，他们能相信吗？

可他还是觉得害怕。有些时候，他正在诺丁厄姆郡[②]的大宅里招待跟他最热乎的那类同伴，也就是与他地位相当的时髦青年，正在用他奢侈无度、纸醉金迷的生活方式震撼整个乡区，然后呢，他会突如其来地撇下客人，火急火燎地赶回伦敦，就为了确定没有人动过那个房间的门，画像也还在原来的位置。画像要是叫人偷了，那会怎么样呢？仅仅是这样的设想就足以吓得他浑身发冷。

[①] 特卢维尔（Trouville）为法国西北部英吉利海峡港口及度假胜地。
[②] 诺丁厄姆郡（Nottinghamshire）是英格兰中部的一个郡。

那样的话,世人肯定会识破他的秘密。说不定,世人眼下就已经起了疑心。

原因在于,迷恋的人固然为数众多,怀疑他的人却也不在少数。西区的一家俱乐部差一点儿就让他扫地出门,尽管论出身,论社会地位,他都是那家俱乐部的当然会员。此外,据说有那么一次,一个朋友刚把他领进丘吉尔俱乐部①的吸烟室,伯里克公爵和另一位绅士立刻起身出门,架势十分惹眼。他年满二十五岁之后,一些离奇的故事开始到处流传。流言说有人看见他在白礼拜堂偏僻角落的一个下流场所跟一些外国水手吵架,还说他结交窃贼和铸假币的人,并且对那些行当熟门熟路。他神秘失踪的习惯渐渐臭名远扬,然后呢,等他再次在上流社会现身的时候,人们会在角落里交头接耳,或者冷笑着走过他的身边,再不然就用冰冷的探询目光紧盯着他,似乎是决意挖出他的秘密。

对于诸如此类的无礼态度和轻蔑表示,他自然不以为意,与此同时,大多数的人都把关于他的种种流言斥为诽谤,并且认为,他拥有坦率温文的做派、孩子般的迷人笑容,还拥有似乎永不衰谢的美妙青春赋予他的无限优雅,这些东西本身就足以驳倒那些诽谤。话又说回来,人们也注意到,有些人曾经跟他亲近得无以复加,一段时间之后却似乎对他避之唯恐不及。人们还发现,有些女人曾经疯狂地仰慕他,为了他不惜承受全社会的非难,置所

---

① 丘吉尔俱乐部(the Churchill)是作者的虚构,与英国著名政治家温斯顿·丘吉尔(Winston Churchill,1874—1965)并无关联。这部小说问世之时,温斯顿·丘吉尔只有十七岁。

有规矩于不顾，到得后来，一旦多利安·格雷走进房间，她们却会在羞耻或恐惧之中变得面无人色。

然而，在许多人的眼里，这些悄声流传的丑闻反倒增加了他那种奇异危险的魅力。除此而外，他的偌大家业也为他提供了一层稳固可靠的保护。兼具财富与魅力的人物若是遭受了任何贬损，社会，至少是上流社会，从来都不会轻易相信。社会本能地觉得风度重于道德，并且认为，即便你拥有最高贵的情操，价值也远远比不上养着一名好厨子。更何况，归根结底，如果有人拿糟糕的饭菜或者劣等的酒水招待了你，就算你得知此人的私生活毫无瑕疵，那也算不上多大的安慰。最最紧要的美德也补偿不了前菜半凉的罪过，这便是亨利勋爵以前就这个话题发表的意见，说不定，他这个意见确实很有道理。原因在于，优雅社会的规矩跟艺术一样，要不就应该跟艺术一样。形式绝对是优雅社会的要件，优雅社会应该像典礼一样庄重，像典礼一样脱离实际，同时还得具有浪漫戏剧的虚情假意，以及使得这类戏剧赏心悦目的机智和美感。虚伪这样东西，真的有那么可怕吗？我觉得它并不可怕，无非是我们借以获取多重个性的一种方法而已。

不管怎么说，这至少是多利安·格雷的观点。有些人觉得，人的自我是一种简单可靠、一成不变、成分单一的东西，这样的浅薄心态总是让他惊诧莫名。在他看来，人是一种拥有无数重生活和无数种感受的存在，还是一种复杂多元的生物，不光是内心承继了思想与激情的种种奇异遗产，就连肉体也染有逝去先辈的种种怪诞疾病。他喜欢缓步穿过他乡间宅邸里那条阴森寒冷的画廊，观看廊中陈列的各色画像，在他脉管里流淌的正是画中众人的血液。这里有菲利普·赫伯特,根据弗朗西斯·奥斯本在《伊丽莎白一世及詹姆斯一世两朝回忆录》里的记述,此人"凭借英俊的面孔赢得了宫廷的宠爱,只可惜他的美貌为时短暂"①。难道说,有些时候,他过的就是青年赫伯特的生活吗?难道说,某种诡异的病菌代代相传,最终钻进了他的身体吗?难道说,当初在巴兹尔·霍沃德的画室里,正是那份毁灭美丽留下的某种模糊记忆驱使他无缘无故地突然开口、说出了那些让他的生活天翻地覆的疯狂祷词吗?安东尼·设拉德爵士也在这里。爵士巍然挺立,身穿绣金的红色紧身上衣和镶有宝石的罩袍,戴着金边的圈领和护腕,银黑两色的铠甲堆在脚边。这个人留给他的遗产又是什么呢?难道说,身为那不勒斯乔凡娜②的情人,爵士把一份罪孽与耻辱的产业传给了他吗?难道说,他自己的行为仅仅体现着这位逝者没敢实现的梦想吗?这里还有伊丽莎白·德伏罗夫人③,正在褪色的画布上莞尔而笑。夫人披着薄纱头巾,身穿珍珠缀成的抹胸,配的是粉色的剪口袖。她右手拿着一枝鲜花,左手握着一个红白玫瑰图案的珐琅项圈,小小的尖头鞋子饰有大朵大朵的绿色

---

① 菲利普·赫伯特(Philip Herbert,1584—1650)为英国贵族,詹姆斯一世宠臣;弗朗西斯·奥斯本(Francis Osborne,1593—1659)为英国作家,著有文中提及的回忆录(回忆录所涉两朝时间见前文注释),但回忆录的原文是:"赢得了詹姆斯王的宠爱";此段下文中未有注释的人名皆为作者虚构。

② "那不勒斯乔凡娜"即1414至1435年在位的那不勒斯女王乔凡娜二世(Giovanna II,1373—1435),这位女王以情人众多闻名。

③ 伊丽莎白·德伏罗夫人(Lady Elizabeth Devereux)是作者的虚构,由伊丽莎白一世女王及其幸臣罗伯特·德伏罗(Robert Devereux,1565—1601)的名字组合而成。此外,前文曾经提及,多利安·格雷的母亲姓德伏罗。

团花玫瑰，身边的桌子上摆着一把曼陀林和一只苹果。他了解夫人的生平，也知道关于她那些情人的离奇故事。难道说，他继承了夫人的一些性情吗？夫人那双杏眼眼睑低垂，似乎正在好奇地打量他。还有，那个头发扑着粉、脸上贴着古怪花钿的乔治·威洛比怎么样呢？他的模样何等邪恶！他的脸黝黑阴沉，轻蔑的神情似乎让肉感的嘴唇变了形，精致的蕾丝褶边围着一双干瘦蜡黄的手，手上的戒指多得成了赘疣。他是个十八世纪的欧陆风尚迷，年轻时是弗拉尔斯勋爵[①]的朋友。第二世贝克纳姆勋爵是摄政王子最放纵年月里的伙伴，还曾经见证王子与菲茨赫伯特太太的秘密婚礼[②]，他又怎么样呢？他可真是骄傲、真是英俊，瞧他那栗色的发卷和不可一世的姿势！他遗赠后人的是一些什么样的激情呢？在世人眼里，他是个声名狼藉的人物。卡尔顿公馆[③]的狂欢总是由他领头，嘉德之星[④]在他的胸前闪耀。挂在勋爵画像旁边的是勋

[①] "弗拉尔斯勋爵"（Lord Ferrars）可能是指第四世弗雷尔斯伯爵劳伦斯·雪莱（Laurence Shirley, 4th Earl Ferrers, 1720—1760），此人生活放纵，最后因杀死自己的管事而被处绞刑，成为迄今为止最后一个上了绞架的英国上议院成员。

[②] 摄政王子即后来的英王乔治四世（George Ⅳ, 1820 至 1830 年在位），他曾于 1811 至 1819 年间因父亲乔治三世（George Ⅲ, 1760 至 1820 年在位）的疯病而代行王政，这段时间就是英国历史上的"摄政时期"；菲茨赫伯特太太即玛利亚·安妮·菲茨赫伯特（Maria Anne Fitzherbert, 1756—1837），她于 1785 年与时为威尔士王子的乔治四世秘密成婚（菲茨赫伯特是她已故的第二任丈夫的姓氏），由于制度和宗教等方面的原因，尽管他俩的感情维系终身，这桩婚姻却没有效力。

[③] 卡尔顿公馆（Carlton House）是乔治四世成年之后即位之前的府邸，该建筑已于 1825 年拆毁。

[④] 嘉德之星（The star of the Garter）是嘉德勋位拥有者佩戴的一种星形徽章，嘉德勋位是英格兰历史最悠久、等级也最高的骑士勋位。

爵夫人的画像,那是个脸色苍白的薄嘴唇女人,一身黑色的装束。可想而知,她的血液也在他身上激荡。所有这一切,全都显得何等奇妙!还有他的母亲,面容好似汉密尔顿夫人①,湿润的嘴唇泛着酒红——他知道自己从她那里继承了什么。他继承了她的美貌,也继承了她对他人美貌的激情。她穿着伯坎蒂②的宽袍,正在嘲笑他。她的头发沾着葡萄叶子,紫色的汁液从她手中的杯子里溢了出来。画中的康乃馨已经凋残,那双眼睛却依然深邃明艳,美丽动人。看样子,不管他走到哪里,那双眼睛都会跟随着他。

然而,人不光拥有族谱上的先人,还拥有文字里的祖先。从类型和性情来说,文字里的许多祖先跟人的关联兴许比族谱上的先人更为紧密,除此之外,他们对人的影响无疑是更加明白无误,更加易于察觉。有些时候,多利安·格雷觉得,全部的历史仅仅是他个人生活的一份记录,这倒不是说他身临其境地体验了全部历史,而是说他通过想象构建了全部历史,全部历史都在他的头脑和激情之中。尘世的舞台上有过无数离奇可怕的角色,正是他们使得罪孽如此精彩非凡,又使得邪恶如此奥秘无穷,他觉得,那些人他全都认识。照他的感觉,经由某种不可思议的方式,那些人的生活已经变成了他自己的生活。

在那本对多利安的生活影响至深的精彩小说当中,主人公也

---

① 汉密尔顿夫人(Lady Hamilton,1765—1815)为英国名媛,以美貌著称,最广为人知的事迹是充当英国海军英雄纳尔逊勋爵(Horatio Nelson,1758—1805)的情妇。

② 即酒神的女祭司或女信徒,参见前文注释。

有与多利安一样的天开异想。小说的第七章，主人公讲述了自己如何像卡布里花园里的台伯留一样戴上月桂头冠，免得闪电击中自己，然后就坐下来读厄勒芳迪斯的淫书①，周围是高视阔步的侏儒和孔雀，还有那名长笛乐手，正在取笑摇动香炉的侍者；或者像卡利古拉一样，在马厩里与绿衫骑师畅饮，用象牙制成的马槽与一匹宝石饰额的马儿共餐②；或者像图密善一样，满怀百无聊赖的痛苦，满怀应有尽有之人对于生活的可怕厌倦，漫步走过一条排满大理石镜子的走廊，枯干的双眼环顾镜面，想要看到那把即将终结自己生命的短剑③；或者像尼禄一样，透过一块晶莹剔透的翡翠观看大竞技场里的血色肉搏，然后坐进一辆珍珠和紫绸装饰的舆车，由钉着银掌的骡子牵引，一边穿过石榴大街前往黄金之宫④，一边倾听路旁众人山呼万岁；又或像埃拉加巴鲁斯一样，把

---

① 台伯留（Tiberius）为古罗马皇帝，14至37年在位。公元26年，他曾经退隐到意大利南端的卡布里岛（Capri）。据古罗马历史学家苏埃托尼乌斯（Suetonius）的《罗马十二帝王纪》（The Twelve Caesars）所载，台伯留在卡布里过着放纵的生活，并且大肆搜罗厄勒芳迪斯的书籍。同书还记载：台伯留"极度害怕闪电，天色不妙时总是会戴上月桂头冠，原因是人们认为，闪电永远也不会触碰月桂树叶"。厄勒芳迪斯（Elephantis）为公元前一世纪的希腊女诗人，作品以露骨的性描写著称。

② 卡利古拉（Caligula）为古罗马皇帝，37至47年在位。文中记述见于《罗马十二帝王纪》。

③ 图密善（Domitian）为古罗马皇帝，81至96年在位，于96年被臣下谋杀。据说他一早就从占卜者口中知道了自己的死期，十分害怕遇刺，于是在宫殿的墙上装了许多镜子一样的大理石板，以便他随时察知走近自己的人。

④ 尼禄参见前文注释，竞技场（the Circus）特指古罗马城的大竞技场，石榴大街（the Street of Pomegranates）是古罗马城的一条街道，黄金之宫（House of Gold）是罗马帝王的宫殿，尼禄曾大肆扩建。

自己的脸画得五颜六色，混在女人堆里拨弄卷线棒，并且将迦太基的月神运到罗马，经由神秘的婚典把她献给太阳[1]。

多利安翻来覆去地阅读这个奇妙的章节，还有紧随其后的两章。后两章好比是一些奇特的挂毯，又像是一组做工精妙的珐琅器皿，刻画了一些骇人心目的美丽形象，形象的主人已经在恶行、血债和厌倦的纠缠之下变成了怪物或者疯子：比如米兰公爵菲利坡，他杀死了自己的妻子，还给妻子的嘴唇抹上暗红色的毒药，想让妻子的情夫从心爱逝者的唇上吮到死亡[2]；比如圣名保罗二世的威尼斯人皮耶特罗·巴尔比，出于虚荣，他一度试图使用福摩萨斯的圣名，并且用一桩可怕的罪行换来了他那顶价值二十万弗罗林的三重冠[3]；比如吉安·马利亚·维斯孔蒂，他唆使猎犬去追逐活人，到头来遭人谋杀，一名爱他的妓女用玫瑰覆盖了他的尸

---

[1] 埃拉加巴鲁斯（Elagabalus）即前文曾经提及的"太阳祭司"赫利奥加巴鲁斯，此人有穿用女性服饰的癖好；卷线棒是纺织工具，当时自然是女性用品；迦太基（Carthage）为北非古国，于公元前146年亡于罗马帝国之手。

[2] 米兰公爵菲利坡即菲利坡·马利亚·维斯孔蒂（Filippo Maria Visconti，1392—1447），于1412至1447年间统治意大利的米兰公国。他诬告自己的第一任妻子通奸，并且将她斩首。文中的描述来自传说。

[3] 皮耶特罗·巴尔比（Pietro Barbi）即1464至1471年在位的教皇保罗二世（Pope Paul II，1417—1471）。根据英国诗人及文艺批评家西蒙兹（John Symonds，1840—1893）所著《意大利文艺复兴》（Renaissance in Italy，1875—1886）的记载，他长相英俊，最初打算以"福摩萨斯二世"（Formosus II）为圣名（拉丁词汇"formosus"意为"美丽"），遭到枢机主教劝阻后才改用"保罗二世"。此外，他拥有一顶价值二十万金弗罗林的三重冠。文中所说的"可怕罪行"则不详所指；弗罗林是十三至十六世纪之间意大利铸行的一种金币。

身[1]；比如骑着白马的波基亚，他与手足相残的罪孽并辔前行，斗篷上还沾着佩洛托的鲜血[2]；比如年轻的佛罗伦萨枢机大主教皮耶特罗·里亚里奥，他是教皇西斯笃四世的儿子和弄臣，堪与他美貌比肩的只有他的放纵行径。他曾经用白色和猩红色的丝绸搭成帐篷来款待阿拉贡的列奥诺拉，帐篷里挤满了扮成山泽仙女和半人马的宾客。他还在一个少年的身上涂满金粉，好让少年以加尼米德或是许拉斯的形象侍宴[3]；比如埃泽林，他的忧伤只有死亡的场面才能疗治。他嗜好殷红的鲜血，恰如旁人嗜好殷红的酒浆——据说他是恶魔的儿子，曾经拿自己的灵魂跟父亲赌博，还在掷骰子的时候玩了花样[4]；比如贾姆巴蒂斯塔·希伯，他嘲讽地

---

[1] 吉安·马利亚·维斯孔蒂（Gian Maria Visconti, 1388—1412）也是米兰公爵，前面提及的菲利坡是他的弟弟，在他遇刺之后继承了他的位置。文中记述的事情见于《意大利文艺复兴》。

[2] 波基亚（Borgia）是文艺复兴时期意大利的望族。《意大利文艺复兴》中说凯撒·波基亚（参见前文关于瓦伦蒂诺公爵的注释）当教皇亚历山大六世（凯撒·波基亚的父亲，俗名罗德里克·波基亚，亦见前文注释）的面刺杀了教皇的弄臣佩洛托（Perotto），佩洛托死在教皇怀里，鲜血溅在了教皇的斗篷上。同书还说罗德里克·波基亚骑过"一匹雪白的马儿"。此外，同书说教皇的长子乔凡尼·波基亚（Giovanni Borgia）死于谋杀，主谋似乎是他的弟弟凯撒·波基亚。文中的说法似乎是把父子俩的事情掺到了一起。

[3] 皮耶特罗·里亚里奥（Pietro Riario, 1445—1474）为意大利枢机主教及教廷外交官；西斯笃四世（Pope Sixtus IV）是1471至1484年在位的教皇；阿拉贡的列奥诺拉（Leonora of Aragon, 1450—1493）是那不勒斯国王的女儿，先后嫁与意大利的两位公爵；加尼米德（Ganymede）和许拉斯（Hylas）都是古希腊神话中的美少年。文中所说的事情皆见于《意大利文艺复兴》，该书没有提及的只有加尼米德和许拉斯。

[4] 埃泽林（Ezzelin）即罗马诺的埃泽利诺（Ezzelino of Romano, 1194—1259），为统治意大利北部的封建诸侯，其暴行见于《意大利文艺复兴》。

选择了"英诺森"这个圣名,一名犹太医生往他衰弱无力的脉管里注入了三个少年的鲜血[①];比如西吉斯蒙多·马拉特斯塔,伊索塔的情人、里米尼的领主,人们在罗马焚烧照他的模样做的假人,视他为上帝和人类的公敌。他用餐巾勒死了坡利森娜,把毒药盛在翡翠杯子里端给吉尼芙拉·德斯特,还建了一座异教教堂来让基督徒礼拜,为的是纪念一段可耻的激情[②];比如查理六世,他无比痴狂地倾慕自己的弟媳,以至于一名麻风病人向他发出警告,他即将精神错乱。一旦他的头脑陷入糊涂混乱的状态,能安抚他的就只有那些图案代表爱、死亡与疯狂的撒拉逊牌[③];再如身穿滚

① 贾姆巴蒂斯塔·希伯(Giambattista Cibo)即1484至1492年在位的教皇英诺森八世(Pope Innocent Ⅷ),"innocent"(英诺森)是"纯洁无辜"的意思。据《意大利文艺复兴》记载,英诺森八世将死之时,一名犹太医生建议用年轻人的鲜血帮助他恢复活力,建议得到采纳,但却没有效果。

② 西吉斯蒙多·马拉特斯塔(Sigismondo Malatesta,1417—1468)为意大利诸侯,里米尼(Rimini)为意大利东北部城市,当时由马拉特斯塔家族控制。伊索塔(Isotta)是马拉特斯塔的情妇,后来成为他的第三任妻子。坡利森娜(Polyssena)和吉尼芙拉·德斯特(Ginevra d'Este)分别是马拉特斯塔的第二任和第一任妻子。据《意大利文艺复兴》所载,他兴建了一座规模庞大的异教教堂,并把其中一座神殿献给了伊索塔。

③ 查理六世(Charles Ⅵ)为1380至1422年在位的法兰西国王,患有间歇性疯病,又称"疯子查理"。根据英国女作家及学者玛丽·罗宾逊(Mary Robinson,1857—1944)所著《中世纪的终结》(*The End of the Middle Ages*,1889)的记载,查理六世痴迷于弟媳瓦伦蒂娜·维斯孔蒂(Valentina Visconti,1368—1408),有一次连续骑马五天四夜赶回巴黎看她,致使本来就脆弱的脑子受了损伤。后来的一次行军途中,一名麻风病人警告他不要继续前行。他不听劝告继续前行,不久即疯病发作。同书也记载了关于撒拉逊牌的事情;撒拉逊牌即塔罗牌,撒拉逊人(Saracen)是中世纪基督徒对阿拉伯人或穆斯林的称呼,有些人认为塔罗牌源自阿拉伯。

边马甲、帽子镶有宝石、发卷好似莨苕的格里封涅托·巴格里奥尼，他杀死了阿斯托雷和阿斯托雷的新娘，杀死了西蒙涅托和西蒙涅托的侍童，可他实在是俊俏无比，以至于当他奄奄一息地躺在佩鲁贾黄色广场的时候，就连那些恨他的人都忍不住潸然泪下，阿塔兰塔虽然诅咒过他，当时也为他祝了福[①]。

所有这些人物，全都拥有一种恐怖的魅力。他们夜里在多利安眼前现形，昼间也搅扰他的想象。文艺复兴时期见证了千奇百怪的下毒手法——下毒的媒介可以是一顶头盔，也可以是一支点燃的火炬，可以是一只刺绣手套，也可以是一把宝石镶嵌的扇子，可以是一个镀金的香盒，也可以是一条琥珀的链子。多利安·格雷中的却是一本书的毒。有那么一些时刻，邪恶在他的眼里，无非是他借以求取心中美丽的一种方式而已。

[①] 格里封涅托·巴格里奥尼（Grifonetto Baglioni，？—1500）为当时统治意大利中部城市佩鲁贾（Perugia）的巴格里奥尼家族成员。根据西蒙兹在《意大利及希腊速写》（*Sketches in Italy and Greece*，1874）当中的记述，长相俊美的格里封涅托因为嫉妒而伙同他人在堂兄阿斯托雷（Astorre）举办婚礼期间杀害自己家族的成员，其中包括阿斯托雷夫妇、西蒙涅托（Simonetto），以及和西蒙涅托同寝的侍童，由此遭到母亲阿塔兰塔（Atalanta）的诅咒。格里封涅托自己也于次日被杀，临死时得到了母亲的祝福。遵照阿塔兰塔的请求，文艺复兴艺术大师拉斐尔画了一幅题为《入殓》（*Deposition*）的油画来纪念格里封涅托。

第十二章

时过境迁之后，多利安常常记起，那一天是十一月九日，恰好是他三十八岁生日的前一天。

当时是十一点左右，他在亨利勋爵那里吃过了晚饭，正在走路回家。夜里天寒雾重，所以他裹着厚厚的毛皮大衣。他刚刚走到格罗斯夫纳广场[①]和南奥德利街的拐角，一个男的从雾中掠过他的身边，走得非常快，身穿一件灰色的乌尔斯特大衣[②]，领子是竖着的，手里还拎着一个提包。他认出那人就是巴兹尔·霍沃德，心里立刻涌起一阵无缘无故的莫名恐惧。于是他装作没有认出那人，继续快步走向自家的宅子。

然而，霍沃德已经看见了他。他听见霍沃德在人行道上顿了一顿，之后就快步追了上来。片刻之间，霍沃德的手搭上了他的胳膊。

"多利安！这样的运气可真是少有！我从九点钟就在你家的

[①] 格罗斯夫纳广场（Grosvenor Square）是伦敦梅费尔街区的一个上流广场；南奥德利街参见前文注释。

[②] 乌尔斯特大衣（ulster）是一种长而宽松，料子粗重的大衣，因爱尔兰岛北部的乌尔斯特地区而得名。

藏书室里等你,最后是可怜你那个累坏了的仆人,吩咐他去睡觉,他这才送我出来。我要赶半夜的火车去巴黎,走之前特别想见你一面。你从我身边走过的时候,我觉得确实是你,至少你那件毛皮大衣不会看错。不过,刚才我并没有十足的把握。你认出我了吗?"

"这样的大雾天吗,亲爱的巴兹尔?咳,我连格罗斯夫纳广场都认不出哩。我觉得自家的房子就在这周围的什么位置,可我一点儿把握都没有。听你说你要走,我觉得挺遗憾的,我可有好些日子没看见你了呢。不过,我估计你很快就会回来,对吧?"

"不,我打算半年之后才回英格兰。我想在巴黎搞一间工作室,然后闭门谢客,直到把我正在构思的那幅绝妙作品画完为止。话说回来,我想谈的可不是我自己。喏,你的家已经到了。让我进去待会儿吧,我有事情要跟你说。"

"你肯进来就太好啦。不过,该不会误了你的火车吧?"多利安·格雷懒洋洋地应了一句,走上门阶,用钥匙打开了前门。

门厅的灯光挣扎着穿过雾气,霍沃德看了看自己的表。"时间还多得很呢,"他回答道,"火车是十二点一刻,现在才十一点。说真的,刚才碰见你的时候,我正在去俱乐部找你呢。你瞧,行李也耽误不了工夫,重的东西我都送到车站去了。我随身就带了这么一个提包,轻轻松松就可以在二十分钟之内走到维多利亚车站。"

多利安看了看他,微微一笑。"这么旅行可真是符合上流画家的身份!就一个格莱斯顿提包[①],外加一件乌尔斯特大衣!进来吧,

---

① 格莱斯顿提包(Gladstone bag)是一种硬质的小型手提旅行包,因曾四任英国首相的格莱斯顿(William Ewart Gladstone,1809—1898)而得名。

雾都快漫进屋子啦。我得提醒你一句,千万别跟我谈什么严肃的话题。这年月没什么严肃的东西,就算有也不应该。"

霍沃德摇着头进了屋,跟着多利安来到了藏书室。巨大的敞口壁炉里烧着柴火,火光熊熊耀眼。屋里的灯都亮着,一张小小的嵌花木桌上立着一只打开了的荷兰银制酒樽,几个装满苏打水的自流瓶①,还有几只刻花玻璃平底大杯。

"你瞧,你的仆人真让我宾至如归,多利安。我要什么他就给什么,连你最好的金咀香烟也不例外。他可真是个好客的伙计。要我说,他比你以前那个法国仆人招人喜欢多了。对了,那个法国仆人去哪儿了呢?"

多利安耸了耸肩。"据我所知,他娶了拉德利夫人的女仆,在巴黎那边帮她开了间英式女装店。我听说那边兴起了英国热,这阵子正是流行呢。法国人这样好像挺傻的,对吧?话又说回来——你知道吗?——他这个仆人一点儿也不差。我向来不喜欢他,可也挑不出他什么毛病。人常常都会想象出一些十分荒唐的事情来。说实在的,他对我忠心耿耿,走的时候还显得特别难过。再来杯白兰地兑苏打吗?要不来杯霍克酒兑苏打②?我自个儿总是喝霍克酒兑苏打的。隔壁房间里肯定有。"

"谢谢,我什么都不喝了,"画家一边说,一边脱下帽子和大

---

① 酒樽(spirit case)是一种可以上锁的酒瓶;自流瓶(siphon)是带阀门的瓶子,倒水的时候不会跑气,用来装苏打水。

② 霍克酒兑苏打(hock-and-seltzer)即德国葡萄酒(hock 这个名称源自德国酒业名镇 Hochheim)兑苏打水(seltzer 这个名称来自德国的苏打矿泉产地 selters)。

衣,把衣帽扔到了他搁在角落里的提包上,"好了,亲爱的伙计,我想跟你说点儿正事。别这么皱眉头嘛。你这个样子,真让我开不了口。"

"你到底要说什么呢?"多利安不胜其烦地嚷了一句,重重地坐到了沙发上,"千万别是跟我自己有关的事情。今天晚上,我已经厌倦我自己啦。我要能变成别的什么人就好了。"

"就是跟你自己有关的事情,"霍沃德沉声答道,"我必须说给你听。半个钟头就够了。"

多利安叹了一声,点上了一支香烟。"半个钟头!"他嘀咕了一句。

"这个要求对你来说不过分啊,多利安,再者说,完全是为了你我才说的。我觉得我应该让你知道,伦敦人正在说你的闲话,最最可怕的闲话。"

"这些事情我一点儿也不想知道。我喜欢别人的丑闻,但却对自个儿的丑闻不感兴趣,因为它们不具备新奇的魅力。"

"你肯定会感兴趣,多利安。所有的绅士都对自己的名誉感兴趣。你肯定不乐意别人把你说成一个堕落的恶棍。当然喽,你又有地位又有财产,那样的东西你多的是。不过,地位和财产毕竟不能代表一切。你得记着,那些流言我根本不相信。再怎么说,见到你的时候我是没法相信的。罪孽这种东西会自动刻画在人的脸上,想藏也藏不住。人们有时会谈论隐秘的恶习,可是,隐秘的恶习压根儿就不存在。人若是不幸染上了恶习,恶习就会自动浮现在他的身上,表现为他嘴边的纹路、他耷拉的眼皮,甚至是他的手形。前一年,有个人——我不想提他的名字,总之是你认识的人——跑来找我,让我给他画张肖像。那之前我从来没见过他,也没听说过他的任何事情,当然,之后我倒是听了不少。当时他出了个天文数字的价钱,可我拒绝了他,因为我讨厌他手指的形状。眼下我已经知道,当时我对他的判断十分准确,他的生活确实叫人深恶痛绝。你不一样,多利安,瞧你这张纯净明朗、天真无邪的脸庞,还有你这种超凡脱俗、无忧无虑的朝气——我没法相信关于你的任何坏话。可是,如今我见到你的时候少之又少,而你又从来不去我的画室,这么着,我不在你的身边,又听到人们嘀嘀咕咕地说了你那么些骇人听闻的闲话,真不知道该怎么办啦。多利安,那次你走进俱乐部房间的时候,伯里克公爵那样的人居然会立刻离去,究竟是为什么呢?伦敦有那么多的绅士既不上你的门,也不请你上门,究竟是为什么呢?斯戴弗利勋爵向来是你的朋友,上周我在饭桌上碰见了他。席间偶然提到了你的名字,说的是你借给达德利美术馆①展出的那些袖珍画像。听到你的名字,斯戴弗利撇了撇嘴,跟着就说,你兴许拥有最艺术的品味,可是,心地纯洁的姑娘都不该跟你这样的人认识,品行端正的妇人也不该跟你坐在同一个房间里。于是我提醒他不要忘了我是你的朋友,还叫他把话说清楚。他说了,当着大家的面一股脑地跟我说了。他说的事情太可怕啦!你的友情为什么会让小伙子们大难临头呢?皇家骑兵团那个倒霉的小伙子寻了短见,而你是他特别要好的朋友。还有背着骂名被迫出国的亨利·阿什顿爵士,你跟他好得分不开。悲惨收场的阿德里安·辛格尔顿是怎么

---

① 达德利美术馆(Dudley)是当时伦敦西区的一家美术馆,今已不存。

回事呢？肯特勋爵那个独子的前程是怎么断送的呢？昨天我在圣詹姆斯大街①遇见了肯特勋爵，他看起来又是羞愧又是悲痛，整个人一蹶不振。年轻的珀斯公爵又是怎么回事呢？他现在过的是什么日子？哪个绅士还会跟他来往呢？"

"打住，巴兹尔。你说的都是些你一点儿也不了解的事情，"多利安格雷咬着嘴唇说道，语调轻蔑得无以复加，"刚才你问我，伯里克为什么要在我进房的时候离开，那不是因为他知道了我的什么事情，而是因为我知道他这辈子干过的所有事情。血管里流的是那样的血，他的历史还能清白得了吗？你还问我亨利·阿什顿和小珀斯的事情。他俩一个满身恶习，另一个沉迷酒色，难道说都是我教的吗？肯特那个傻儿子自己要娶大街上的女人，跟我有什么关系？阿德里安·辛格尔顿自己要在账单上冒签朋友的名字，我能管得了吗？我知道英格兰人都是怎么说闲话的。中产阶级就知道在他们那些不入流的餐桌上鼓吹自个儿的道德偏见，叽叽喳喳地谈论比他们优越的人，议论他们所说的放荡行为，为的是装出上流社会成员的派头，装出跟他们的毁谤对象很熟的模样。在这个国家里，但凡你有点儿长处和头脑，所有那些庸庸碌碌的舌头就会拿你当靶子。话又说回来，那些道貌岸然的家伙自己过的又是什么样的生活呢？亲爱的伙计啊，你忘了吧，咱们可是生活在伪君子的老家哩。"

"多利安，"霍沃德叫道，"你这是答非所问。我知道英格兰很是糟糕，也知道英格兰社会一塌糊涂。就是因为这个，我才希望

---

① 圣詹姆斯大街（St. James's Street）是伦敦西区的一条街道。

你洁身自好。可你没有做到。人们有理由通过一个人对朋友的影响来判断这个人,你那些朋友呢,似乎已经不知道荣誉、善行和纯洁是什么东西。你让他们走火入魔,一心只想着寻欢作乐。他们已经掉进了深渊,领他们下去的就是你。没错,领他们下去的就是你,可你居然还能笑得出来,就像你现在这样。更糟糕的事情我还没说呢。我知道你跟哈里形影不离。要我说,哪怕你别的不念,就念着这一点,你也不至于把他姐姐的名字变成众人的笑柄吧。"

"说话注意点儿,巴兹尔。你这可太过分了。"

"我必须得说,你也必须得听,不听不行。你刚刚遇见格温德林夫人的时候,她从来不曾跟丑闻扯上半点儿关系。现在倒好,全伦敦还有哪个正派女人愿意跟她一块儿在公园里兜风呢?不是吗,人家甚至不准她亲生的儿女跟她住在一起。这之外还有别的传闻,说有人看见你天亮时候从一些乌烟瘴气的屋子里溜出来,还看见你乔装改扮地摸进全伦敦最龌龊的那些黑窝。这些事情是真的吗?有这样的可能吗?第一次听说这些事情的时候,我只是付之一笑。眼下我还是能听到这些事情,听到就打冷战。你那座乡间宅邸怎么样,你在那里过的又是什么日子呢?多利安,你不知道人家都是怎么说你的。我可不会告诉你,我不想对你说教。我记得哈里说过,那些临时充当业余牧师的人每次都是先来这么一句,跟着就自食其言。我确实想对你说教。我希望你去过一种值得世人敬重的生活,希望你拥有清白的名声和光彩的履历,还希望你甩掉跟你厮混的那些可怕家伙。你可别那么耸肩膀,别那么不当回事。你拥有非凡的影响力,请你用它来助人向善,别用来教人学坏。他们说,谁跟你亲近,谁就会被你引向堕落,你踏进哪一家的门槛,哪一家就会蒙受这样那样的耻辱。我不知道,他们说的是不是事实。我怎么能知道呢?可他们确实是这么说你的。我还听说了一些看样子不容置疑的事情。格洛斯特勋爵是我牛津时代最要好的朋友之一,他给我看了他妻子写给他的一封信。他妻子独个儿死在了芒通①的别墅里,信是她临死之前写的。那是我这辈子读过的最可怕的忏悔,里面提到了你的名字。当时我告诉勋爵,信里的事情都是无稽之谈,并且跟他说,我完全了解你这个人,你绝对做不出那种事情。了解你?现在我倒想问问自己,我真的了解你吗?要回答这个问题,我得看看你的灵魂才行。"

"看看我的灵魂!"多利安·格雷喃喃念道,从沙发上跳了起来,一张脸几乎吓成了白纸。

"是啊,"霍沃德肃然答道,声音里带着深沉的悲哀——"是得看看你的灵魂。可惜的是,只有上帝才看得到。"

年纪较轻的男人唇边泛起一抹嘲弄的苦笑。"你自个儿也看得到,今晚就行!"他一边嚷嚷,一边从桌子上抄起一盏台灯,"来吧,它是你自个儿的作品,你干嘛不能看呢?你要是愿意的话,看完之后还可以讲给全世界的人听。谁也不会相信你的。就算是相信了你,他们也只会更喜欢我。我比你了解这个时代,哪怕你可以揪着这个时代唠叨个没完,听得人不胜其烦。听我说,来吧。你喋喋不休地谈了半天堕落,我这就让你面对面地瞧瞧,堕落是什么模样。"

---

① 芒通(Mentone)为法国东南部海滨城市及度假胜地。

他这些话,一字一句都带着理性全无的狂妄。他使劲儿地跺着脚,拿出了那种孩子气的蛮横作派。想到马上就有人来分享他的秘密,想到刚好是这个人画出了带给他所有耻辱的画像,想到这个人将会为自己造成的可怕后果负疚终生,他觉得喜不自禁。

"没错,"他一边接着往下说,一边凑近画家,一瞬不瞬地盯着画家那双责备的眼睛,"我要让你看看我的灵魂。你马上就会看到,你以为只有上帝才能看到的那样东西。"

霍沃德惊得往后一缩。"这可是亵渎神明啊,多利安!"他叫道,"你千万别说这样的话。这样的话不光骇人听闻,而且毫无意义。"

"你觉得是这样吗?"多利安再一次笑了起来。

"我知道是这样。今晚我跟你说了这么些话,全都是为了你好。你自个儿也知道,我一直都是你忠诚不变的朋友。"

"别碰我。你还有什么话要说,赶紧说吧。"

一瞬之间,痛苦的神色扭曲了画家的脸。他顿了一顿,心里涌起一阵无法抑制的怜悯。说来说去,他有什么权利去窥探多利安·格雷的生活呢?要是多利安真的做过传闻里的那些事情,哪怕只是其中的十分之一,多利安自己该有多么痛苦啊!接下来,他挺直腰杆走到壁炉跟前,然后就站在那里,看着熊熊燃烧的木柴,看着白霜一般的柴灰,还有突突跳动的焰心。

"我等着你呢,巴兹尔。"年轻男人的声音又清晰又严厉。

画家回过身来。"我要说的是,"他大声说道,"关于人家安在你头上的这些可怕罪名,你必须给我一个答案。如果你告诉我,这些罪名从头到尾纯属捏造,我一定会相信你的。否认吧,多利安,否认这些罪名!我心里是什么滋味,难道你看不出来吗?我的上帝啊!千万别跟我说,你确实坏,确实堕落,确实卑劣可耻。"

多利安·格雷微微一笑,嘴唇勾出一道轻蔑的弧线。"上楼去吧,巴兹尔,"他平静地说道,"我有本日记,每天的生活都记在里面,日记从来不曾离开它写就的那个房间。你要是肯跟我来,我就拿给你看。"

"我会跟你去的,多利安,如果你希望这样的话。我知道我已经误了火车,这倒没什么关系,明天走也是一样。可是,今晚你可别要求我读什么东西。我想要的只是澄清我心里的疑问,只是一个明白的答案。"

"答案上楼就有。我不能在这儿给你。要不了多久就能读完。"

第十三章

多利安出了房间,开始往楼上走,巴兹尔·霍沃德紧紧地跟在后面。他俩的脚步很轻,正是人们夜间走路的本能方式。台灯在墙壁和楼梯上投下奇形怪状的光影,风越来越大,刮得窗子哗哗作响。

走到顶楼楼梯口的时候,多利安把台灯放到地板上,掏出钥匙,把钥匙插进了锁眼。"你一定要知道答案吗,巴兹尔?"他低声问了一句。

"是的。"

"荣幸之至。"多利安笑着应道。紧接着,他换上多少有些严厉的口气,补充了一句,"这世上就你一个人有资格知道我的一切。你跟我的生活有着莫大的关系,大得超出你的想象。"说到这里,他拿起台灯,打开房门,径直走了进去。一股冷风迎面扑来,灯焰突地一蹿,变成了阴惨惨的橙红色。他不由得打了个寒战。"把门带上吧。"他悄声说道,把台灯放在了桌子上。

霍沃德环顾四周,神色茫然。看样子,房间已经多年无人居住,屋里的全部家什似乎只是一张褪色的佛兰德挂毯、一幅罩着的图画、一只古老的意大利衣箱和一个几乎空空如也的书柜,外加一把椅子和一张桌子。多利安·格雷点起了立在壁炉台上的半截残烛，霍沃德立刻发现，整间屋子都覆满了灰尘，地毯也是千疮百孔。一只老鼠从壁板后面匆匆忙忙地跑过，空气中弥漫着一股潮乎乎的霉味。

"如此说来，巴兹尔，你觉得只有上帝才能看到灵魂，对吗？把那块罩布拉开吧，你马上就可以看到我的灵魂。"

多利安说话的声音又是冷漠又是残忍。"你疯了吧，多利安，要不就是在装疯卖傻。"霍沃德咕哝道，皱起了眉头。

"你不愿意？那我只好自己来。"年轻男人说道。紧接着，他一把扯下挂在杆子上的罩布，把罩布扔到了地上。

一声惊骇的大叫从画家嘴里迸了出来，因为他在昏暗的光线中看到了画布上的脸，这张脸形容可怖，正在龇牙咧嘴地冲他笑。它的表情有点儿异样，弄得他满心都是厌憎和嫌恶。老天啊！他眼前正是多利安·格雷本人的脸！这张脸虽说极尽狰狞，狰狞的怪状终归没有彻底破坏它原有的非凡美丽。它稀落的头发还染着些许金色，肉感的嘴巴还泛着些许殷红，肿泡泡的眼睛还留着些许悦目的蓝色，优雅的线条也还没有从雕塑般的鼻翼和喉头彻底消失。没错，这的确是多利安本人。可是，这是谁画的呢？他依稀认出了自己的笔触，画框也是他自己的设计。这样的设想荒诞可怖，可他担心事实的确如此，于是便一把抓起燃着的蜡烛，把蜡烛凑到了画像跟前。画布的左角写着他自己的名字，字体纤长，朱红醒目。

这肯定是一件恶意的仿作，一件卑鄙下流的讽刺作品。他从来没有画过这样的东西。然而，这的确是他自己的作品。他认出了它，跟着就恍然觉得，一瞬之间，全身的血液都从流动的火焰变成了凝滞的冰水。他自己的作品!这是什么意思?它为什么会变成这个样子?他回头望向多利安·格雷,双眼已经与病人无异。他嘴巴抽搐,焦干的舌头似乎失去了言语的能力。他伸手抹了抹额头,精湿的额头沁满了黏糊糊的冷汗。

年轻男人倚着壁炉台察看画家的反应,脸上带着一种古怪的表情,仿佛是正在全神贯注地看戏,看的还是艺术大师主演的戏剧。他脸上没有真正的悲,也没有真正的喜,有的只是旁观者的专注激情,兴许还有眼睛里的一丝得意。他已经将别在大衣上的花取了下来,这会儿正在闻嗅花儿的香气,或者是假装如此。

"这是什么意思?"霍沃德终于叫了出来。他自己都觉得,自己的声音又尖利又诡异。

"多年之前,我还是个孩子的时候,"多利安·格雷一边说,一边捻碎了手里的花,"你遇见了我,百般地恭维我,教我为自个儿的美貌自矜自傲。有一天,你把你的一个朋友介绍给我,他教我懂得了青春的奇妙,你还为我画了一幅肖像,它向我揭示了美貌的奇妙。接下来是一个疯狂的瞬间,即便到了现在,我也不知道自己该不该为那个瞬间后悔,总而言之,就在那个瞬间,我说出了一个愿望,说不定,你会称之为一个祈祷……"

"我记起来了!噢,我记得一清二楚!不!这是不可能的事情。肯定是因为这间屋子太潮了,画布上长了霉。肯定是因为我用的颜料含有某种该死的矿物毒素。我告诉你,这是不可能的事情。"

"哈,什么是不可能的事情?"年轻男人嘀咕了一句,走到窗边,额头抵住了雾蒙蒙的冰冷玻璃。

"你以前跟我说过,你已经毁掉了它。"

"我以前说错了,是它毁掉了我。"

"我不相信这是我画的。"

"这里面有你的完美样板,难道你看不见吗?"多利安的语气十分尖刻。

"我的完美样板,照你这种说法……"

"照你自个儿的说法。"

"我的完美样板不掺杂一丝邪恶,不掺杂一丝可耻的东西。那时的你就是我的完美样板,我永远也不可能碰见第二个①。这个呢,完全是一张萨特尔②的面孔。"

"这是我灵魂的面孔。"

"上帝啊!我崇拜的是个什么东西呀!它的眼睛跟恶魔一样啊。"

"每个人的心里都同时容纳着天堂和地狱③,巴兹尔。"多利安嚷道,歇斯底里地做了个绝望的手势。

霍沃德再次转向画像,盯着它看了片刻。"我的上帝!如果这是真的,"他高声喊道,"如果这就是你平生作为的写照,我敢说,

---

① 这段对话可参照第九章当中巴兹尔对多利安说的话:"你为我具体地呈现了那种完美的样板,以前我一直看不见它,可它的影子总是在我们这些搞艺术的人心里萦回,仿佛是一个绝美的梦幻",以及"谁也不可能碰上两个完美的样板,碰上一个都是罕有的运气"。

② 萨特尔(satyr)是古希腊神话中的一种半人半羊的精灵,后来混同于罗马神话中的法翁(见前文注释),在西方文化中是纵欲好淫的象征。

③ 参见英国诗人弥尔顿(John Milton,1608—1674)经典史诗《失乐园》(*Paradise Lost*,1667)第一卷当中魔王撒旦的话:心灵自为疆域,自身即可/变地狱为天堂,化天堂为地狱。

你一定比那些说你坏话的人想象的还要坏！"他再次把蜡烛举到画像跟前，仔仔细细地端详起来。画像的表层似乎没有什么改变，跟他把画送出去的时候一样。显而易见，画像的丑恶和狰狞是从内部投射出来的。借由内心生活造成的某种离奇催化作用，罪孽的麻风正在慢慢地吞噬这件东西。即便是尸首在沁了水的墓穴里渐渐腐烂，情形也没有眼前这么可怕。

霍沃德手一抖，蜡烛从烛台里掉了下去，在地板上噼噼啪啪地继续燃烧。他伸脚踩灭蜡烛，跟着就重重地栽进桌边那把行将散架的椅子，用双手捂住了自己的脸。

"仁慈的上帝啊，多利安，这是多么大的教训！多么骇人的教训！"他没有听见回答，但却听见了窗边那个年轻人啜泣的声音。"祈祷吧，多利安，赶快祈祷吧，"他喃喃说道，"孩提时代，大人教我们念的是什么呢？'勿令我等遭逢诱惑。赦免我等罪孽。洗去我等恶行'。[①] 咱俩一起念吧。上天既然响应了你虚荣自负的祈祷，一定也会响应你悔过自新的祈祷。以前我太过崇拜你，眼下已经遭了报应。你也是太过崇拜你自己。咱俩都遭了报应。"

多利安·格雷慢慢地回过身来，泪眼蒙眬地看着霍沃德。"太晚了，巴兹尔。"他抽抽搭搭地说道。

"什么时候都不晚，多利安。咱俩跪下来吧，看看能不能记

[①] 这三句话前两句取自见于《圣经·马太福音》及《路加福音》的基督教常用祷词，但又与经文有所不同。以《路加福音》为例，原文是"……赦免我等罪孽，因我等亦赦免亏负我等之人。勿令我等遭逢诱惑。救我等脱离邪恶"。末一句取自《圣经·诗篇》，原文是"洗去我所有恶行，涤净我之罪孽"。

起一段祷词。哪篇经文里好像有这么一句，'纵令尔等罪孽殷红似血，吾亦将令之洁白如雪'[1]，对吧？"

"到了现在，这些话对我已经毫无意义了。"

"嘘！别这么说话。你这辈子做的坏事已经够多的啦。我的上帝！那个该死的玩意儿正在冲咱俩冷笑呢，你没看见吗？"

多利安·格雷瞥了一眼画像，突然对巴兹尔·霍沃德产生了一股无法遏制的仇恨，情形仿佛是画布上的那个人形提醒了他，用它那张狞笑的嘴巴在他耳边悄声挑起了这股仇恨。困兽一般的疯狂在他心里涌动，他恨这个坐在桌边的人，甚于他这辈子恨过的所有事物。他狂乱地扫视四周。正对他的彩绘衣箱上面有什么东西闪了一闪，攫住了他的目光。他知道那是什么东西。那是他几天前拿上来的一把刀，拿上来是为了割绳子，用完就忘了带走。他慢慢地挪向那把刀，走过了霍沃德的身边。刚刚走到霍沃德背后，他立刻抓起刀子，转过身来。霍沃德在椅子上动了一动，似乎是想要站起来。他赶紧冲上前去，把刀子深深扎进了霍沃德耳后的大动脉，跟着就把霍沃德的脑袋摁到桌子上，一刀接一刀地扎个不停。

房间里响起一声沉闷的呻吟，还有某个人呛血的可怕声响。那双摊开的胳膊接连三次抽风似的蹿向上方，五指僵硬的怪异双手在空中胡乱挥舞。他又扎了两刀，那人却不再动弹。有什么东西开始滴滴答答地淌到地板上。他摁着那人的脑袋等了片刻，然后才把刀子扔到桌上，凝神细听。

---

[1] 这一句出自《圣经·以赛亚书》，是耶和华说的话。

他什么也没听见，耳边只有绽线地毯上传来的噗、噗声响。于是他打开房门，走到了楼梯口。整幢屋子一片死寂，没有人在周围活动。他俯在栏杆上，盯着下方那口黑潮翻涌的楼梯井看了几秒钟，之后便掏出钥匙，走回房间，把自个儿锁在了房里。

那东西还在椅子上坐着，耷拉的脑袋、佝偻的脊背和姿势怪异的长长胳膊探到了桌子上。要不是因为脖子上那道殷红的参差刀口，还有桌面上那滩慢慢扩大的凝滞黑水，你兴许会觉得，那个人只是睡着了而已。

这一切完成得多么迅速！他心里有一种不可思议的平静，于是便走到窗边，打开窗子，举步踏上阳台。风已经吹走了雾气，夜空好似一只巨型孔雀的尾羽，缀满了不计其数的金色眼睛。他往下方看了看，发现值夜的警察正在巡更，手里的提灯投出长长的光柱，在一幢幢寂静房屋的门前扫来扫去。一辆出租马车鬼鬼祟祟地驶过街角，暗红色的影子一闪而逝。一个女人慢腾腾地贴着栏杆往前蹭，边走边打趔趄，身上的披肩簌簌飘舞。她时不时地停下脚步，回头窥视身后的情形，有一次还扯着嘶哑的嗓子唱起歌来。警察走了过去，冲她说了句什么。她一边蹒跚着走开，一边笑个不停。一阵刺骨的寒风扫过广场，煤气街灯的摇曳火焰变成了蓝色，光秃秃的树木也开始来回摇晃黑铁一般的枝丫。多利安打了个哆嗦，走回屋里，随手关上了窗子。

他径直走到门前，转动钥匙打开了门，压根儿没朝死者那边瞥上一眼。他觉得，整件事情的关键就在于拒绝领会眼前局面的含义。有个朋友画了幅造成他所有不幸的要命肖像，眼下则已经走出了他的生活。知道了这一点，也就够了。

接下来,他想起了那盏台灯。那是盏相当别致的台灯,出自摩尔人①的手艺,材质是哑银,饰有磨光钢片嵌成的阿拉伯图案,还镶着未经琢磨的绿松石。说不定,他的仆人会发现灯不见了,由此开始问东问西。他踌躇片刻,回头拿上了桌上的台灯,于是便避无可避地看见了那个死去的东西。它可真是安静!那双长手真是白得吓人!看上去,它简直是一尊恐怖的蜡像。

他锁上房门,蹑手蹑脚地往楼下走。木楼梯咯吱作响,听在他耳里仿佛是痛苦的嚎叫。中间有好几次,他停下来静静等待。没事,一切都很安静。不过是他自己的脚步声而已。

走进藏书室之后,他看到了角落里的提包和大衣。这些东西必须得藏起来。墙板背后有个暗橱,他自己那些诡异的伪装用品就存放在里面。于是他用钥匙打开暗橱,把提包和大衣放了进去。以后,他随时都可以烧掉这些东西。接下来,他掏出了自己的怀表。时间是一点四十。

他坐了下来,开始思考眼前的问题。每一年,差不多是每个月,英格兰都有人因为他干的这种事情上绞架。空气中弥漫着一股谋杀的狂热。肯定是因为哪颗血色的星星运行到了太靠近地球的位置……可是,话又说回来,究竟能有什么不利于他的证据呢?巴兹尔·霍沃德十一点就离开了这座宅子,没有人看见他再次进来。他大部分的仆人都在瑟尔比庄园,贴身男仆也已经上床就寝……巴黎!没错,巴兹尔按照原来的打算赶上了午夜的火车,

---

① 摩尔人(Moor)指的是于公元八世纪侵入西班牙并统治西班牙直至十五世纪的北非穆斯林。

眼下已经去了巴黎。考虑到巴兹尔那种古怪的孤僻习性,肯定得过好几个月才会有人疑心出了事情。好几个月!用不着等那么久,他一早就可以毁掉所有的证据。

他突然有了一个主意,于是便穿上毛皮大衣,戴上帽子,走进了外面的门厅。他在门厅里停了下来,听着门外人行道上那名巡警沉重缓慢的脚步,看着巡警的牛眼灯①投在窗上的光影。他静静等待,屏住了呼吸。

过了一会儿,他拉开门闩,悄悄溜出屋门,跟着就轻手轻脚地关上了门。接下来,他拉响了门铃。约摸五分钟之后,他的贴身男仆跑来应门,身上衣衫不整,神情十分困倦。

"抱歉我不得不把你吵起来,弗朗西斯,"他一边说,一边往屋里走,"可我忘了带前门的钥匙。现在是什么时间?"

"两点十分,先生。"男仆看着挂钟答道,眼睛眨个不停。

"都两点十分了吗?真是太晚啦!明早九点一定得叫醒我,我有事情要办。"

"好的,先生。"

"今晚有人来找过我吗?"

"霍沃德先生来过,先生。他在这儿一直待到了十一点,然后就赶他的火车去了。"

"噢!真是遗憾,我竟然错过了他。他留什么条子了吗?"

"没有,先生,他只是说,如果没在俱乐部找到您的话,他会

---

① 牛眼灯(bull's-eye)是提灯的一种,前面装有一块可以聚光的"牛眼透镜"(一面平一面凸的透镜),故名。

从巴黎写信给您的。"

"就这样吧,弗朗西斯。别忘了明早九点叫我。"

"忘不了,先生。"

男仆晃晃悠悠地顺着过道走开了,脚上穿的是拖鞋。

多利安·格雷把帽子和大衣扔到桌上,急匆匆走进了藏书室。接下来的一刻钟,他咬着嘴唇在房间里踱来踱去,翻来覆去地想了又想。这之后,他把书架上的蓝皮书拿了下来,一页页地往下翻。"艾伦·坎贝尔,梅费尔街区赫特福德街152号。"① 没错,这就是他要找的人。

---

① 蓝皮书见前文注释;赫特福德街(Hertford Street)是伦敦西区的一条街道。

第十四章

第二天早上九点,多利安的仆人用托盘端了一杯巧克力进来,打开了卧室的窗板。多利安脸朝右方侧躺着,一只手枕在腮帮下面,睡得十分安稳。他看着就像一个孩子,让游戏或者学业耗干了力气。

仆人碰了他肩膀两次才把他唤醒,他睁开双眼,唇边掠过一抹淡淡的笑容,似乎还沉浸在某个甜美的梦境之中。事实上,他什么梦也没有做。这一夜平静安宁,欢欣或痛苦的影像都不曾跑来搅扰他。然而,青春的微笑并不需要理由,这是它最大的魅力之一。

他侧过身,以手支颐,开始啜饮巧克力。醇美柔和的十一月阳光悠悠地流进房间。天色明媚,空气中漾着宜人的暖意,光景简直像是五月的早晨。

昨夜的桩桩件件,曳着血渍斑斑的轻悄双足,渐渐地钻进他的脑海,在他脑海中再次浮现,鲜明得令人发指。想起自己经历的种种痛苦,他不由得蹙了蹙眉。那种离奇的仇恨曾经驱使他杀死了安坐椅中的巴兹尔·霍沃德,如今又在顷刻之间再一次涌上他的心头,致使他激动得浑身发冷。那个死人还在那里坐着,眼下肯定是沐浴在了阳光之中。这样的情形多么可怕!那样的骇人玩意儿只应该待在黑暗里，不应该见到白昼的天光。

他觉得，如果沉湎于先前经历的回想，自己肯定会染上疾病，或者是堕入疯狂。有一些罪孽的引人入胜之处不在于实际的犯罪过程，而在于事后的回想。那样的奇妙奖赏比激情更能满足人的骄傲，可以带给理性一种强烈的愉悦感，甚于它已经带给或者能够带给感官的任何愉悦。然而，这一次的事情不在此例。他必须把这一次的事情驱出脑海，用罂粟抹去它的记忆，将它扼杀于无形，免得它反过来扼杀自己。

钟敲九点半的时候，他一拍脑门儿，急急忙忙地起了床。这一天，他穿衣打扮的时候比平日还要讲究，不光花了许多心思来挑选领结和领结夹，戒指也换了不止一次。接下来，他在早餐桌上磨蹭了很长的时间，细心品尝各种菜肴，跟贴身男仆聊了聊他打算为瑟尔比庄园仆人定做的新制服，还把当天的信件浏览了一遍。其中的几封让他莞尔而笑，还有三封让他不胜其烦。有一封他反复读了好几遍，之后就把它撕得粉碎，神色稍微有点儿气恼。正像亨利勋爵说过的那样，"女人的记性可真要命！"

喝完杯里的黑咖啡之后，他慢条斯理地用餐巾擦了擦嘴，示意贴身男仆稍待片刻，然后就坐到桌子跟前，写了两封信。他把其中的一封揣进兜里，另一封交给了男仆。

"把这封信送到赫特福德街152号去，弗朗西斯。坎贝尔先生要是不在伦敦的话，你就把他现在的地址要来。"

男仆刚刚离去，他立刻点起香烟，开始在一张纸上信手涂鸦，起初画的是一些花，然后是一些零零碎碎的建筑，再往后则是一些人脸。突然之间，他意识到自己画出的每一张脸都跟巴兹尔·霍沃德出奇地相像，于是便皱起眉头，起身走到书柜跟前，随便拿了本书。他暗自打定主意，再也不去想之前的事情，除非是万不得已。

他四仰八叉地躺到沙发上，看了看书的扉页。他拿到的原来是戈蒂耶的《珐琅与凸雕》，是夏彭蒂耶出的日本纸版本，附有雅克马尔的蚀刻插图①。这本书是阿德里安·辛格尔顿送给他的礼物，封面是橘绿的皮革，饰有烫金的格子花纹和星星点点的石榴图案。翻着翻着，他瞥见了那首诗，写的是拉斯纳尔的手，那只冰冷的黄色手掌"残留着尚未洗去的磨难"，长着细茸茸的红毛和"法翁一般的指头"②。他瞟了一眼自己白皙尖细的手指，不由得轻轻打了个冷战。于是他接着往下翻，一直翻到了这些描写威尼斯的曼妙诗行：

> 和着半音音阶的节奏，
> 珍珠从她的酥胸纷纷滑坠，
> 亚得里亚海的维纳斯啊，
> 粉白的娇躯卓然出水。

---

① 戈蒂耶见前文注释，《珐琅与凸雕》（*Émaux et Camées*, 1852）是戈蒂耶的一部诗集。夏彭蒂耶即乔治·夏彭蒂耶（Georges Charpentier, 1846—1905），为当时法国的一个出版商。雅克马尔（Jules Jacquemart, 1837—1880）为法国画家，尤擅蚀刻画。

② 拉斯纳尔（Pierre François Lacenaire, 1803—1836）为法国诗人及罪犯，因双重谋杀而被处死刑。引文字句出自《珐琅与凸雕》当中的诗作《拉斯纳尔》（*Lacenaire*）。

碧波之上的座座穹顶，
恪守这段旋律的抑扬法度，
如同一个个浑圆的乳峰，
在爱恋的叹息之中起伏。

轻舟将缆索系上木柱，
恭送我登临胜地，
迎面是一座粉色的屋宇，
脚下是大理石的阶梯。①

这些诗句何等精妙！读着读着，你会在恍惚之中走进那座粉色与珍珠色的城市，坐上一艘船首涂银、帷幔飘曳的刚朵拉，在绿波荡漾的水道之中漂流。在他看来，诗行本身就像是驶往丽都②的小船划出的一道道绿松石色的笔直水痕。诗行里倏忽闪现的缤纷色彩，让他隐约忆起了那些颈项带着蛋白石和彩虹色泽的鸟儿，它们或是绕着高耸的棋盘格钟楼振翅回翔，或是气度雍容地昂首穿过尘灰满布的幽暗拱廊③。他向后一靠，半闭着眼睛反复吟诵：

---

① 这些诗句节选自《珐琅与凸雕》当中的诗作《泛舟潟湖》(*Sur les Lagunes*)。威尼斯坐落在亚得里亚海的潟湖之中。
② 丽都（Lido）是威尼斯东南部的一个狭长沙洲，从十九世纪中期开始成为世界驰名的海滨度假胜地。
③ 这一句形容的是威尼斯名胜圣马可广场上的鸽子，"钟楼"的原文是意大利文"Campanile"，指的是圣马可广场上圣马可教堂的钟楼。

> 迎面是一座粉色的屋宇，
> 脚下是大理石的阶梯。

这两句写尽了威尼斯的妙处。他记起那个秋天，他去了那座城市，一段奇妙的爱恋驱使他做下了种种疯癫可喜的荒唐事。浪漫哪里都有，威尼斯却像牛津一样，为浪漫备下了相宜的背景，与此同时，对于真正的浪漫派来说，背景就等于一切，或者说几乎等于一切。他在威尼斯的时候，巴兹尔陪他待了一阵，并且狂热地迷上了丁托列托[①]。可怜的巴兹尔！那样的死法可真是惨！

他叹了口气，再次拿起那本书，竭力忘记巴兹尔的事情。他读到了那些在士麦那的小咖啡馆飞进飞出的燕子，哈吉们在咖啡馆里数着琥珀念珠，裹了缠头的商人抽着带穗子的长长烟管，神色肃穆地相互交谈[②]。他还读到了协和广场的那座方尖碑，它孤身流落在不见阳光的异乡，每每淌下花岗石的泪珠，一心想要返回烈日炎炎、覆满莲花的尼罗河，那里有狮身人面像，有玫红色的朱鹭和利爪金黄的白色兀鹰，还有爬行在碧绿泥沼之中的鳄鱼，鳄鱼的眼珠好似小小的绿宝石[③]。书中的一些诗行让他陷入了冥思，那些诗行从印满吻痕的大理石当中借来音乐般的灵感，刻画

[①] 丁托列托（Tintoret，通常写作 Tintoretto，1518—1594）为意大利文艺复兴时期大画家，威尼斯画派代表人物。

[②] 这段叙述取自《珐琅与凸雕》当中的诗作《燕语》(*Ce Que Disent les Hirondelles*)。士麦那见前文注释，哈吉（hadji）指的是曾到麦加朝圣的穆斯林。

[③] 这段叙述取自《珐琅与凸雕》当中的诗作《思乡的方尖碑》(*Nostalgies d'obélisques*)。协和广场位于巴黎，广场上的方尖碑是拿破仑从埃及夺来的东西。

了戈蒂耶比之为"女低音"的那座奇妙雕像，那个躺在卢浮宫斑岩展室中的"魅人怪物"[1]。然而，少顷之后，书本从他的手中掉了下去。他渐渐变得忐忑不安，心里突然涌起一阵难以忍受的恐惧。要是艾伦·坎贝尔不在英国，那可怎么办呢？赶回英国需要时日，更何况，坎贝尔还有可能拒绝回来。那样的话，他该怎么办呢？每一刻都是生死攸关啊。

五年之前，他跟坎贝尔一度是非常要好的朋友——说实在的，简直是形影不离。这之后，他俩的亲密关系戛然而止。如今他俩在社交场合碰面的时候，微笑示意的只有多利安·格雷，艾伦·坎贝尔从来不笑。

坎贝尔是个极其聪明的小伙子，只可惜对视觉艺术没有什么真正的鉴赏力，仅有的一点儿感悟诗歌之美的能力也是从多利安这儿学来的。主宰他求知热情的东西是科学。求学剑桥的时候，他把许多的时间花在了实验室里，还在他那个年级的自然科学学士学位考试中取得了优异的成绩。事实上，到现在他仍然痴迷于化学研究，自个儿还有一间实验室，成天把自己关在里面，弄得他母亲十分恼火，因为他母亲一心想让儿子当上议员，并且模模糊糊地觉得，化学家不过是给人开处方的角色[2]。不过，他同时也

---

[1] 这段叙述取自《珐琅与凸雕》当中的诗作《女低音》(Contralto)，诗中叙述的是卢浮宫陈列的一座古希腊雕像的古罗马复制品，雕像刻画的是爱神阿弗洛狄忒与神使赫尔墨斯的儿子赫尔玛弗洛狄托斯（hermaphroditus）。传说山泽女仙萨玛希斯（Salmacis）爱慕赫尔玛弗洛狄托斯的美貌，向他求爱未遂，于是向众神祈愿与他合为一体，两人遂合为一个两性人。英文中的两性人（hermaphrodite）一词由此而来。

[2] 英文的"chemist"兼有"化学家"和"药剂师"的意义。

对音乐非常在行，小提琴和钢琴的演奏水平都强过大多数的业余人士。实际上，正是音乐让他和多利安·格雷走到了一起——音乐，再加上多利安身上的莫名魅力，多利安似乎可以随心所欲地施放这种魅力，同时也经常在无意之中把它施放出来。他俩是在伯克夏夫人家的晚会上认识的，晚会上有鲁宾斯坦[①]的演出。打那以后，人们就总是看见他俩一起出现在歌剧院，以及举办精彩音乐表演的一切场合。他俩的亲密关系持续了十八个月，其间坎贝尔总是待在瑟尔比庄园，要不就在格罗斯夫纳广场。那时的他跟其他许多人一样，也觉得多利安·格雷象征着生活中一切精彩美妙的事物。从来都没有人知道，他俩是不是起了争执。总而言之，人们突然发现，他俩见面的时候不怎么交谈，坎贝尔则似乎总是会早早离开有多利安·格雷在场的聚会。除此之外，坎贝尔整个人都变了样。他不时陷入莫名其妙的忧郁状态，似乎对听音乐产生了近于反感的情绪，自己更是再也不演奏乐器。每次有人请他演奏，他推托的理由就是自己太过专注于科学研究，没有练琴的工夫。毫无疑问，他这个理由并非虚言。他对生物学的兴趣似乎与日俱增，他的名字也在一些科学期刊里出现了一两次，跟某些古怪的实验联系在了一起。

就是为了这个人，多利安·格雷正在苦苦等待，眼睛不断瞥向时钟，一秒钟都不停。时间一分一分地过去，他渐渐焦躁得不能自已。最后他终于站起身来，开始在房间里来回踱步，看着就像是一头漂亮的笼中野兽。他迈着悄无声息的大步，一双手冷得

[①] 鲁宾斯坦（Anton Rubinstein，1829—1894）为俄罗斯钢琴家及作曲家。

出奇。

悬而未决的局面渐渐令他无法忍受。照他的感觉，时间曳着铅铸的双脚，正在慢慢腾腾地爬行，他自己却受了卷地狂风的裹挟，正在冲向某道悬崖的参差边缘，悬崖下面是漆黑的深渊。他知道在深渊里等待自己的是什么东西，并且实实在在地看见了那样东西，于是一边瑟瑟发抖，一边用又冷又潮的双手按压火烫的眼皮，仿佛是想要切断大脑的视觉，把眼球赶回它们的洞窟。这番挣扎无济于事。大脑另有它借以自肥的食料，想象则如同某种被痛苦煎熬得面目全非的活物，已经被恐惧折磨得歪歪扭扭、奇形怪状，此时便像架上的丑怪木偶一般上蹿下跳，隔着变幻不停的面具龇牙咧嘴。紧接着，他突然觉得，时间停了下来。没错，那个呼吸缓慢的瞎眼玩意儿已经停止了爬行。时间既已死去，种种恐怖念头便干脆利落地竞相登台，将一幅骇人的前景从坟墓之中拖了出来，摆放在他的眼前。他直勾勾地盯着这样的前景，全然的恐怖把他变成了一尊石像。

终于，房门开启，仆人走了进来。他把呆滞无神的双眼转向了仆人。

"坎贝尔先生到了，先生。"仆人说道。

一声如释重负的叹息从他焦枯的唇边迸了出来，血色回到了他的颊上。

"马上请他进来，弗朗西斯。"他觉得自己恢复了自持。畏怯的情绪已经消逝。

仆人鞠了一躬，就此退下。片刻之后，艾伦·坎贝尔走了进来，神情十分严峻，脸色十分苍白。漆黑的头发和乌黑的眉毛把他惨白的面容衬得更加扎眼。

"艾伦!你可真是太好心啦。多谢你过来。"

"我本来是再也不想踏进你的房子的,格雷。可你说你有什么生死攸关的事情。"他的话说得字斟句酌,慢条斯理,声音也冰冷生硬。他用刨根问底的目光死死地盯着格雷,眼神之中带着轻蔑。他身上穿着一件俄国羔皮大衣,双手仍然插在大衣的口袋里,看样子是没有留意到多利安的欢迎手势。

"是啊,艾伦,确实是生死攸关的事情,关系到不止一个人的生死呢。坐下吧。"

坎贝尔在桌边的一把椅子上坐了下来,多利安坐到了他的对面。两人四目相接。多利安的眼睛里带着无尽的怜悯。他心里明白,自己要干的事情十分可怕。

片刻紧张的沉默之后,多利安探身向前,一边用极其平静的语气开口说话,一边仔细地观察他叫来的这个人,观察对方听了每句话之后的神色。"艾伦,这幢房子的顶楼有个上锁的房间,除了我以外谁也进不去,房间里有张桌子,桌子旁边坐着一个死人。到这会儿,他已经死了十个钟头啦。别动,也别用那种眼神看我。这个人是谁,为什么会死,怎么死的,这些问题都跟你没有关系。你要做的事情是——"

"打住,格雷。我不想再听任何下文。不管你刚才说的事情是真是假,对我来说都无所谓。我完全不想跟你的生活搅在一起。留着你那些可怕的秘密吧,我已经不感兴趣了。"

"艾伦,这些秘密你必须得感兴趣。这一个你更得感兴趣。我心里非常过意不去,艾伦,可我也没有办法。这世上就你一个人救得了我。我不得不把你拉进来,没什么别的选择。艾伦,你是搞科学的。你懂化学,懂这一类的事情,以前也做过这一类的实验。你要做的事情就是把楼上的那件东西毁掉,毁得不留一丝痕迹。没有人看见这个人走进这幢房子。说实在的,大家都以为他眼下在巴黎,几个月之内是不会有人找他的。等到有人找他的时候,绝不能让他们在我这儿找见他的痕迹。你,艾伦,你必须把他,还有他携带的所有东西,全都变成一把飞灰,一把我可以抛撒在天空里的飞灰。"

"你肯定是疯了,多利安。"

"哈!我一直在等你改口叫我'多利安'呢。"

"你肯定是疯了,我告诉你——疯了才会以为我愿意动哪怕一根指头来帮你,疯了才会来这么一番骇人听闻的招供。我绝不会跟这件事情扯上半点关系,不管它到底是什么事情。你难道以为,我会为了你毁掉自个儿的名誉吗?你要搞什么样的邪恶勾当,关我什么事?"

"这个人是自杀的,艾伦。"

"好极了。可是,逼得他这么做的人又是谁呢?是你,错不了。"

"你还是不肯帮我这个忙吗?"

"当然不肯。我绝对不会卷进这件事情,也不关心你会蒙受什么样的耻辱,那都是你该得的报应。要是你丧尽颜面,当着众人丧尽颜面,我是不会觉得难过的。世上那么多人你不找,偏偏找我来掺和这件骇人的勾当,你哪来的胆子?要我说,你应该不至于这么不开眼才对。你的朋友亨利·沃顿勋爵肯定是没教你多少心理学,不管他教了你什么别的。说什么我也不会帮你的忙,哪怕只是举手之劳。你找错人了。去找你那些朋友吧,别来找我。"

"艾伦,这个人是被谋杀的。我杀的。你压根儿就不知道,他给我造成了多大的痛苦。不管我的生活是什么模样,他带给它的助益或者损害都要比可怜的哈里大。兴许他不是故意的,结果却还是一样。"

"谋杀!仁慈的上帝啊,多利安,你居然走到了这一步吗?我绝对不会去告发你,这事情与我无关。再者说,用不着我去搅和,你自然会被人抓起来的。犯罪的人都难免留下愚蠢的马脚。不过,我是不会去掺和这件事情的。"

"你必须得掺和。等等,再等等,听我说。听听吧,艾伦。我仅仅是要求你做一个特定的科学实验而已。医院和殓房你没少去,你在那些地方做的可怕事情并没有影响到你。要是地点换成某个恐怖的解剖室,或者是某间臭气熏天的实验室,这个人躺在一张挖了红色血槽的铅桌子上,你肯定不会想什么别的,只会把他当成一件绝佳的实验品。你连眼睛都不会眨。你绝不会认为自己做的事情有什么不对,恰恰相反,你多半会觉得自己正在造福全人类,或者是正在增加全世界的知识积累,又或是正在满足知识上的好奇,如此等等。我仅仅是要求你做一件你经常做的事情而已。说实在的,跟毁灭一具尸体相比,你做惯了的那些工作肯定还要可怕得多。再者说,你可得记着,这是唯一的一件不利于我的证据。要是它被人发现,那我就完了,还有啊,你要是不帮我的话,它肯定会被人发现的。"

"我压根儿就不想帮你,这一点你忘了。这一整件事情,我一点儿兴趣也没有。它跟我扯不上关系。"

"艾伦，我求你了。想想我的处境吧。就在你快来的时候，我差一点儿就吓晕了。没准儿有那么一天，你自个儿也会尝到恐惧的滋味的。别！别往那方面想。纯粹从科学的角度来看这件事情就行了。你肯定不会问你做实验用的死人是从哪儿来的，现在也不要问。说真的，我告诉你的事情已经太多了。我只是求你帮我这个忙。咱俩曾经是朋友啊，艾伦。"

"别跟我提那些日子，多利安，那些日子已经死了。"

"死了也有阴魂不散的时候。楼上那个人就不肯走，这会儿还坐在桌子边上，耷拉着脑袋，摊着胳膊。艾伦啊！艾伦！你要是不肯帮我，我可就彻底完了。不是吗，他们会吊死我的，艾伦！难道你不明白吗？我干了这样的事情，他们会吊死我的。"

"这场闹剧没必要接着往下演啦。我拒绝插手这件事情，没有商量的余地。你真是疯了，居然会求到我的头上。"

"你拒绝？"

"是的。"

"我恳求你，艾伦。"

"求也没用。"

先前那种怜悯的神色再一次出现在了多利安·格雷的眼里。接下来，他伸手拿起一张纸，在纸上写了点什么东西，自个儿读了两遍，跟着就把纸片仔仔细细地叠好，推到了桌子对过。这之后，他起身走到了窗边。

坎贝尔惊讶地看了看多利安，然后就拿起纸片，打开了它。读着读着，他的脸变得像死人一般煞白，一下子瘫在了椅子上。一种极度恶心的感觉攫住了他，他恍然觉得，自己的心正在某个空无一物的黑洞里疯狂跳动，不死不休。

两三分钟的可怕沉默之后，多利安转过身来，走到了坎贝尔的身后，然后就站在那里，把一只手搭在了坎贝尔肩上。

"真是过意不去，艾伦，"他喃喃说道，"可你让我别无选择。我已经写好了一封信。喏，信就在这里。地址你看见了吧。你要是不帮我，那我就只能寄出去。你要是不帮我，我一定会寄出去。后果如何，你自己心里有数。可你肯定会帮我的，眼下你已经不可能拒绝啦。我一直在尽量对你手下留情，你问问自个儿的良心，肯定也会承认这一点。刚才你实在太严厉，太苛刻，太让人生气啦。从来都没有哪个人敢像你那样对我——再怎么说，没有哪个活着的人敢。我全都忍了下来。到现在，该我来提条件啦。"

坎贝尔用双手捂住自己的脸，整个人都哆嗦了一下。

"没错，轮到我提条件了，艾伦。你也知道我的条件是什么。这事情挺简单的。行啦，别把自个儿搞得这么歇斯底里。这事情非干不可。咬咬牙，去干吧。"

坎贝尔不由自主地呻唤了一声，全身上下抖如筛糠。他觉得，壁炉台上那只座钟的滴答响动正在把时间分割成一个个载满痛苦的原子，每一个都是酷烈至极，让他无法承受。恍惚之中，一只铁圈套上了他的额头，慢慢地越箍越紧，情形仿佛是，威胁着他的那种耻辱已然落到了他的头上。搭在他肩上的那只手似乎是铅铸的物件，重得让他不堪负荷，简直要把他压成齑粉。

"快，艾伦，你必须马上做个决断。"

"我干不了。"坎贝尔机械地应了一句，似乎是以为话语能够扭转局面。

"不干不行。你没有选择的余地。别耽误工夫。"

坎贝尔迟疑片刻。"楼上的那个房间里有火吗？"

"有，有一个带石棉罩的煤气炉子。"

"我得回趟家，从实验室里取点儿东西。"

"不行，艾伦，你绝对不能离开这座房子。拿张便笺纸，把你要用的东西写下来，我的仆人会坐出租马车去替你拿的。"

坎贝尔草草地写了几行字，用吸墨纸吸干，又在一个信封上写下了他助手的名字。多利安拿起便条，仔仔细细地读了一遍。接下来，他摇响唤人铃，把便条交给贴身男仆，吩咐男仆去取便条上列出的物品，快去快回。

前门关上的时候，坎贝尔惊得打了个哆嗦。他从椅子上站起身来，走到壁炉台边，全身像打摆子似的抖个不停。将近二十分钟的时间里，两个人都没说话。一只苍蝇在房间里飞来飞去，嗡嗡的声音显得格外嘈杂，座钟滴答作响，听着就像是一把榔头正在敲打。

钟敲一点的时候，坎贝尔转身望向多利安·格雷，发现多利安已经泪水盈眶。多利安那张哀伤的脸庞写满了纯洁和优雅，这样的光景似乎惹得坎贝尔火冒三丈。"你可真是无耻，无耻之尤！"他喃喃说道。

"嘘，艾伦。你挽救了我的生命啊。"多利安说道。

"你的生命？老天啊！你那是什么样的生命！你一步一步地不停堕落，眼下又坠入了罪行的深渊。我要做的事情，应该说是你逼我做的事情，可不是为了挽救你的生命。"

"唉，艾伦，"多利安叹了一声，轻声说道，"你要能怜悯我，有我怜悯你的千分之一，那就好啦。"他一边说，一边转过身去，站在那里看外面的花园。坎贝尔没有应声。

约摸十分钟之后，门上传来一声叩击。紧接着，仆人走了进来，手里拿着一个装化学品的红木大箱子，一大卷钢和铂金拉成的电线，还有两个奇形怪状的铁夹子。

"东西就搁这儿吗，先生？"仆人问坎贝尔。

"是的，"多利安说道，"还有啊，弗朗西斯，恐怕我得让你再跑一趟。里奇蒙[①]那边有个给瑟尔比庄园供应兰花的人，他叫什么名字来着？"

"哈登，先生。"

"没错——哈登。你得立刻去一趟里奇蒙，当面告诉哈登，叫他按我原来订数的两倍送兰花，尽量别送白的。说实在的，我一枝白的也不想要。今天天气很好，弗朗西斯，里奇蒙又是个特别漂亮的地方，不然的话，我是不会麻烦你去跑的。"

"不麻烦，先生。我得在什么时间赶回来呢？"

多利安望向了坎贝尔。"你的实验得做多久呢，艾伦？"他问道，声音又平静又淡漠。房间里有了第三者，他似乎格外大胆。

坎贝尔皱起眉头，咬了咬嘴唇。"得做五个钟头左右。"他回答道。

"这么说，弗朗西斯，你七点半回来就行，完全赶得及。等等，干脆把我要穿的衣服拿出来得了。今晚你可以自个儿安排，我不在家里吃饭，用不着你伺候。"

[①] 里奇蒙（Richmond）是伦敦西南部的一个区，1965年之前属于萨里郡。

"谢谢您，先生。"仆人一边说，一边走出了房间。

"好了，艾伦，咱们一秒钟也耽搁不起。这箱子可真沉！我替你拿。你拿别的东西。"他语速很快，口气如同发号施令。坎贝尔觉得自己只能俯首听命。他俩一起走出了房间。

走到顶楼楼梯口的时候，多利安掏出钥匙打开门锁，跟着就停了下来，眼里出现了惶惶不安的神色。他打了个冷战。"我看我不能进去，艾伦。"他嘀咕了一句。

"无所谓。我不需要你帮忙。"坎贝尔冷冷地说道。

多利安把房门推开一半，立刻看到了自己画像的那张脸，那张脸正在阳光之中冷笑。画像前方的地板上躺着那块扯下来的罩布。于是他想了起来，昨天夜里，自己平生第一次忘了遮盖那幅要命的画像。他刚想冲上前去，但却退了回来，又打了一个冷战。

一滴令人作呕的殷红露水在画像的一只手上闪耀，湿漉漉，亮晶晶，仿佛是画布沁出了血色的汗珠，究竟是怎么回事？这东西何等可怕！一瞬之间，他不禁觉得，这东西比摊在桌上的那个悄无声息的玩意儿还要可怕。那玩意儿在血渍斑斑的地毯上投下了怪异畸形的阴影，他由此知道它未曾动弹，眼下仍然待在原处，跟他昨夜离开的时候一样。

他深深地吸了口气，把房门开大了一点儿，跟着就把脑袋扭到一边，半闭着眼睛冲了进去，决意不看那个死人，哪怕是一眼都不行。接下来，他俯身拿起那块金紫交错的罩布，一把扔了过去，盖住了画像。

他不敢回身，于是便停在原地，眼睛死死地盯着罩布上那些繁复的图案。他听见坎贝尔正在把那个沉重的箱子往房里搬，还有那些铁夹子,以及那件可怕活计需要的其他物品。他不由得暗自琢磨,坎贝尔有没有见过巴兹尔·霍沃德,见过的话,他俩对彼此又有什么样的看法。

"你出去吧。"他身后传来了一个严厉的声音。

他转过身,急急忙忙地走出房间,依稀察觉到那个死人已经被推回了椅子上,坎贝尔正在端详那张亮闪闪的黄脸。下楼的时候,他听见了钥匙转动门锁的声音。

七点过了许久,坎贝尔才回到了藏书室里。他脸色煞白,神情却平静得无以复加。"你要我干的事情已经干完了,"他咕哝道,"好了,再见。咱俩再也别见了吧。"

"你让我逃脱了毁灭,艾伦。我忘不了这个人情。"多利安的回答十分简截。

坎贝尔刚刚离去,他立刻上了楼。房间里弥漫着刺鼻的硝酸气味,然而,坐在桌边的那个玩意儿已经无踪无影。

第十五章

当天晚上八点半,多利安·格雷身着考究的华服,胸佩一大簇帕尔马紫罗兰①,由几名点头哈腰的仆人领进了纳博罗夫人的客厅。烦乱欲狂的神经在他的额头阵阵悸动,他焦躁得难以自控,然而,俯身向女主人行吻手礼的时候,他的仪态仍然是一如既往地优雅,一如既往地从容。说不定,只有在必须演戏的时候,人们才能表现得如此从容。毫无疑问,当晚看到多利安·格雷的人全都不会相信,他刚刚经历了一场惨剧,恐怖的程度不亚于我们这个时代的任何惨剧。他那些形状优美的手指绝对不曾抄起犯罪作孽的刀子,那两片笑意盈盈的嘴唇也绝对不曾发出渎神辱圣的叫喊。连他自己都禁不住为自己的泰然自若啧啧称奇,还在片刻之间强烈地感受到了双重生活的无比乐趣。

当晚的聚会规模不大,出于纳博罗夫人的匆忙拼凑。夫人拥有非常精明的头脑,此外,按照亨利勋爵惯常的形容,还拥有非凡奇丑的余韵。她曾为我国最无趣的大使之一充任模范妻子,把丈夫风风光光地埋进了她亲手设计的大理石陵墓,又把几个女儿

---

① 帕尔马紫罗兰(Parma violet)是一类花形奇特的紫罗兰,因意大利城市帕尔马而得名。

打发给了一些相当老迈的富翁，如今便心无旁骛，抓住一切机会享受法国小说、法国烹饪和法国俏皮话的乐趣。

多利安在她这儿特别得宠，她总是跟多利安说，自己没在年轻的时候碰上多利安，实在是万分欣幸。"我心里明白，亲爱的，那样的话，我肯定会疯狂地爱上你，"她经常念叨，"肯定会为你把帽子直接扔过磨房①。当时我不知道你，简直是幸运极啦。说实在的，那时节，我们的帽子那么难看，磨房又都一门心思地忙着赚钱，弄得我连一次调情的机会都没捞到。话又说回来，这全都是纳博罗的错。他的眼睛近视得要命，蒙骗一个什么都看不见的丈夫，压根儿就没有乐趣。"

当晚的客人都很无趣。夫人用一把十分破旧的扇子挡着自个儿的脸，跟多利安解释说，事情是这样的，有个已经出嫁的女儿相当突然地跑来跟她一起住，更糟糕的是，女儿还实实在在地把女婿带了来。"要我说，她这样可太不体贴啦，亲爱的，"她悄声说道，"当然喽，每个夏天，我从洪堡②回来之后都会上他们那边儿去住，话又说回来，我这样的老太婆总得时不时地吸点儿新鲜空气吧，更何况，我还让他们长了不少见识呢。你压根儿就不知道，他们在那边过的是什么日子。那才叫正宗地道的乡村生活。他们早早起床，因为要干的活计实在太多，然后又早早上床，因

---

① "把帽子直接扔过磨房"这个说法源自法国成语 *"jeter son bonnet par-dessus les moulins"*（把帽子扔过磨房），意思是"抛开所有的礼节和规矩，不管旁人议论"。

② 洪堡（Homburg）即巴德洪堡（*Bad Homburg vor der Höhe*），为德国中西部疗养胜地。

为可想的事情实在太少。他们那片地方啊,从伊丽莎白时代开始就没出过哪怕一桩丑闻,所以呢,他们全都是吃完晚饭就昏昏入梦。你可不能跟他俩坐在一起。你得坐我旁边,逗我开心。"

多利安轻声送上一句得体的奉承,开始扫视房间里的情况。没错,这显然是一场无趣的聚会。房间里有两个他从来没见过的人,其余则有欧内斯特·哈罗登,此人属于伦敦俱乐部里随处可见的那种中年庸才,没有任何仇敌,同时又完全不招朋友喜欢;卢克斯顿夫人,一个打扮过头的四十七岁女人,长着一个鹰钩鼻子,一心想要败坏自个儿的名誉,只可惜相貌平凡得出奇,以至于谁也不会相信任何不利于她的传言,弄得她大失所望;厄林太太,一个野心勃勃的小人物,长着威尼斯红①的头发,说话有点儿大舌头,惹人发笑;爱丽斯·查普曼夫人,女主人的女儿,一名邋遢迟钝的姑娘,长着一张典型的英式脸庞,让人过目就忘;此外还有查普曼夫人的丈夫,一个红腮帮白连鬓胡子的家伙,此人跟自个儿那个阶层的许多人一样,也觉得毫无分寸的乐呵劲儿可以弥补头脑空空的罪过。

多利安心里很是后悔,觉得自己不该来。还好,纳博罗夫人突然望向围着浅紫帷幔的壁炉台,看了看盘踞在台子上的那只线条艳俗、硕大无朋的镀金青铜座钟,高声喊道:"这么晚了还不来,亨利·沃顿可真是讨厌!今早我试了试运气,打发人去请他,他认认真真地答应了不让我失望的。"

哈里也要来,好歹是个安慰。房门开了,他立刻听见了哈里

---

① 威尼斯红(Venetian-red)是一种偏暗的赭红色。

的声音,听见哈里用音乐般的徐缓嗓音粉饰一些假惺惺的道歉话语,厌烦的情绪一扫而空。

然而,坐上晚餐桌之后,他什么也吃不下。他让人把一盘又一盘的食物端了下去,连尝都没有尝。纳博罗夫人一个劲儿地数落他,说他这是在"侮辱可怜的阿道尔夫,今晚的菜单可是他特意为你安排的呢"。亨利勋爵则时不时地隔着桌子看他,奇怪他为什么如此沉默、如此心不在焉。夫人的男管家隔一会儿就往他的杯子里添一次香槟,他迫不及待地往下灌,焦渴的感觉却似乎有增无减。

"多利安,"开始上肉冻的时候,亨利勋爵终于开了口,"今晚你怎么啦?你好像很不舒服啊。"

"我看他肯定是谈上了恋爱,"纳博罗夫人嚷道,"可他怕我吃醋,所以不敢告诉我。他确实不该告诉我,我肯定会吃醋的。"

"亲爱的纳博罗夫人,"多利安笑呵呵地轻声说道,"我都有整整一个星期没谈恋爱啦——说实在的,自打费罗尔夫人离开了伦敦,我一直都没谈过恋爱。"

"你们这些男人啊,怎么连那个女人都爱!"老夫人大喊一声,"我真是搞不懂。"

"仅仅是因为她记得您做小姑娘时的模样,纳博罗夫人,"亨利勋爵说道,"她是我们和您的童装之间的唯一纽带。"

"她压根儿就不记得我的童装,亨利勋爵。我倒是清清楚楚地记得她三十年前在维也纳的模样,记得她那时的领口开得有多么低。"

"她现在的领口也开得很低,"亨利勋爵一边回答,一边用纤长的手指拈了一枚橄榄,"每当她穿上一件特别漂亮的晚装,看看就像是一本豪华版的劣等法国小说。她真是妙不可言,总让人意想不到。她在天伦之爱方面的禀赋尤其特出。第三任丈夫去世的时候,她难过得头发都金灿灿的啦。"

"你怎么能这么说呢,哈里!"多利安嚷道。

"这种解释真是浪漫极啦,"女主人笑道,"可您刚才说到了她的第三任丈夫,亨利勋爵!您该不会说费罗尔是第四任吧?"

"当然是第四任,纳博罗夫人。"

"您的话我一个字儿也不信。"

"不信的话,您问格雷先生好了。他可是她最亲密的友人之一呢。"

"真是这样吗,格雷先生?"

"她正儿八经告诉我的,纳博罗夫人,"多利安说道,"当时我问她,她有没有效仿纳瓦尔的玛格丽特,给死去爱人的心脏涂上防腐的香膏,挂在自个儿的束腰带上①。她跟我说她没有,因为她那些丈夫压根儿就没有心。"

"四个丈夫!我敢说,这确实是太过多情。"

---

① 纳瓦尔的玛格丽特(Marguerite de Navarre)通常指欧洲西南部古国纳瓦尔的国王亨利二世的妻子,这里的"纳瓦尔的玛格丽特"实指这个玛格丽特的外孙媳妇,亦即第四章当中曾经提及的"瓦卢瓦的玛格丽特"(参见前文注释),因为后者的丈夫亨利四世既是法国国王,也是纳瓦尔国王。据法国作家杰迪翁·塔勒曼(Gédéon Tallemant des Réaux,1619—1692)的《人物小传》(Historiettes)所说,瓦卢瓦的玛格丽特有一个带有许多口袋的裙撑,每个口袋里都有一只盒子,每只盒子里都有一颗死去情人的心脏。

"太过勇敢①,我是这么跟她说的。"多利安说道。

"噢!她确实勇敢,什么事情都敢做,亲爱的。对了,费罗尔这个人怎么样呢?我不认识他。"

"绝色女人的丈夫都属于犯罪阶层。"亨利勋爵一边说,一边啜了口酒。

纳博罗夫人用扇子敲了亨利勋爵一下。"亨利勋爵,全世界都说您坏到了极点,眼下我可一点儿也不奇怪啦。"

"是吗,哪个世界这么说呢?"亨利勋爵问道,挑了挑眉毛。"只可能是来世吧。这个世界跟我好得很呢。"

"我认识的所有人都说,您这个人特别坏,"老夫人一边嚷嚷,一边摇头。

亨利勋爵摆出一副一本正经的模样,一时间没有开口。"真是可怕,"他终于说道,"现在的人总是背着别人到处说别人的坏话,说的还偏偏是千真万确的事实。"

"他这个人真是无药可救,不是吗?"多利安往前探了探身子,嚷了一句。

"无药可救才好呢,"女主人笑着说道,"好啦,说实在的,既然你们全都对费罗尔夫人崇拜到了这么荒唐的地步,我也得再结次婚才行,免得赶不上时髦。"

"您绝对不会再婚的,纳博罗夫人,"亨利勋爵插口说道,"因为您以前的婚姻实在是太幸福啦。女人再婚,是因为嫌恶前一任丈夫,男人再婚嘛,反倒是因为钟爱前一任妻子。女人是想碰个

---

① "太过多情"和"太过勇敢"原文均为法语。

运气，男人是想冒个险。"

"纳博罗也不是十全十美的。"老妇人叫道。

"要是他十全十美，您也就不会爱他啦，亲爱的夫人，"亨利勋爵立刻反驳，"女人爱的都是我们的缺点。只要我们的缺点足够多，她们就会原谅我们的一切，甚至是我们的才智。我说了这么一番话，纳博罗夫人，恐怕您再也不会请我来吃晚饭啦，不过，我说的都是大实话。"

"当然是大实话，亨利勋爵。要是我们女人不爱你们的缺点的话，你们这些人都会是什么下场呢？你们哪一个也别想结婚，只能成为一帮子倒霉的光棍儿。话又说回来，这对你们也不会有多大影响。这年月，所有的已婚男人都过得跟光棍儿一样，所有的光棍儿又过得跟已婚男人一样。"

"世纪末就是这样。"亨利勋爵咕哝了一句。

"世界末日才是这样。"女主人如是回答。

"我倒希望这真的是世界末日[①]，"多利安叹道，"生活太叫人失望啦。"

"噢，亲爱的，"纳博罗夫人一边高叫，一边戴手套，"你可别跟我说，你已经榨干了生活。要是有人说出这样的话来，大家就都会明白，是生活榨干了他。亨利勋爵这个人特别坏，我自己有时也想学他的样，你不一样，你生来就是要做好人的——你长得就这么好嘛。我一定得帮你找个好妻子。亨利勋爵，您难道不觉得，格雷先生该成家了吗？"

---

① "世纪末"和"世界末日"原文均为法语。

"我一直在这么劝他呢,纳博罗夫人。"亨利勋爵说道,冲夫人欠了欠身。

"很好,咱们一定得帮他物色一个般配的对象。今晚我就会仔仔细细地翻一遍《德布雷特》①,给所有合格的年轻女士列张清单。"

"清单上会有她们的年龄吗,纳博罗夫人?"多利安问道。

"当然有她们的年龄,而且要稍微编辑一下。不过,什么事情都不能草率匆忙。我希望撮合出一桩让《晨邮报》②称许为天作之合的婚事,还希望你和她都过得幸福。"

"人们说什么幸福的婚姻,简直是胡言乱语!"亨利勋爵高声说道,"男人跟哪个女人都可以过得幸福,只要他不爱这个女人就行。"

"噢!您可真是玩世不恭!"老夫人嚷道,一边把椅子往后挪,一边冲卢克斯顿夫人点了点头。"以后您一定得再来我这儿吃饭,而且要快点儿来。您绝对是一剂提神醒脑的良药,比安德鲁爵士开给我的方子强多啦。不过,您得跟我说说您想见什么样的人,我要把下一次聚会办得皆大欢喜。"

"我喜欢有明天的男人,还喜欢有过去的女人,"亨利勋爵回答道,"可是,依您看,那样的聚会会不会变成女人的天下呢?"

"恐怕会。"老夫人笑着说道,站起身来。"万分抱歉,亲爱的卢克斯顿夫人,"她补了一句,"我没看到你还在抽烟。"

---

① 《德布雷特》(*Debrett*)即《德布雷特英国贵族年鉴》(*Debrett's Peerage and Baronetage*),自十八世纪末刊行至今,内容如书名。

② 《晨邮报》(*The Morning Post*)是1772年创刊的英国报纸,1937年并入《每日电讯报》。

"没关系,纳博罗夫人。我抽烟抽得实在太多啦,今后还打算少抽点儿呢。"

"千万别,卢克斯顿夫人,"亨利勋爵说道,"适可而止是一种最要命的做法。恰如其分跟家常便饭一样糟糕,超常逾分才跟奢华盛宴一样美好。"

卢克斯顿夫人兴致勃勃地瞟了勋爵一眼。"哪天下午您一定得上我那儿去一趟,给我讲讲这套理论,亨利勋爵。听着还挺吸引人的哩。"她一边嘀咕,一边施施然走出了房间。

"听着,你们得快点儿上来陪我们,别在下面没完没了地聊政治和丑闻,"纳博罗夫人在门边嚷道,"要不然,我们肯定会在楼上吵起来的。"

男士们哈哈大笑,接下来,查普曼先生神色庄严地离开桌子下首,坐进了上首的座位。多利安·格雷也起身离座,换到了亨利勋爵身边。这之后,查普曼先生开始高声谈论下院里的形势,扯着嗓门儿笑话他的对手。在他阵阵爆发的间隙,"教条主义者"这个令英国心灵闻风丧胆的字眼儿一再闪现,前面还冠上了一个押头韵的词汇,以便增加雄辩的力度①。他把英国的国旗插上了思想的顶峰,并且将不列颠民族代代相沿的愚蠢——他乐颠颠地称之为"可靠的英式常识"——捧成了上流社会的理想护符。

---

① 英文里的头韵类似于中文里的双声,押头韵的方法之一是让两个或更多单词的首字母发音相同,"教条主义者"的原文是"doctrinaire",文中这个"押头韵的词汇"可能是指"damned"或者"darned",这两个词都可以跟"doctrinaire"押上头韵,意思则都是"该死的"。

亨利勋爵的嘴边漾起了一抹笑意。接下来,他转头看着多利安。

"你好点儿了吗,亲爱的伙计?"他问道,"吃晚饭的时候,你好像不太舒服呢。"

"我挺好的,哈里。我有点儿累,没别的。"

"昨晚你可真是魅力四射。那个小不点儿公爵夫人特别地仰慕你。她还跟我说她要去瑟尔比庄园呢。"

"她答应了二十号去。"

"蒙默斯也会去,对吗?"

"呃,是的,哈里。"

"他特别地招我烦,简直都快赶上他招公爵夫人烦的程度啦。公爵夫人非常聪明,作为女人还有点儿聪明过头。她身上缺少软弱带来的那种莫名魅力。有了黏土做的双脚,才能衬出金铸雕像的珍贵。她那双脚非常漂亮,只可惜材质不是黏土。咱们这么说吧,她那双脚是白瓷做的,经受过烈火的洗礼。还有啊,烈火如果摧毁不了某样东西,自然会把它变得格外坚硬。她可是个有阅历的人呢。"

"她结婚多久了呢?"多利安问道。

"结了千万年啦,她这么跟我说的。从贵族年鉴来看,我认为她应该有十年的婚史,话又说回来,跟蒙默斯这样的人过了十年,感觉肯定跟千万年一样,千万年都不止。还有谁会去呢?"

"哦,有威洛比一家,拉格比勋爵夫妇,咱们今晚的女主人,杰弗里·克劳斯顿,全都是老班底。我还请了格罗特利安勋爵。"

"我喜欢他,"亨利勋爵说道,"讨厌他的人多不胜数,我倒觉得他很有魅力。他虽然偶尔有点儿过度打扮,但却始终保持着货真价实的过度教育,也算是一种弥补。他这个人非常现代。"

"我不知道他能不能去,哈里。他可能得跟他父亲一起去蒙蒂卡罗①。"

"咳!家人可真是种烦人的玩意儿!尽量说服他去吧。对了,多利安,昨晚你一早就溜了,走的时候还不到十一点。后来你干什么去了呢?直接回家了吗?"

多利安慌慌张张地瞥了哈里一眼,皱起了眉头。"不是,哈里,"他终于开了口,"我快三点才到家。"

"你是去俱乐部了吗?"

"是的。"他回答道。紧接着,他咬住了自个儿的嘴唇。"不是,我不是这个意思。我没去俱乐部。我到处溜达来着。我不记得自个儿干什么去了……你可真爱打听,哈里!你总想知道别人在干什么,可我却总想忘记自个儿在干什么。你要想知道确切时间的话,那我是两点半到的家。我把前门钥匙落在了家里,只好叫仆人来给我开门。如果你有心核实这个问题,只管去问他好了。"

亨利勋爵耸了耸肩。"亲爱的伙计啊,我哪有这份闲心!咱们去楼上的客厅吧。谢谢您,我不喝雪利酒,查普曼先生。你肯定是遇上了什么事情,多利安。跟我说说吧。今晚你可不像你自己。"

"别管我啦,哈里。我有点儿烦躁,心里乱糟糟的。我明天过去找你,要不就后天。替我跟纳博罗夫人解释一下吧,我不到楼上去了。我要回家,不回家不行。"

---

① 蒙蒂卡罗(Monte Carlo)为摩纳哥公国地中海之滨旅游胜地,并以赌场闻名于世。

253

"好的,多利安。要我说,你明天可以去我那儿喝下午茶。公爵夫人也会去。"

"我尽量吧,哈里。"他一边说,一边走出了房间。坐马车回家的路上,他意识到那种恐惧的感觉正在死灰复燃,尽管他原本以为,自己已经扼杀了它。亨利勋爵的随口询问让他一时之间方寸大乱,可他希望自个儿的方寸稳如磐石。那些危险的东西必须销毁。想到这里,他不由得蹙了蹙眉。那些东西,他连碰都不想碰。

然而,这事情不办不行,这一点他心知肚明。这么着,锁上藏书室的门之后,他打开了塞着巴兹尔·霍沃德的大衣和提包的那个暗橱。壁炉里的火烧得很旺,可他还是添了根柴禾。烧结的布料和着火的皮革散发出臭不可闻的气味,他用了三刻钟才把所有东西烧完。完事之后,他觉得头昏欲呕,于是就在一只镂空的铜火盆里点起一些阿尔及利亚香丸,又用带麝香味儿的凉醋洗了洗手和额头。

他突然猛一激灵,眼睛一下子亮得出奇,紧张地啃起自个儿的下唇来。两扇窗子之间立着一只巨大的佛罗伦萨屉柜,乌木材质,饰有象牙和青金石嵌成的图案。他端详着那只屉柜,仿佛是觉得它同时具有引诱和恫吓的能力,觉得它收纳着某种他十分向往却又近乎厌憎的东西。他的呼吸渐渐急促,疯狂的渴望攫住了他。他点起一支香烟,跟着又把烟扔到了一边。他的眼睑渐渐低垂,流苏一般的长长睫毛几乎触到了他的面颊,可他依然紧盯着那只屉柜。到最后,他从自个儿躺卧的沙发上站起身来,用钥匙打开屉柜,碰了碰某个暗藏的机簧。一个三角形的抽屉慢慢地弹了出来,他的手指本能地迎向抽屉,伸了进去,攥住了某件东西。

那是一只产自中国的黑地洒金小漆盒，做工十分精美，侧面饰有起伏波涛的图案，捆扎盒子的丝绳上串着水晶珠子，绳头带有金属丝编成的穗子。他打开了盒子。盒子里有一块光泽与蜡相似的绿色药膏，散发着经久不散的香气，香气浓得出奇[①]。

他迟疑了一会儿，脸上带着一种僵硬诡异的笑容。接下来，他挺直腰杆看了看钟，房间里虽然热得要命，他看钟的时候却还是瑟瑟发抖。时间是十一点四十。他把盒子放回抽屉，关上柜门，走进了自己的卧室。

铜钟将午夜报时的声音狠狠砸进晦暗夜空的时候，多利安·格雷悄无声息地溜出了自家的宅子，身上穿着不起眼的衣服，脖子上裹着一条厚厚的围巾。他在邦德街[②]看见一辆套了匹好马的出租马车，于是便招手截住马车，低声说出了要去的地址。

车夫摇了摇头。"太远了，我不去。"他嘀咕道。

"喏，给你一个金镑，"多利安说道，"跑快点儿的话，我还可以再给你一个。"

"好的，先生，"车夫说道，"一个钟头之内把您送到。"客人上车之后，车夫勒马转头，飞快地驶向河边。

---

① 根据文中描述，"绿色药膏"是鸦片。
② 邦德街（Bond Street）是伦敦西区的一条主要商业街，离格罗斯夫纳广场很近。

第十六章

天上下起了冰冷的雨,从淅沥的雨雾之中望去,朦胧的街灯显得诡异骇人。各家酒馆正在打烊,门口聚集着三五成群的男男女女,身影模糊不清。一些酒吧里传出了十分刺耳的笑声,另一些则充斥着醉鬼的吵嚷和尖叫。

多利安·格雷仰在马车里,帽子低低地压住额头,无神的双眼扫视着这座伟大城市的耻辱污痕,不时地暗自重复亨利勋爵在他俩相识当天说的那句话,"以感官疗治灵魂,以灵魂疗治感官"。没错,诀窍就在这里。以前他经常用上这个诀窍,眼下还要再用一次。他可以钻进鸦片烟馆,在那里买到遗忘,还可以钻进其他的一些可怕场所,用新罪孽的疯狂来抹去旧罪孽的记忆。

月亮低低地悬在夜空,活像一个黄色的骷髅头。一大团形状丑怪的云朵时不时地伸出一只长长的胳膊,将月亮遮盖起来。煤气街灯渐渐稀落,街道也越来越窄,越来越暗。其间有一次,车夫走迷了路,只好把车往回赶了半英里[①]。拉车的马儿身上腾起一股白汽,踩得路上的坑洞泥水四溅,两侧的车窗都蒙上了一层雾气,如同灰色的法兰绒。

---

① 1英里约等于1.6公里。

"以感官疗治灵魂，以灵魂疗治感官！"这句话震得他耳朵嗡嗡作响！不用说，他的灵魂已经病入膏肓。感官真的能疗治它吗？他的双手溅上了无辜者的鲜血。怎样才能赎清这样的罪行呢？唉！这样的罪行无法赎清。然而，赦免虽然是一种不可能的奢望，遗忘却依然是一件可能的事情，因此他决意遗忘，决意踩扁这桩罪行，就像踩扁一条咬了自己的蝰蛇。说实在的，巴兹尔凭什么对他说那些话呢？谁封了巴兹尔做裁判他人的法官？巴兹尔说的那些话十分可怕，十分刻毒，绝对不能容忍。

马车跋涉前行，无休无止，感觉还一步慢似一步。他猛然掀起车顶的活门，吩咐车夫加快速度。对于鸦片的难忍饥渴开始啃啮他的心。他的喉咙像火烧一样，轮廓优美的双手也神经质地抽搐起来。他发疯似的用手杖抽了马儿一下，车夫笑了一声，加紧了手里的鞭子。他用笑声表示回应，车夫却不再吭气。

旅途似乎迢遥无尽，路过的一条条街道仿佛是某只张牙舞爪的巨型蜘蛛织出的一张黑网。单调的旅程渐渐令人无法忍受，雾越来越浓，他心里害怕起来。

接下来，马车路过了一些荒凉的砖厂。这里的雾不那么大，他看见了一些形如瓶子的古怪砖窑，窑孔里跳动着扇子一般的橘色火苗。马车驶过的时候，一条狗开始猖猖狂吠，远处的黑暗之中传来了一只迷途海鸥的尖叫。马儿在一道车辙里绊了一下，猛地往旁边一歪，接着就狂奔起来。

过了一会儿，马车走出了黏土路，又一次开始在铺砌粗劣的街道上辘辘前行。路边的大多数窗子都是黑灯瞎火，时不时也可以瞧见一些奇形怪状的影子，映现在灯火照亮的百叶窗帘之上。

他好奇地观察着这些影子。它们动来动去，宛如一个个怪异的提线木偶，还像活物一般比划着各种手势。他憎恨这些影子，心里燃起了隐隐的怒火。马车转过一个街角的时候，一个女的从一道敞开的门里冲他们嚷了句什么，两个男的则追着马车跑了约摸一百码①，还吃了车夫的鞭子。

有人说，激情会让人的思维陷入一个往复循环的怪圈。毫无疑问，多利安·格雷那两片印着齿痕的嘴唇确实在不停翻动，没完没了地以口形重复那句关于灵魂与感官的妙论，直到他从那句妙论当中为自己的心绪觅得了像模像样的充分诠释，并且通过理性的认可为自己的种种激情找到了正当的理由，尽管这些激情始终会主宰他的禀性，有没有理由都是一样。他心里只有一个念头，这个念头在他的脑子里潜行，钻进一个又一个的细胞；疯狂的求生欲望，人类最为强烈的一种欲望，让他的每一根神经和纤维抖颤到了无以复加的程度。丑陋曾是他深恶痛绝的东西，因为它让事物显得真实，如今却成了他的至亲至爱，为的也是同样的理由。丑陋是唯一的现实。粗俗的吵嚷，乌烟瘴气的下流场所，混乱生活的粗蛮暴力，窃贼和社会弃儿的卑劣生活，这些东西都具有怵目惊心的现实性，鲜明的程度超过了艺术创造的所有优雅形体，超过了歌声唤起的所有梦幻影像。这些东西，就是遗忘所需的良药。三天的时间里，他将会无忧无虑。

突然之间，车夫猛一下把车停在了一条黑暗小巷的上首。眼前是一些低矮的房顶和犬牙交错的烟囱，船只的黢黑桅樯从房屋

---

① 1码约等于0.9米。

背后冒了出来。一团团白雾牢牢地粘着帆桁,仿佛是一张张影影绰绰的船帆。

"应该就在这附近吧,先生,对吗?"车夫拉开车顶的活门,哑着嗓子问道。

多利安猛一激灵,四下打量了一番。"到这儿就行了。"他应了一句,手忙脚乱地下了车,把先前许下的额外车钱给了车夫,然后就急匆匆地往码头堤岸的方向走去。前方停着一艘巨大的商船,船尾闪着东一盏西一盏的红灯,光影在一个个水洼里摇摇荡荡,片片碎裂。一艘出城方向的汽船正在加煤,船上亮着耀眼的红光。人行道黏糊糊的,看着就像一块打湿了的防水布。

他快步走向左方,时不时地回头张望,看看有没有人跟踪自己。七八分钟之后,他走到了一座破败小屋的门口。小屋楔在两幢阴森的厂房之间,顶层的一扇窗子里立着一盏灯。他停住脚步,用一种特殊的方式敲了敲门。

片刻之后,他听见过道里响起了脚步声,闩门的链子被人取了下来。门无声无息地开了,他径直走了进去,完全没有搭理那个丑怪的矮胖人形。矮胖子自动贴到暗影里,给他让出了道路。门厅尽头挂着一张破破烂烂的绿色帘子,从街上跟进来的阵阵疾风把帘子吹得飘来摆去。他拉开帘子,走进一个长长的低矮房间。这间房似乎曾是一个三流的舞厅,四壁都有呲呲作响的煤气灯,耀眼的灯光映入四壁那些污渍斑斑的镜子,变得暗淡扭曲。螺纹马口铁制成的反光灯盘油乎乎的,投射出一个个颤抖的光斑。地板上盖满了赭色的锯末,东一块西一块地被人踩成了泥泞,还溅着一圈儿一圈儿黑乎乎的酒渍。几个马来人蜷在一个小小的炭炉旁边，一边玩骨牌，一边龇着白亮亮的牙齿聊天。房间的一个角落里，一名水手趴在一张桌子上，脑袋埋在胳膊下面。漆得花里胡哨的吧台占去了整整一面墙，旁边站着两个形容枯槁的女人，女人正在奚落一个老头，老头则忙着拍打大衣的袖子，脸上带着十分厌恶的神情。多利安从他们身边经过的时候，其中一个女人笑道，"他觉得自个儿身上有红蚂蚁哩。"老头惊恐地看了看说话的女人，抽抽搭搭地哭了起来。

房间的尽头是一段只有三级的短小台阶，通往一间幽暗的内室。多利安快步迈上晃晃悠悠的台阶，浓烈的鸦片气味扑面而来。他深深地吸了一口，惬意得鼻翼发颤。屋里有个小伙子，长着一头光滑的黄发。小伙子俯身凑在一盏灯的跟前，正在点一根又长又细的烟管。他走进去的时候，小伙子抬头看了看他，犹犹豫豫地点了点头。

"你在这儿啊，阿德里安？"多利安咕哝了一句。

"不在这儿又该在哪儿呢？"阿德里安无精打采地答道，"到眼下，那些家伙都不搭理我啦。"

"我还以为你离开英国了呢。"

"达灵顿什么忙也不肯帮，最后还是我哥哥付了账单。乔治也不搭理我了……无所谓，"他唉声叹气地补了一句，"只要有这个玩意儿，没朋友也能凑合。依我看，我的朋友已经多得过头啦。"

多利安皱了皱眉，看了看周围那些躺在破烂床垫上的家伙，那些姿势无比奇特的怪异生物。他们扭曲的四肢，大张着的嘴巴，还有直愣愣的无神眼睛，全都让他兴致盎然。他心里明白，那些人这会儿是在多么诡异的天堂里忍受煎熬，正在教他们领略某种新奇乐趣的又是多么昏昧的地狱。他们的处境比他强，因为他被关进了思想的牢狱。记忆如同一种恶疾,正在蚕食他的灵魂。他时不时地出现幻觉,看到巴兹尔·霍沃德的眼睛正在盯着自己。然而,他觉得自己不能待在这里。阿德里安·辛格尔顿也在,他心里很是不安。他想去一个没有人认识自己的所在,想把自己给甩掉。

"我打算再往前走走,上另一家去。"沉默片刻之后,他说道。

"码头上那家吗?"

"是的。"

"那个发疯的贱货肯定在那儿。他们不让她上这儿来了。"

多利安耸了耸肩。"我讨厌坠入爱河的女人,满心仇恨的女人反而有趣得多。再者说,那家的货也比较好。"

"跟这家差不多。"

"我比较喜欢那家的。走吧,去喝点儿。我得喝点儿才行。"

"我什么也不想喝。"小伙子嘟囔了一句。

"不喝也没关系。"

阿德里安·辛格尔顿有气无力地站起身来,跟着多利安到了吧台。酒保是个混血儿,裹着破破烂烂的缠头,身穿一件寒酸的乌尔斯特大衣。他咧着嘴打了个令人作呕的招呼,把一瓶白兰地和两只大杯子搡到他俩面前。吧台边的两个女人慢慢地蹭了过来,开始跟他俩搭讪。多利安转身背对着她们,低声冲阿德里安·辛格尔顿说了句什么。

扭曲的笑容如同一柄马来短刀[①],缓缓划过其中一个女人的脸

---

① 马来短刀(Malay crease),英文通常写作"kris"或"keris",为东南亚马来半岛等地的一种传统短刀,以波浪形的刀刃闻名。

庞。"今儿晚上,大家的架子都大得很哩。"她冷笑一声。

"看在上帝分上,别跟我说话,"多利安跺着脚叫道,"你想要什么?钱吗?喏,给你。千万别再跟我说话了。"

女人那双肿泡泡的眼睛闪出了两个红色的火星,火星转瞬熄灭,眼睛回复了呆滞无神的状态。她甩了甩头,用贪婪的手指耙走了柜台上的硬币。她的同伴羡慕不已地看着她。

"没用的,"阿德里安·辛格尔顿叹道,"反正我也不想回去。有什么关系呢?在这儿我就挺高兴的。"

"需要什么的话,只管写信给我,好吗?"多利安顿了一顿,开口问道。

"也许吧。"

"那好,晚安。"

"晚安。"小伙子应了一声,一边上台阶,一边用手帕擦了擦干裂的嘴巴。

多利安走到门口,满脸痛苦之色。他拉开帘子的时候,一声骇人的大笑从一张浓妆艳抹的嘴里迸了出来,发笑的正是拿了他钱的那个女人。"跟恶魔做买卖的先生走喽!"她打着嗝叫道,声音十分嘶哑。

"去死吧!"多利安应道,"不要这么叫我。"

女人捻了个响指。"要叫你'迷人王子'才中听,对不对?"她冲着多利安的背影嚷了一句。

女人话音刚落,那名昏昏欲睡的水手一跃而起,发疯似的四处张望。屋子前门关上的声音传进了他的耳朵,他赶紧冲了出去,仿佛是在追赶什么东西。

蒙蒙细雨之中,多利安·格雷顺着码头堤岸匆匆前行。适才和阿德里安·辛格尔顿的会面对他造成了莫名的触动,他不由得暗自猜想,情形是不是真的像巴兹尔·霍沃德对他的恶毒攻击那样,那个年轻生命的毁灭应该算在他的头上。他咬住了自己的嘴唇,有那么几秒钟,他的眼神变得哀伤不已。可是,说来说去,这件事跟他有什么关系呢?人的生命太过短暂,绝不能把别人的错误扛上自个儿的肩膀。每个人都有自己的生活,都得自己支付生活的代价。遗憾只有一个,那就是你得为同一个错误付出许多次代价。说实在的,你得付了又付,没完没了。跟人类做买卖的时候,命运女神可从来不会封账。

心理学家告诉我们,有那么一些时刻,罪孽,或者说世人口中的罪孽,会让人产生无比强烈的向往,这样的强烈向往会彻底主宰一个人的性情,以至于这个人身体里的每一根神经,以及大脑里的每一个细胞,似乎都注满了可怕的冲动。赶上这样的时刻,男人和女人都会丧失自己的自由意志,都会像机器人一样扑向自己的可怕目标。他们的选择权已被剥夺,良心则已经死于非命,即便侥幸存活,活着的用处也只是给反抗增添妙趣,给叛逆增添魅力。原因在于,正像神学家孜孜不倦地提醒我们的那样,一切罪孽都是叛逆的罪孽。那个高贵的精灵,那颗邪恶的晨星,当初正是以叛逆者的身份跌下了天庭[①]。

[①] 根据西方传统说法,魔王撒旦是反叛上帝的大天使,亦名路西法(Lucifer),即启明星。提到魔王撒旦的时候,《圣经·以赛亚书》如是写道:"启明星啊,晨光之子,你缘何坠下天庭!"

多利安·格雷疾步前行，越走越快，此时的他已经彻底麻木，脑子里塞满邪念，污渍斑斑的心智和灵魂渴望着反叛。他冲进了旁边的一条昏黑拱廊，拱廊是去往他那个声名狼藉的目的地的一条捷径，以前他经常都从这里抄近路。就在这个时候，有人突然从背后抓住了他。他还没来得及反抗，那人就已经把他揉到墙上，用一只凶蛮的手扼住了他的咽喉。

他发疯似的挣扎求生，凭借一股可怕的蛮力扳开了那些越扼越紧的手指。刹那之间，他听到了一把左轮手枪保险拉开的咔嗒声，看到了一根锃亮枪管闪出的寒光，枪管直指他的脑袋。与此同时，他面对面地看到了一个黑乎乎的身影，身影属于一个又矮又壮的男人。

"你想干什么？"他倒吸一口凉气。

"老实点儿，"那人说道，"你一动我就开枪。"

"你疯了吧。我怎么惹着你了？"

"你毁掉了西比尔·范恩的生活，"那人如是回答，"西比尔·范恩是我姐姐。她是自杀的，这一点我非常清楚。她的死得算在你的头上。我早就发过誓，要杀了你为她报仇。好些年以来，我一直都在找你，只可惜我没有线索，找不见你的踪迹。说得出你长相的那两个人都死了，我对你一无所知，只知道她用来叫你的那个爱称。今天晚上，我碰巧听见了那个称呼。赶紧向上帝祈求宽恕吧，今晚你就得死。"

多利安·格雷吓得直犯恶心。"我压根儿就不认得她，"他结结巴巴地说道，"连听都没听说过。你肯定是疯了。"

"你倒不如痛痛快快地招认罪行，因为你肯定得死，就跟我肯定叫詹姆斯·范恩一样。"接下来是一阵可怕的沉默，多利安一筹莫展，不知道该怎么说，也不知道该怎么做。"跪下！"那人吼了一声，"我给你一分钟的时间做祷告，多了没有。今晚我就要上船去印度，走之前必须把我的活计干完。一分钟。就这么多。"

多利安的胳膊无力地垂落到身体两侧。他吓得浑身瘫软，不知道如何是好。突然之间，他脑子里闪过一线渺茫的希望。"慢着，"他叫道，"你姐姐死了多久了呢？快，快说！"

"十八年了，"那人说道，"你问这个干吗？这跟年头有什么关系？"

"十八年了，"多利安·格雷放声大笑，声音里带着一丝得意，"十八年！你带我去灯光下面，再瞧瞧我的脸！"

詹姆斯·范恩踌躇片刻，不明白这话是什么意思。接下来，他一把抓住多利安·格雷，拖着多利安出了拱廊。

风里的灯光虽说暗淡游移，终归也让他明白，自己似乎犯下了一个可怕的错误，因为他要杀的这个人脸上写满了少年时代的蓬勃朝气，写满了青春岁月的无瑕纯真。看样子，眼前不过是一个只见识过二十个冬夏的小伙子，年纪简直跟他姐姐离开他的时候一样小，就算比她姐姐大，那也大不到哪里去，可他姐姐已经离开了他那么多年。显而易见，这不是毁掉他姐姐的那个人。

他松开手，踉踉跄跄地退了几步。"我的上帝啊！我的上帝！"他高声叫道，"我竟然打算谋杀你！"

多利安·格雷深深地吸了口气。"你差一点儿就犯下了一桩恐怖的罪行，我的伙计，"他严厉地盯着对方，开口说道，"你得用这件事情给自个儿提个醒，别把复仇的使命揽到你自个儿手里。"

"原谅我吧，先生，"詹姆斯·范恩喃喃说道，"我这是上了当。我在那个该死的烟馆里偶然听见了一句话，所以才找错了人。"

"你最好赶紧回家，把那把枪藏好，免得惹上麻烦。"多利安一边说，一边掉转身子，顺着街道慢慢地走了下去。

詹姆斯·范恩万分惊骇地站在人行道上，从头到脚抖个不停。过了一小会儿，一个本来在滴答淌水的墙边悄悄行进的黢黑身影走到了灯光下面，鬼鬼祟祟地摸到了他的身旁。他感觉到一只手搭上了自己的胳膊，不由得浑身一震，赶紧回过头去看了看，原来是刚才在酒吧里喝酒的两个女人当中的一个。

"你干吗不杀了他？"女人嘶声说道，枯槁的脸庞几乎贴到了他的脸，"你从戴利烟馆冲出去的时候，我就知道你是跟踪他去了。你这个傻子！你应该杀了他才对。他有的是钱，人也是要多坏就有多坏。"

"他并不是我要找的那个人，"詹姆斯回答道，"我不想要任何人的钱，只想要一个人的命。欠我条命的那个人眼下应该年近四十，可他却比孩子大不了多少。谢天谢地，我的手没有溅上他的鲜血。"

女人恶狠狠地笑了一声。"比孩子大不了多少！"她挖苦了一句，"听好喽，伙计，从'迷人王子'把我弄到今天这步田地的时候算起，差不多有十八年啦。"

"你撒谎！"詹姆斯·范恩叫道。

女人举手指向天空。"老天在上，我说的都是实话。"她叫道。

"老天在上？"

"我要没说实话，就让我变成哑巴。来这儿的人里面，他是最坏的一个。他们说他把自个儿卖给了恶魔，换来了一张漂亮脸蛋儿。从我遇见他的时候算起，差不多已经过了十八年，可他的模样始终没怎么变。我倒是变了不少。"她补了一句，抛了个令人作呕的媚眼。

"你敢发誓吗？"

"我发誓。"一声嘶哑的回应从她干瘪的嘴里蹦了出来。"不过，你可别把我卖给他，"她悲悲切切地说道，"我怕他。给我点儿钱，我好找个过夜的去处。"

詹姆斯恨恨地咒了一句，甩开那个女人，径直冲到了街道转弯的地方。然而，多利安·格雷已经无踪无影。回头望去，那个女人也不见了。

第十七章

一个星期之后，多利安·格雷坐在瑟尔比庄园的温室里，跟美貌的蒙默斯公爵夫人聊着天。夫人的丈夫是一个满脸厌倦的花甲老头，两口子都是多利安请来的客人。这会儿正是喝下午茶的时间，蕾丝灯罩的巨大台灯投射出柔和的光线，照得桌上的细瓷和锻银茶具熠熠生辉。公爵夫人正在亲自照应茶水，白皙的双手在杯盏之间翩然舞动，饱满的红唇让多利安说的什么悄悄话逗得笑意盈盈。亨利勋爵仰在一把丝绸衬垫的柳条椅子里，静静地打量他俩，纳博罗夫人则坐在一张桃红色的软榻上，假装倾听公爵讲述他最近收藏的一只巴西甲虫。三个身穿精美吸烟服的小伙子正在把茶饼递给一些女士。这场庄园短聚宾主共十二人，还有一些人会在次日赶来。

"你们俩在聊什么呢？"亨利勋爵问道，溜达着走到桌边，放下了自己的杯子，"多利安跟你说了吧，格拉迪斯，我打算改掉所有事物的名字。这可是一个绝妙的主意呢。"

"可我不想改名啊，哈里，"公爵夫人一边反驳，一边抬起头来，美丽的眼睛看着勋爵，"我对自己的名字挺满意的，而且我敢肯定，格雷先生也很满意他自己的名字。"

"亲爱的格拉迪斯，我说什么也不会去改你俩的名字。你俩的名字都起得合适极啦。我想改的主要是花卉的名字。昨天我剪了一枝兰花来做襟花,那是一朵斑斑点点的奇妙花儿,简直跟七大罪①一样迷人。我一时之间有欠考虑,向一名花匠打听它的名字。他告诉我,那枝花堪称上品,叫什么'罗宾逊氏兰',或者是诸如此类的可怕名字。这样的现实十分可悲,可我们确实丧失了赋予事物美妙名字的能力。名字就是一切啊。我从来都不挑剔行为,唯一要挑剔的就是语言。正是因为这个,我才会痛恨文学当中的粗鄙现实主义。真应该逼着那些敢于管铲子叫铲子②的家伙去用铲子,因为他们只配干这个。"

"这样的话,我们该管你叫什么呢,哈里?"公爵夫人问道。

"他的名字叫'悖论王子'。"多利安说道。

"没错,一眼就能认出来。"公爵夫人嚷道。

"这我可不爱听,"亨利勋爵哈哈大笑,重重地坐进了一把椅子,"要是让人打上了标签,那可就没处逃啦!这个头衔我不要。"

"王者可不能退位。"夫人的可爱唇吻如是告诫。

"这么说,你是希望我捍卫自个儿的宝座喽?"

"是啊。"

"我说的都是明天的真理。"

"可我更喜欢今天的谬误。"夫人如是回答。

---

① 七大罪(seven deadly sins,直译为"七大致命罪孽")是基督教的一种说法,指的是愤怒、贪婪、怠惰、傲慢、淫欲、嫉妒和暴食。

② "管铲子叫铲子"是"call a spade a spade"的直译,这个英文短语的实际含义是"直言无隐,不加修饰和避讳"。

"我缴械,格拉迪斯。"亨利勋爵意识到夫人存心抬杠,于是嚷了一声。

"我只是缴了你的盾,哈里,并没有缴你的矛。"

"我从不把我的矛头指向美人。"亨利勋爵说道,摆了摆手。

"你错就错在这里,哈里,真的。你把美看得太重啦。"

"你怎么能这么说呢?我承认,我确实认为长得美比行得正强。话又说回来,没有哪个人比我更乐于承认,行得正比长得丑强。"

"如此说来,丑陋也是七大致命罪孽之一喽?"公爵夫人叫道,"可你刚刚才把兰花比喻成七大罪,你怎么自圆其说呢?"

"丑陋是七大致命美德之一,格拉迪斯。作为一名优秀的托利党人[①],你可不能低估七大致命美德的价值。多亏了啤酒和《圣经》,再加上七大致命美德,咱们的英格兰才有了今天的模样。"

"如此说来,你讨厌自个儿的国家?"夫人问道。

"我不是生活在这个国家嘛。"

"正好方便你批判它。"

"你是希望我接受欧洲大陆对它的判决吗?"亨利勋爵问道。

"他们是怎么说我们的呢?"

"他们说,答尔丢夫[②]已经搬来英国,在这边打响了招牌。"

"招牌是你的吗,哈里?"

"我可以送给你。"

[①] 托利党参见前文注释。
[②] 答尔丢夫(Tartuffe)是法国戏剧大师莫里哀(Molière,1622—1673)著名喜剧《伪君子》(*Tartuffe, ou l'Imposteur*, 1664)当中的主角,在西方文化中是"伪君子"的代名词。

"这我可消受不起。它太贴切啦。"

"你用不着担心，咱们的同胞从来都搞不懂招牌的含义。"

"他们都很务实。"

"与其说是务实，倒不如说是狡猾。算账的时候，他们总是用财富来弥补愚蠢，又拿伪善来抵偿恶行。"

"即便如此，我们还是成就了伟大的功业。"

"是别人把伟大功业硬塞给我们的，格拉迪斯。"

"可我们终归担起了这样的责任。"

"范围只限于股票交易。"

夫人摇了摇头。"我相信这个种族。"她高声说道。

"它体现的只是躁进者生存①的法则。"

"这个种族在进步。"

"堕落更让我感兴趣。"

"艺术又怎么样呢？"夫人问道。

"艺术只是一种时弊。"

"爱情呢？"

"幻觉。"

"宗教呢？"

"迷信的时髦替身。"

"你可真是个怀疑主义者。"

---

① "躁进者生存"的原文是"survival of the pushing"，这句话是戏仿英国哲学家斯宾塞（Herbert Spencer, 1820—1903）的进化论名言"适者生存"（survival of the fittest）。

"绝无此事！怀疑主义正是信仰的开端。"

"那你是什么呢？"

"定义等于限制。"

"给我点儿线索吧。"

"是线索就会断。到头来，你只能在迷宫里兜圈子。"

"你把我给弄糊涂啦。咱们还是聊聊别的人吧。"

"咱们的主人就是个绝好的话题。好些年以前，别人给他起了个'迷人王子'的雅号。"

"噢！别在我面前提这个。"多利安·格雷叫道。

"今天傍晚，咱们的主人很讨厌呢，"公爵夫人答道，脸上泛起了红晕，"我没理解错的话，咱们的主人认为，蒙默斯纯粹是因为科学法则才娶我的，因为我是他能找到的现代蝴蝶的最佳样本。"

"呃，我倒希望他不会拿别针什么的把您别上，公爵夫人。"多利安笑道。

"噢！我的女仆已经这么干啦，格雷先生，她生我气的时候就会这么干。"

"她为什么生您的气呢，公爵夫人？"

"为的都是些最最鸡毛蒜皮的事情，格雷先生，我敢跟您保证。通常都是因为我从八点五十开始打扮，而且告诉她，必须在八点半之前帮我打扮好。"

"她可真不讲理！您得教训教训她。"

"我不敢啊，格雷先生。不是吗，我的帽子可都是她的发明呢。我在希尔斯通夫人办的园会上戴的那一顶，您还记得吧？您肯定不记得，不过您装作还记得，倒是挺体贴的。这么说吧，那顶帽子就是她帮我做的,什么材料也没费,简直是无中生有。所有的好帽子都是无中生有的东西。"

"所有的好名声也是,格拉迪斯,"亨利勋爵插嘴说道,"每一个出色表现都会给你招来一个敌人。要想得到大家的青睐,你只能做个庸才。"

"你说的大家可不包括女人,"公爵夫人一边说,一边大摇其头,"还有啊,女人才是世界的主宰。我可以跟你保证,我们可受不了庸才。有个人说得好,我们女人是用耳朵去爱的,就跟你们男人用眼睛去爱一样,如果你们真会去爱的话。"

"照我看,我们一天到晚都在爱,从来没干别的啊。"多利安咕哝了一句。

"噢!这么说的话,您从来都没有真正爱过,格雷先生。"公爵夫人回答道,装出一副痛心疾首的模样。

"亲爱的格拉迪斯!"亨利勋爵叫道,"你怎么能这么说呢?浪漫得靠重复维持,重复呢,又能把欲望变成艺术。再者说,每次恋爱都是一生仅有的一次。更换对象并不能改变激情的执着,只会让这份执着更加强烈。一生之中,我们最多只能有一段登峰造极的经历,生活的秘诀就在于尽量重温这段经历,多多益善。"

"如果这段经历叫人伤心,也要尽量重温吗,哈里?"公爵夫人默然片刻,如是问道。

"如果这段经历叫人伤心,更得尽量重温。"亨利勋爵答道。

公爵夫人转头看着多利安·格雷,眼睛里带着一种古怪的神情。"您怎么看呢,格雷先生?"她开口发问。

多利安踌躇片刻,接着就把头往后一扬,大笑起来。"我向来赞成哈里的看法,公爵夫人。"

"他错了您也赞成吗?"

"哈里没有错的时候,公爵夫人。"

"他这套哲学给了您幸福吗?"

"幸福从来不是我的追求。要幸福来干吗?我求的是乐趣。"

"那您找到乐趣了吗,格雷先生?"

"经常。太经常啦。"

公爵夫人叹了一声。"我求的是太平,"她说道,"还有啊,如果我还不去换衣服的话,今晚就太平不了啦。"

"我去给您剪几枝兰花吧,公爵夫人。"多利安高声说道,一跃而起,顺着温室走了下去。

"你这么跟他调情,真是不成体统,"亨利勋爵对自己的表妹[①]说道,"你最好留点儿神。他的魅力大着呢。"

"要是他没有魅力,那就用不着较量啦。"

"这么说的话,你们俩这是希腊人打希腊人[②],对吗?"

"我还是选择特洛伊人的阵营,因为他们为一个女人而战[③]。"

[①] "表妹"这个说法在这部小说里只出现了一次,从上下文看,指的就是蒙默斯公爵夫人。

[②] "希腊人打希腊人"的原文是"Greek meets Greek",这个短语是"When Greek meets Greek, then comes the tug of war"(希腊人打希腊人,难解难分)的省写,据说来源于希腊人和同属希腊民族的马其顿人之间的艰苦战争,实际含义相当于中文的"棋逢敌手"。

[③] 根据古希腊神话,特洛伊王子帕里斯(参见前文注释)拐走了希腊城邦斯巴达的王后海伦,致使希腊联军围攻特洛伊城九年之久。特洛伊人奋起抵抗,最终因希腊人的木马计而失利。

"可他们打败了啊。"

"世上有的是比当俘虏更惨的事情。"夫人回答道。

"你这是在撒开缰绳狂奔哩。"

"速度给人活力。"夫人对答如流。

"今晚我得把这件事情写进日记。"

"什么事情?"

"烧伤的孩子爱玩火的事情。"

"我连燎都没燎着,翅膀也毫发无伤。"

"你的翅膀无所不为,就是不用来远走高飞。"

"勇气已经从男人那里转给女人啦。对我们女人来说,这可是一种新的体验。"

"你有个情敌。"

"谁?"

亨利勋爵哈哈大笑。"纳博罗夫人,"他悄声说道,"她对他仰慕得很呢。"

"你说得我好担心啊。对我们这些浪漫主义者来说,古董的魅力可没法抵挡。"

"浪漫主义者!科学的手法你样样都会。"

"男人教育了我们。"

"但却没把你们认清。"

"说说吧,我们这个性别是什么。"夫人出了道难题。

"没有秘密的斯芬克斯①。"

夫人看着勋爵,微微一笑。"格雷先生怎么去了这么久!"她说道,"咱们去帮帮他吧。我还没把我晚装的颜色告诉他呢。"

"噢!你该根据他给你的花来挑晚装才是,格拉迪斯。"

"那样的话,等于是过早投降。"

"浪漫艺术都是以高潮为开端的。"

"我必须给自个儿留条退路。"

"像帕西亚人那样吗②?"

"他们可以拿沙漠来当避难所,我可没有这种本事。"

"女人并不总是能有选择的机会。"亨利勋爵答道。话音未落,温室的远端传来一声哽噎似的呻吟,接着又是一记有人重重摔倒的沉闷声响。所有的人都跳了起来。公爵夫人惊骇万分,一动不动地站在原地。亨利勋爵则满眼恐惧地冲过掌叶拂面的棕榈树丛,发现多利安·格雷晕倒在花砖拼砌的地面,像死人一样趴在那里。

众人立刻把多利安抬进宅子里的蓝色会客室③,放到一张沙发上。过了一小会儿,多利安醒了过来,神色茫然地环顾四周。

---

① 斯芬克斯(Sphinx)是古希腊神话中的狮身女怪。传说她喜欢让过路的人猜谜语,并且会杀死猜不出谜语的人。到最后,神话英雄俄狄浦斯猜出了谜底,斯芬克斯跳崖而死。王尔德写有短篇小说《没有秘密的斯芬克斯》(*The Sphinx Without a Secret*,1887),主角是一个故作神秘的女人。

② 帕西亚(Parthia)为西亚古国,帕西亚人擅长骑术及箭术,尤以全速撤退之中突然回头放箭闻名,手法类似我国演义小说里的"回马枪"或者"拖刀计"。

③ "蓝色会客室"原文为"blue drawing-room",应是暗用十七世纪法国交际花朗布耶夫人(Madame de Rambouillet,1588—1665)的典故。朗布耶夫人的沙龙是当时巴黎的文艺圣地,她会见客人的地方是"chambre bleue",亦即"蓝色会客室"。

"出了什么事情?"他问道,"噢!我想起来了。我在这儿安全吗,哈里?"他开始瑟瑟发抖。

"亲爱的多利安,"亨利勋爵回答道,"你只是晕倒了而已,没什么别的事情。你一定是太劳神了,晚餐就别去了吧,我替你招呼客人。"

"不行,我要去,"多利安一边说,一边挣扎着站了起来,"我还是去的好。我不能一个人待着。"

他回到自己的房间,换好了衣服。坐上餐桌之后,他一举一动都带着一股疯狂放肆的快活劲头,然而,恐惧的震颤时不时地传遍他的全身,因为他时不时地想起,适才他看见一张脸紧贴在温室的窗子上盯着自己,活像一张白色的手帕,那是詹姆斯·范恩的脸。

第十八章

第二天,他一直足不出户。实际上,他大部分时间都窝在自己的房里,一方面是被死到临头的莫大恐惧折磨得万分痛苦,一方面又对生命本身漠不关心。遭人追猎、伏击和跟踪的感觉渐渐主宰了他的心智。风只要刮得挂毯微微一颤,他就会哆嗦起来。他恍然觉得,随风扑上铅框窗子的片片枯叶,正好代表着自己那些夭折的决心和狂乱的悔恨。只要闭上眼睛,他就会再一次看到那个水手的脸,看到它透过雾蒙蒙的玻璃窥视自己,恐怖的感觉也会再一次攫住他的心。

可是,说不定,仅仅是他的想象把复仇使者从黑夜里唤了出来,把种种形容可怖的惩罚摆在了他的眼前。真实的生活一团混乱,想象却拥有十分严整的逻辑。是想象让悔恨的猎犬苦苦追踪罪孽的足迹,是想象让每一桩罪行产下丑怪骇人的幼雏。到了平淡无奇的真实世界,恶棍不会受到惩罚,善人也不能收获奖励。成功归于强梁,失败塞给弱小。仅此而已。再者说,要是有生人在宅子周围晃荡,肯定会被仆人或者门房发现。要是花圃里出现了脚印,花匠也肯定会来报告。没错,那只是他的想象。西比尔·范恩的弟弟并没有跑回来杀他。那个人已经登船远航,迟早会葬身于冬日的海洋。无论如何,那个人是不会对他构成威胁的。

不是吗，那个人压根儿就不知道他是谁，也不可能知道他是谁。青春的面具救了他的命。

然而，即便那只是一种幻觉，可良心居然能唤出如此恐怖的幽灵，赋予它们看得见的形体，驱使它们在人的眼前晃来晃去，这样的事情，想起来是多么可怕！要是罪行的影子日日夜夜都从寂静的角落窥视他，从隐秘的处所嘲弄他，在他欢宴之时对他耳语，又在他安寝之时用冰冷的手指把他弄醒，他的生活会变成什么模样！这样的念头悄悄爬过他的脑海，他骇得脸色煞白，还觉得周遭的空气一下子冷了下来。天哪！他是在怎样一个癫狂错乱的时刻杀死了自己的朋友！单是那个场面的记忆就让人何等恐惧！他又一次看到了当时的一切，每一个怵目惊心的细节都带着新添的恐怖回到了他的眼前。罪孽的骇人影像裹着血色的衣袍，从时光的黑洞之中冉冉升起。六点钟的时候，亨利勋爵进房来找他，发现他痛哭流涕，仿佛是心伤欲碎。

直到第三天，他才大着胆子走到了屋外。冬日里的这个早晨，清冽的空气带着松树的清香，似乎让他找回了快活的劲头和生活的热情。不过，改变他心境的并不仅仅是外部环境的物质条件，他自己的天性也已经奋起反抗，反抗那种试图毁损自身安宁的过度痛苦。对于天性细腻精致的人来说，情形一向如此。他们的种种强烈激情要么是放手破坏，要么就低头认输；要么杀死主人，要么就自行死灭。肤浅的悲伤和爱意长存不去，深挚的爱意和悲伤却会毁于自身的丰沛。除此之外，他已经断定自己只是吓出了幻觉。回头去看之前的恐惧，他不光带着些许怜悯，更带着相当不小的轻蔑。

早餐之后,他和公爵夫人一起在花园里溜达了一个钟头,之后便坐上马车,穿过庭园去跟打猎的队伍会合。草叶上盖着盐粒一般的脆薄霜花,蔚蓝的天空宛如一只倒扣的金属杯子。平静的湖里芦苇丛生,岸边结了一层薄薄的冰。

他在松林的拐角看见了公爵夫人的兄弟杰弗里·克劳斯顿爵士,爵士正在把两个弹壳从枪膛里退出来。于是他跳下马车,吩咐车夫把车赶回家去,然后便穿过凋零的苔藓和蓬乱的灌木丛,走向他的客人。

"打得好吗,杰弗里?"他问道。

"不怎么好,多利安。依我看,大部分鸟儿都飞到林子外面去了。我估计午饭之后会好一些,那时我们会去别的地方打。"

多利安在杰弗里的身边缓步前行。甘冽的空气,闪烁林间的棕色和红色光影,驱赶猎物的仆从不时发出的粗砺叫喊,以及继之而起的清脆枪声,全部都让他心醉神迷,让他心里充满了自由自在的惬意感觉。此时此刻,主宰他的是无忧无虑的快乐,还有超然物外的喜悦。

突然间,前方约摸二十码的地方,一只野兔从一丛参差不齐的宿草当中蹿了出来,竖着两只尖梢黑色的耳朵,蹬着两条长长的后腿,飞快地逃向一丛桤木。杰弗里爵士立刻把枪端到了肩上,可是,那只野物优雅的奔跑姿势莫名其妙地迷住了多利安·格雷,于是他赶紧大叫,"别打它,杰弗里。让它活下去吧。"

"瞎说什么,多利安!"他的同伴笑道。野兔刚要蹦进树丛的时候,爵士开了枪。前方传来两声叫喊,一声是野兔的痛苦哀鸣,听起来十分可怕,另一声是男人的惨烈号叫,听起来更加骇人。

"老天爷！我打中了一个驱赶猎物的仆从！"杰弗里爵士失声大叫。"这人居然往枪口前面撞，简直是头十足的蠢驴！都别开枪啦！"他铆足了劲儿喊道，"有人受伤了。"

猎场总管跑了过来，手里拿着一根棍子。

"哪儿，先生？人在哪儿？"总管叫道。与此同时，他们这一排的枪声全都停了下来。

"就在这儿，"杰弗里爵士一边气冲冲地回答，一边急匆匆地走向树丛，"究竟是为了什么，你不让你的人退开？搅了我这一整天打猎的兴致。"

多利安看着他们扎进那丛桤木，拨开那些摇来摆去的柔软枝条。片刻之后，他们从树丛里钻了出来，把一具尸体拖到了阳光底下。见此情景，多利安吓得背过了身。他禁不住觉得，厄运与自己如影随形。他听见杰弗里爵士问那个人是不是真的死了，接着又听见了猎场总管的肯定回答。他依稀觉得，林子里突然人头攒动，热闹非凡。耳边传来了无数双脚的沉重足音，还有嗡嗡嗡的低沉人声。一只赭红胸脯的硕大雉鸡扇着翅膀，从他头上的枝桠之间飞了过去。

过了一小会儿，他感觉到一只手搭上了自己的肩膀，对于心烦意乱的他来说，这一小会儿却像是无数个痛苦的时辰。他猛一激灵，扭头回望。

"多利安，"亨利勋爵说道，"我最好还是通知他们，今天就别打了吧。接着打恐怕不太像话。"

"永远都别打才好呢，哈里，"他恨恨地回答，"整件事情又可怕又残忍。那个人真的……？"

他没法把这句话讲完。

"恐怕是的,"亨利勋爵答道,"他胸脯上结结实实地挨了一枪,肯定是当场死亡。走吧,咱们回家去吧。"

他俩并肩走向大路,默不作声地走了将近五十码。这之后,多利安看着亨利勋爵,重重地叹了口气,开口说道,"这是个不好的兆头,哈里,非常不好的兆头。"

"你指什么?"亨利勋爵问道,"噢!你说的是这次意外吧。亲爱的伙计,这是件没办法的事情,只能怪那个人自己。他干吗要往枪口前面撞呢?再说了,这跟咱俩没什么关系。当然喽,杰弗里肯定会觉得很尴尬。拿霰弹招呼驱赶猎物的仆从可不行,人家会觉得你枪法太差。实际呢,杰弗里枪法并不差,打得蛮准的。不过,咱们没必要谈论这件事情。"

多利安摇了摇头。"这是个不好的兆头,哈里。我觉得啊,可怕的事情就快找上我们当中的一些人啦。搞不好就是我呢。"他补了一句,用一只手捂住眼睛,做了个痛苦的手势。

年长的男人哈哈大笑。"世上只有一件可怕的事情,那就是无聊,多利安。无聊是唯一的一种无法赦除的罪孽。还好,咱俩是不太可能无聊的,除非这些家伙在晚餐桌上没完没了地聊这件事情。我一定得告诉他们,不准聊这个话题。至于说兆头嘛,世上并没有兆头这种东西。命运女神可不会打发使者来提前通知我们。她要么是太聪明,要么是太残忍,总之不会这么干。再者说,究竟能有什么事情找上你呢,多利安?世人想要的一切你都有。没有哪个人不乐意跟你交换位置。"

"没有哪个人的位置我不乐意交换,哈里。你可别笑成那副样子，我说的是实话。刚刚死掉的那个倒霉农夫都比我强。我不怕死，怕的是死到临头的感觉。我觉得，死神的巨大翅膀正在铅灰色的天空里围着我转呢。老天爷！那边有个人正在树丛背后走动，监视我，等着寻我的晦气，你没看见吗？"

多利安用戴着手套的手抖抖索索地指了指，亨利勋爵往多利安指的方向看了看。"看见啦，"他微笑着说道，"我看见你的花匠正在等你。依我看，他肯定是想跟你请示，今晚桌上摆什么花。你可真是紧张得莫名其妙，亲爱的伙计！咱们回伦敦以后，你一定得去找我的医生瞧瞧。"

看到花匠朝自己走了过来，多利安如释重负地吁了口气。花匠举手碰了碰帽子，犹犹豫豫地瞟了一眼亨利勋爵，接着就掏出一封信，递给了自己的主子。"公爵夫人吩咐我等您的回音。"他低声说道。

多利安把信揣进了衣兜。"告诉公爵夫人，我马上就回去。"他冷冰冰地说道。花匠转过身，疾步走向宅子。

"女人可真喜欢干危险的事情！"亨利勋爵笑道，"这是她们最让我激赏的特质之一。只要旁边有看客，女人就愿意跟世上的任何人调情。"

"你可真喜欢说危险的话，哈里！拿眼下这个例子来说，你已经完全搞错啦。我虽然非常喜欢公爵夫人，但却并不爱她。"

"这样正好，公爵夫人非常爱你，但却不怎么喜欢你，所以啊，你们俩再般配不过啦。"

"你说的可是丑闻哪，哈里，丑闻从来不会有任何依据。"

"不道德乃是必然，这就是所有丑闻的依据。"亨利勋爵一边说，一边点起了一支香烟。

"就为了说出一句妙语，哈里，牺牲谁你都在所不惜。"

"世人的牺牲，全都是出于自愿。"勋爵如是回答。

"我倒希望我能够去爱，"多利安·格雷叫道，语调十分沉痛，"可我似乎丧失了爱的激情，忘记了爱的欲望。我太专注于我自己啦。我自个儿的禀性变成了我的包袱。我想要逃走，想要离开，想要遗忘。我真是犯傻，压根儿就不该到这儿来。依我看，我应该发封电报给哈维，让他把游艇准备好。上了游艇就不用怕了。"

"不用怕什么，多利安？你肯定是遇上了麻烦。干吗不跟我说说呢？你也知道，我肯定会帮你的。"

"我不能跟你说，哈里，"多利安悲伤地回答道，"再说了，这多半只是我的幻觉。这场不幸的意外搅得我心烦意乱。我有种可怕的预感，觉得我也会遇上同样的事情。"

"胡说！"

"我也希望是胡说，可我摆脱不了这种预感。哈！公爵夫人来了，看着真像个身穿定制长袍的阿耳忒弥斯①。您瞧，公爵夫人，我们这不是回来了嘛。"

"我全听说啦，格雷先生，"夫人回答道，"可怜的杰弗里心烦极了。好像啊，您当时还叫他别打那只野兔来着。真是奇怪！"

"是啊，确实是非常奇怪。我都不知道我为什么叫他别打，兴许只是一时的狂想吧。瞧那只野兔的模样，真是个再可爱不过的

---

① 阿耳忒弥斯（Artemis）是古希腊神话中的月神及狩猎女神，太阳神阿波罗的双生姊妹。

小生灵。还有啊,我觉得挺遗憾的,他们竟然把那个人的事情告诉了您。这个话题太可怕啦。"

"这个话题太烦人啦,"亨利勋爵插嘴说道,"一点儿心理学价值都没有。反过来,如果杰弗里是出于故意的话,那他得多有意思啊!要是有人做下了真正的谋杀勾当,我倒想认识认识。"

"你这个人真是可怕,哈里!"公爵夫人嚷道,"对吧,格雷先生?哈里,格雷先生又不舒服了,好像要晕倒了呢。"

多利安勉力打起精神,微微一笑。"没事儿,公爵夫人,"他喃喃说道,"我的神经彻底地乱了套,别的倒没什么。恐怕是因为我今早走路走多了。我没听见哈里说了什么。是什么特别糟糕的话吗?下次您一定得告诉我。要我说,我必须回房躺下啦。您不会觉得我失礼吧,对吗?"

说话间,他们已经走到了从温室通往露台的那段宽大台阶跟前。多利安带上玻璃门之后,亨利勋爵转头看着公爵夫人,眼神十分慵倦。"你爱他爱得很深了吗?"他问道。

夫人一时间没有回答,顾自站在那里凝望眼前的景色。"我要是知道就好啦。"她终于说道。

勋爵摇了摇头。"知道了只会败兴,不清不楚才迷人。雾里风光最美妙。"

"雾里的路可不好找。"

"不管是哪条路,终点都是一样的,亲爱的格拉迪斯。"

"终点是哪里呢?"

"幻灭。"

"幻灭是我人生的起点。"她叹了一声。

"你的幻灭是戴着金冠降临的。"

"我已经厌倦了草莓叶子①。"

"草莓叶子挺配你的。"

"仅仅是在众人面前。"

"没了你会惦记的。"亨利勋爵说道。

"我一片也没打算放弃。"

"蒙默斯长着耳朵呢。"

"年纪大的人耳朵背。"

"他从来没吃过醋吗?"

"他肯吃才好呢。"

亨利勋爵往四周扫了一眼,似乎是在寻找什么东西。"你找什么呢?"公爵夫人问道。

"我在找你那把剑的剑头,"勋爵回答道,"你把它给弄掉啦②。"

夫人哈哈大笑。"没关系,我还戴着面罩呢。"

"有了面罩,你的眼睛还显得可爱一点儿。"勋爵如是回答。

夫人再一次哈哈大笑,牙齿好似白色的籽粒,从一枚殷红的果实里面绽了出来。

宅子的楼上,多利安·格雷躺在自己房里的一张沙发上,浑身上下的每一根纤维都在恐惧之中瑟瑟抖颤。于他而言,生活突

---

① 在英国,公爵及公爵夫人的正式冠冕上都有草莓叶形状的装饰。
② 勋爵这是在用击剑使用的花剑来打比方,花剑剑身的末端装有一个钝的剑头,用以防止刺伤对手。剑头掉了,剑就会变得更加危险。下文中的"面罩"同样是击剑护具。

然变成了一个可怕得无法承受的负担。那个倒霉的仆从像野兽一般在树丛之中被人射杀,在他看来,这样的惨死也预示了他自己的死亡。刚才他差一点儿就晕了过去,就因为亨利勋爵一时兴起,开了么句玩世不恭的玩笑。

五点钟的时候,他拉铃唤来仆人,说他要搭当夜的快车回伦敦,并且吩咐仆人替他收拾行装,安排马车八点半到门口来接他。他打定了主意,绝不在瑟尔比庄园多住,哪怕一夜。这个地方不吉利,死神横行在光天化日之下,林间的草叶也溅上了斑斑血渍。

接下来,他写了张便条给亨利勋爵,说他打算回城去看勋爵的医生,请勋爵替他招呼客人。他正在把便条往信封里装,门上却响起了一声叩击。贴身男仆进来通报,猎场总管想要见他。他皱起眉头,咬住了自己的嘴唇。"叫他来吧。"迟疑片刻之后,他咕哝了一句。

总管刚刚进房,多利安立刻从抽屉里拿出支票簿,把支票簿摊在了自己面前。

"索恩顿,你是为今早那场不幸的意外来找我的吧,对吗?"他一边说,一边拿起了一支水笔。

"是的,先生。"总管回答道。

"那个可怜的家伙结婚了吗?有人靠他养活吗?"多利安问道,满脸厌烦之色,"如果有的话,我倒不希望他们生活没有着落。你说说需要多少数目,我肯定照给不误。"

"我们不知道他是谁,先生。就是因为这个,我才这么放肆地跑来打搅您。"

"不知道他是谁?"多利安无精打采地应了一句,"这话是什么意思?他难道不是你的手下吗?"

"不是,先生。我从来没见过他。看着像个水手,先生。"

多利安·格雷手里的笔掉了下去,一下子觉得自己的心脏停止了跳动。"水手?"他不由得大叫起来,"你刚才是说水手吗?"

"是的,先生。他看着像是当过水手,两只胳膊都有纹身,还有诸如此类的水手标记。"

"你们有没有在他身上找到什么东西?"多利安说道,身子前倾,惊骇的眼睛盯着总管,"有没有什么写着他名字的东西?"

"他身上有点儿钱,先生,数目不多,还有一把左轮手枪。有名字的东西一件也没有。看着倒还正派,先生,不过也是个粗人。我们都觉得他应该是个水手。"

多利安一跃而起。一个恐怖的希望扇着翅膀从他眼前飞过,他发疯似的伸出了手,想要把它紧紧抓住。"尸体在哪儿?"他大叫一声,"快说!我得马上过去看看。"

"在霍姆农庄的一个空马厩里,先生。大家都不乐意让那种东西进自个儿的屋子。听人说,尸体会带来霉运的。"

"霍姆农庄!你马上过去,在那儿等我。叫哪个马夫把我的马牵来。算了,不用叫了。我自个儿去马厩就行。这样还省点儿工夫。"

没过一刻钟,多利安·格雷已经在长长的大路上策马飞奔,用上了自己最快的速度。树木像一列列幽灵从他身旁倏忽掠过,纷乱的影子不断冲进前方的道路。其间有一次,胯下那匹母马急转避过一根白色的门柱,差一点儿把他甩下马来。他用猎鞭[①]抽了

---

① 猎鞭(crop)是一种没有鞭梢的短马鞭。

马儿的脖子一下,马儿像箭一般划破灰蒙蒙的空气,四蹄之下石子飞溅。

到最后,他终于赶到了霍姆农庄,看到两个农庄帮工在场院里闲荡。他跳下马来,把缰绳扔给了其中的一个。离他最远的那个马厩闪着暗淡的灯光。冥冥中有什么东西告诉他,尸体就在那里。于是他急匆匆地走到那个马厩的门前,伸手摸到了门闩。

他顿了一顿,意识到自己即将迎来一个改变人生的发现,成全与毁灭都在这一瞬之间。接下来,他一把推开马厩的门,走了进去。

远端角落里的一堆麻布上搁着一具尸体,身上是一件粗劣的衬衫和一条蓝色的长裤,脸上盖着一块污渍斑斑的手帕。一支粗制的蜡烛戳在尸体旁边的一个瓶子里,正在噼噼啪啪地燃烧。

多利安·格雷打了个寒战。他觉得自己没有勇气揭开手帕,于是便大声招呼门外的一名帮工,叫那人上马厩里来。

"把脸上的那块东西拿掉,我想看一看。"他说道,紧紧抓住马厩的门框,借以支撑自己。

帮工揭开手帕,他往前走了一步。一声喜悦的叫喊从他的嘴里迸了出来。在树丛里饮弹身亡的不是别人,正是詹姆斯·范恩。

他站在那里看着尸体,足足看了好几分钟。骑马回家的时候,他的眼里噙满了泪水,因为他心里明白,自己已经远离了祸患。

第十九章

"别跟我说你打算做个好人,说这个没有意义,"亨利勋爵一边高叫,一边把白皙的手指伸进一只盛着玫瑰露的赤铜碗,"你已经非常完美啦。麻烦你,千万别改头换面。"

多利安·格雷摇了摇头。"不对,哈里,我这辈子干了太多可怕的事情。以后我再也不干了。从昨天开始,我已经做了一些善事啦。"

"昨天你去哪儿了呢?"

"乡下,哈里,自个儿待在一家小旅馆里。"

"亲爱的孩子啊,"亨利勋爵微笑着说,"谁到了乡下都是好人,因为乡下没有诱惑。恰恰是因为没有诱惑,乡下人才会处于这种彻底蒙昧的状态。文明可绝对不是唾手可得的东西,成为文明人的途径只有两条,一条是教养,一条是堕落。乡下人跟这两样都沾不上边,所以就停滞不前。"

"教养与堕落,"多利安重复了一遍,"两样我都尝过。如今我觉得,这两样东西竟然能同时存在于同一个人的身上,实在是一件十分可怕的事情。因为我有了新的理想,哈里。我打算洗心革面。依我看,我已经洗心革面啦。"

"你到底做了什么善事,你还没跟我说呢。对了,刚才你说的是一些善事，可不只是一件，不是吗？"他的同伴一边问，一边把一些去了籽的草莓倒进自个儿的盘子，堆成一座鲜红的小金字塔，再用一把贝壳形的漏匙往草莓上撒白糖。

"我可以告诉你，哈里。这件事也就能跟你说说，别的人都不行。我放过了一个人。这话听着有点儿自高自大，可你肯定能明白我的意思。她长得非常漂亮，特别像西比尔·范恩。要我说，就是这一点让我对她动了心。你肯定记得西比尔，对吧？那简直是千百年前的事情啦！呃，当然喽，赫蒂并不属于咱们这个阶层，只是个村里的姑娘。可我真的爱过她，我非常肯定，我真的爱过她。眼下这个旖旎明媚的五月，我每个星期都要跑去看她两三次。昨天，我俩在一个小果园里见了面。飘落的苹果花不停地飞上她的头发，她开心得放声大笑。我俩本打算今早天亮的时候一起远走高飞，可我突然决定撇下她，让她保持像花朵一般美丽无瑕的状态，一如我俩初见之时。"

"依我看，多利安，这种感受十分新奇，肯定让你享受到了真正乐趣的刺激，"亨利勋爵打断了他，"不过，我可以帮你写完你这段田园牧歌。你给了她一个忠告，同时也打碎了她的心。这就是你洗心革面的开始。"

"哈里，你可真是讨厌！你真的不该说这种可怕的言语。赫蒂的心没有碎。当然喽，当时她哭哭啼啼，寻死觅活，可她并没有蒙上任何污名。她可以像珀蒂塔一样，守着她的薄荷草和金盏花园子过活。"

"并且为无情无义的弗洛利泽①哭泣，"亨利勋爵说道，笑呵呵地仰到了椅子背上，"亲爱的多利安，你的孩子脾气真是太让人不可思议啦。你难道以为，从今往后，这个姑娘还能真心实意地满足于跟她地位相当的人吗？可想而知，她总有一天会嫁给某个粗野的车把式，或者是某个咧着大嘴的农夫。这么说吧，单单因为见过你，爱过你，她就会瞧不起自个儿的丈夫，过上凄凄惨惨的日子。从道德的角度来看，我可不能说，你这次了不起的割爱值得多少赞誉。哪怕只把它看作改悔的开端，仍然是乏善可陈。再者说，此时此刻，你怎么知道赫蒂没有像奥菲利娅一样，漂在某个洒满星光的磨坊池子里，身边环绕着可爱的睡莲呢②？"

"我受不了你啦，哈里！你拿所有东西来开玩笑，然后又把最最不开玩笑的悲剧提示出来。我真是后悔，不该跟你说这件事情。我可不在乎你要说什么，我知道自己做得没错。可怜的赫蒂！今早坐车经过那个农庄的时候，我看见她苍白的脸庞出现在了窗前，就像是一捧茉莉花。咱俩别再谈这件事情了吧，你也别想着说服我，我多年以来的第一件善举，我平生做出的第一次小小的自我牺牲，到头来只是一份罪孽。我想要改恶从善，也一定会改恶从善。跟我说说你自己吧。城里的情况怎么样？我都有好些天没去

---

① 珀蒂塔（Perdita）是莎剧《冬天的故事》（*The Winter's Tale*）当中的女主角，她是西西里国王的女儿，出生即遭遗弃，长大成了牧羊女，后来邂逅波希米亚王子弗洛利泽（Florizel）。两人相互爱慕，但因身份悬殊而婚姻一度受阻。按照剧中的描写，珀蒂塔的园子里种有薄荷和金盏花。

② 奥菲利娅是《哈姆雷特》剧中人物，参见前文注释。对哈姆雷特的无望爱情使她发了疯，最后溺死水中。

俱乐部了。"

"大家都还在谈论可怜的巴兹尔失踪的事情。"

"都到这会儿了,我还以为他们该谈厌了呢。"多利安一边说,一边给自己倒了点儿酒,略微蹙了蹙眉。

"亲爱的孩子,他们刚谈了六个星期啊,说实在的,英国公众三个月才能换一次话题,要不然,他们的脑子就该不够用啦。话又说回来,最近他们倒是挺幸运的。他们刚谈了我自个儿的离婚官司,谈了艾伦·坎贝尔的自杀事件,眼下呢,又可以谈一位艺术家的神秘失踪。十一月九日,有个身穿灰色乌尔斯特大衣的男人搭午夜火车去了巴黎。苏格兰场①至今一口咬定,那个人就是可怜的巴兹尔,法国警方却声称,巴兹尔压根儿没到巴黎。据我看,约摸两个星期之内,我们就会听到消息,有人在旧金山瞧见了他。说起来虽然奇怪,可是,只要有人失了踪,我们就会听说这人在旧金山露了面。那一定是个十分宜人的城市,拥有来世的所有魅力。"

"依你之见,巴兹尔出了什么事呢?"多利安一边发问,一边把手里的勃艮第佳酿举起来,对着灯光仔细端详,心里还有点儿纳闷,自己为什么能够如此平静地谈论这件事情。

"我一丁点儿头绪都没有。要是巴兹尔乐意把自个儿藏起来,那不关我的事。要是他死了的话,那我更不愿意去想他。死亡是唯一的一件叫我害怕的事情。我痛恨死亡。"

---

① 苏格兰场(Scotland Yard)是伦敦警察厅的代称,按照苏格兰场官网的说法,这是因为它原来的办公地点有一道开在"大苏格兰场街"(Great Scotland Yard Street)的后门。

"为什么?"年纪较轻的男人恹恹地问了一句。

"原因在于,"亨利勋爵说道,打开一只香匣①,把镀金的格子隔板凑到了鼻子下面,"这年月的人什么都捱得过去,挨不过去的事情就这一件。死亡和粗俗是十九世纪仅有的两个无法开脱的事实。咱们上音乐室去喝咖啡吧,多利安。你一定得弹首肖邦给我听听,拐跑我妻子的那个家伙就弹得一手绝妙的肖邦。可怜的维多利亚!以前我还挺喜欢她的哩。没了她,我的宅子显得相当冷清。当然喽,婚姻生活仅仅是一种习惯,一种坏习惯。话又说回来,即便是最坏的习惯,没了也让人惋惜,说不定还最让人惋惜。毕竟,它已经变成了你这个人的基本要件。"

多利安没有答腔,径直起身走进隔壁的房间,坐到钢琴跟前,手指漫不经心地扫过黑白两色的象牙琴键。侍者送来咖啡之后,他停了下来,扭头望向亨利勋爵,开口说道,"哈里,你有没有想过,巴兹尔是遭了谋杀呢?"

亨利勋爵打了个哈欠。"巴兹尔人缘很好,身上又总是揣着一块沃特伯里怀表②,怎么会遭人谋杀呢?他还没聪明到可以树敌的地步。当然喽,他拥有了不起的绘画天才。可是,一个人完全可能画画得跟委拉斯凯兹③一样好,本身却是要多无趣有多无趣。说实在的,巴兹尔这个人相当无趣。他只有一次引起了我的兴趣,

---

① 香匣(vinaigrette box)是维多利亚时代流行的一种小盒子,里面盛着醋和嗅盐之类的芳香物质,覆在香料上方的是一层镂空隔板,以利闻嗅。

② 沃特伯里怀表(Waterbury watch)指的是当时的美国制表商沃特伯里制表公司(即今天的天美时集团)生产的廉价怀表。文中此处的侧重点在于廉价。

③ 委拉斯凯兹(Velázquez, 1599—1660)为西班牙大画家,尤以肖像画擅名。

也就是多年之前的那一次，那时他跟我说他疯狂地仰慕你，还说你是他艺术的母题。"

"以前我挺喜欢巴兹尔的，"多利安说道，声音里带着一抹悲哀，"可是，难道就没有人说他死于谋杀吗？"

"哦，是有一些报纸这么说。依我看，这种说法完全是无稽之谈。我倒知道巴黎有一些可怕的地方，可巴兹尔并不是会去那种地方的人。他这个人没有好奇心，这是他最大的缺点。"

"要是我告诉你，哈里，我谋杀了巴兹尔，你会怎么说呢？"年轻的男人说道。说完这句话，他一瞬不瞬地盯着亨利勋爵。

"我会说，亲爱的伙计，你是在扮演一个不适合你的角色。所有的罪行都是粗俗，就跟所有的粗俗都是罪行一样。多利安，你身上并没有杀人所需的那种粗俗。要是这话伤到了你的虚荣，那我只能表示遗憾，可我敢打包票，这话绝对不假。罪行是下层阶级的专利。不过，我倒是一点儿也不责怪他们。要我说，罪行之于他们，恰如艺术之于我们，仅仅是一种获取非凡感受的方法而已。"

"一种获取感受的方法？如此说来，你难道认为，犯过谋杀罪的人还可能重复同样的罪行吗？你可别跟我这么说。"

"噢！只要你经常重复，任何事情都会变成乐趣，"亨利勋爵一边高叫，一边大笑，"这是生活当中最重要的诀窍之一。不过我倒是觉得，谋杀始终是个错误。永远也别干不能在晚饭之后拿出来聊的事情。好啦，咱们就别聊可怜的巴兹尔了吧。真希望我能够相信，他确实遇上了你所说的那种无比浪漫的结局，只可惜我没法相信。要我说，他多半是从公共马车上掉进了塞纳河，售票员又把这桩丑闻捂了起来。没错，我看他肯定是赶上了这种结局。

我可以想象，眼下他仰面躺在那些暗绿河水的下面，一艘艘沉重的驳船从他上方悠然驶过，长长的水草缠住了他的头发。跟你说吧，我觉得他画不出多少好作品来。前面这十年，他画画的水平下降得非常厉害。"

多利安重重地叹了一声，亨利勋爵则溜达着穿过房间，开始抚摸一只爪哇鹦鹉的脑袋。那是只奇特的大鸟，颤悠悠地站在一根竹竿上，羽毛是灰色的，冠毛和尾巴则是粉色。勋爵的尖尖手指碰到它的时候，它垂下好似白色鳞片的褶皱眼睑，盖住了玻璃珠子一般的黑眼睛，前俯后仰地摇晃起来。

"没错，"勋爵接着说道，转过身来，从衣兜里掏出了手帕，"他画画的水平下降得很厉害。照我的感觉，他的画失掉了什么东西，失掉了一个完美的样板。你跟他不再是好朋友之后，他也就不再是伟大的艺术家。你们俩是因为什么分开的呢？要我说，肯定是因为你嫌他无趣。真是那样的话，他永远都不会原谅你。无趣的人都有这种习惯。对了，他为你画的那幅绝妙肖像怎么样了呢？依我看，自打他画完之后，我还没有欣赏过呢。噢！我想起来了，好些年以前，你跟我说过，你把画送去瑟尔比庄园，结果在路上弄丢了，要不就是叫人给偷了。你一直都没找回来吗？太遗憾啦！那可是一幅货真价实的杰作啊。记得我当时还想把它买下来呢，真要是买了就好啦。那是巴兹尔巅峰时期的作品，打那以后，他的作品就变成了拙劣技艺和美好意图的古怪组合，这样的组合倒总是能给人带来英国代表性艺术家的头衔。你登过启事来找它吗？不登可不应该。"

"我不记得了，"多利安说道，"应该登过吧。不过，我一直都不怎么喜欢它。我后悔当了它的模特,想起来都觉得十分厌恶。你干吗要说起它呢?它总是让我想起那些古怪的句子,句子出自一部戏——应该是《哈姆雷特》,我觉得——怎么说的来着?——

> 不过是纸画的悲哀,
> 没有真心的假面。①

没错,它给我的感觉就是这样。"

亨利勋爵笑了起来。"人若是艺术地对待生活,头脑就可以替代心灵。"他回答道,重重地坐进了一把扶手椅。

多利安·格雷摇了摇头,弹出几个柔美的和弦。"'不过是纸画的悲哀',"他重复了一遍,"'没有真心的假面'。"

年长的男人往后一靠,半闭着眼睛打量多利安。"对了,多利安,"片刻沉默之后,他开口说道,"'赚得整个世界,同时赔上——那句话怎么说的来着?——自己的灵魂,若是如此,于人何益?'②"

乐声陡转凄厉,多利安·格雷浑身一颤,直勾勾地盯着他的朋友。"你干吗问我这个,哈里?"

"亲爱的伙计啊,"亨利勋爵说道,惊讶地挑起了眉毛,"我

---

① 这句引文出自《哈姆雷特》第四幕,国王问雷欧提斯是否真的为死去的父亲悲伤,全句是:"雷欧提斯,你真的爱你的父亲吗? / 难不成,你这不过是纸画的悲哀, / 没有真心的假面?"

② 这句引文出自《圣经·马可福音》,英文与《圣经》原句有微小差异。

这么问你，只是因为我以为你能给我一个答案，没什么别的意思。上个星期天，我从公园里路过，看见大理石拱门近旁站着一小群模样寒酸的人，正在听一个粗鄙不堪的街头牧师讲道。从他们身边走过的时候，我刚巧听见那家伙冲听众大声喊叫，喊出的就是这个问题。当时我觉得，这个场面还挺有戏剧性的呢。诸如此类的奇观，伦敦城里要多少有多少。想想吧，一个阴雨绵绵的周日，一名身着雨衣的粗俗基督徒，滴答淌水的雨伞围成的一个残缺顶篷，顶篷下面的一圈儿病恹恹的惨白脸庞，然后呢，两片歇斯底里的尖叫嘴唇把一句奇妙的言语狠狠地砸到了空中——这场面确实自有妙处，发人深省。当时我本想告诉那位先知，艺术才有灵魂，人是没有的。不过，恐怕我说了也是白说，他肯定理解不了。"

"别这么说，哈里。灵魂是一种可怕的现实存在。它可以收买，可以出卖，还可以用来交换别的东西。毒物可以伤害它，雕琢也可以使它臻于完美。每个人身上都有灵魂，我知道的。"

"这一点你很有把握吗，多利安？"

"很有把握。"

"哈！那它肯定是一种幻觉。我们觉得确定无疑的那些事情，从来都不会是真的。这是信仰的命门，也是浪漫的教训。你这副模样真是凝重！别这么一本正经嘛。咱们这个时代的迷信，跟你我有什么相干呢？不相干，咱俩已经放弃了对灵魂的信仰。弹点儿东西给我听吧。给我弹首夜曲，多利安，一边儿弹，一边儿小声地告诉我，你用什么法子留住了自己的青春。你肯定是有什么诀窍。我只比你大十岁，眼下却皮肤起皱，形容倦怠，面色发黄。你可真是个妙人儿，多利安。你今晚的模样比以往哪个时候都要迷人，让我想起了第一次看见你的那一天。那时你相当任性，十分腼腆，绝对不同一般。当然喽，你跟那时不一样了，不一样的却不是外表。你要是肯把诀窍告诉我就好啦。只要能回复青春，我什么事情都愿意干，前提是不锻炼，不早起，不做正人君子。青春！什么也不能与它相提并论。说什么年少无知，简直是荒唐透顶。到如今，只有一种人的意见能让我洗耳恭听，那就是比我年轻得多的人。年轻人似乎走在了我的前头，因为生活向他们揭示了自身的最新奇迹。至于那些上了年纪的人嘛，我总是跟他们唱反调。我唱反调可不是没有道理的。要是你拿昨天的某件事情去问老家伙们的意见，他们就会郑重其事地向你提供一八二〇年的流行观点，那时的人们系着顶到下巴的硬领巾，什么都信，什么都不懂。你弹的这首曲子真好听！我猜啊，写这首曲子的时候，肖邦会不会身在马略卡岛①，听着大海在别墅四周呜咽，听着咸咸的雨水冲刷窗子呢？这曲子真是浪漫非凡。世道好歹留给了咱们一种无关模仿的艺术，这是多大的福气！别停，今晚我特别想听音乐。我简直觉得，你就是年轻的阿波罗，而我是倾听你演奏的马西亚斯②。多利安，我心里的一些隐痛，就连你也一无所知呢。

---

① 马略卡岛（Majorca）是属于西班牙的一个岛屿，为著名度假胜地。1838年11月至1839年2月，肖邦曾与情妇法国作家乔治·桑（George Sand，1804—1876）及乔治·桑的两个孩子在这个岛上暂住。这段日子是肖邦一生的丰产期之一，马略卡岛冬季的恶劣气候却严重损害了他的健康。

② 根据古希腊神话，太阳神阿波罗同时也是音乐之神。马西亚斯（Marsyas）是一个萨特尔（参见前文注释），主动提议与阿波罗比赛音乐，条件是失利者任由对方处置。马西亚斯输掉了比赛，阿波罗剥了他的皮。

老年的悲剧不在于老去的躯体，而在于年轻的心。有时候，我自个儿都为自个儿的坦诚感到吃惊。噢，多利安，你可真是快活！你的日子多么丰美！你痛饮生活的所有美酒，生活的浆果在你的唇齿之间汁水四溢。你见识了所有的一切，一切于你又都只是曼妙的乐声，不曾让你有分毫的伤损。你还是原来的你。"

"我不是原来的我啦，哈里。"

"不对，你确实是原来的你。我真想知道，你往后的生活会是什么样子。你可别用舍弃来荒废它。眼下的你是一个十全十美的样板，千万别把自己搞得残缺不全。现在的你，可以说是无可挑剔。你用不着摇头否认，你自个儿也知道这一点。再者说，多利安，你可不能自己骗自己。生活并不受意志和愿望的支配，只关乎神经，纤维，还有慢慢发展的细胞，思想在这些地方藏身，激情也在这些地方寄托梦想。兴许你自以为高枕无忧，自以为坚不可摧，可是，房间里或者晨光中偶然闪现的一抹色彩，你曾经迷恋的一种载着依稀回忆的特异香气，你蓦然重见的一句来自忘却篇什的诗行，你不再演奏的某支曲子里的一个节拍——告诉你吧，多利安，恰恰是这一类的事物决定着我们的生活。勃朗宁在什么作品里写到过这种情形[①]，不过，我们自己的感官就可以让我们对此深有体会。有那么一些时刻，白丁香的芬芳突然袭来，致使我不得不把这辈子最奇异的那个月从头再活一遍。我要能跟你

[①] 勃朗宁（Robert Browning, 1812—1889）为英国大诗人及剧作家，他曾在论述信仰与理性的长诗《布劳格热姆主教的辩词》（*Bishop Blougram's Apology*）当中叙写偶然琐细事物对心灵造成极大震撼的情形。

换换位置就好啦,多利安。这世界对我们两个都是大加挞伐,可它一直都崇拜你,而且会一直崇拜下去。你是这个时代竭力寻找的样板,也是它惶惶不安地觉得自己已经找到的东西。你不曾有过任何作为,不曾凿刻哪怕一尊雕像,不曾绘制哪怕一幅图画,不曾造就除你自己之外的任何东西,真叫我太高兴啦!生活就是你的艺术。你把自己谱成了乐曲,你的日子就是你写下的十四行诗。"

多利安起身离开钢琴,用手捋了捋自己的头发。"是啊,生活十分美妙,"他咕哝道,"可我不打算再过这样的生活,哈里。还有啊,你真的不该跟我讲这些夸夸其谈的道理。你并不了解我的全部。依我看,要是了解的话,就连你也会离我而去。你笑什么,别笑。"

"干吗不弹了呢,多利安?坐回去吧,再给我弹一遍那首夜曲。你瞧瞧昏暗天空里那个蜜色的大月亮,她正在等着为你迷醉呢。要是你弹起琴来,她会跟地球贴得更近的。你不愿意?也好,咱们去俱乐部吧。今晚的夜色十分迷人,咱们一定得用迷人的法子来打发它。怀特俱乐部有个人,不知道有多想结识你——我说的是年轻的普尔勋爵,伯恩默斯的大儿子。他已经用上了跟你一样的领结,还央求我把他介绍给你。他特别讨人喜欢,我觉得他跟你挺像的。"

"我倒希望他不像我,"多利安说道,眼睛里带着悲哀,"不过,今晚我有点儿累啦,哈里。俱乐部我就不去了。都快十一点了,我还想早点儿睡呢。"

"千万别走。今晚你弹得前所未有地好。你的指法有了一种非凡的特质,表现力比我以前听过的哪一次都强。"

"原因就是我有了改恶从善的打算,"多利安微笑着答道,"我已经变了一点儿啦。"

"你对我可不能变,多利安,"亨利勋爵说道,"你得做我永远的朋友。"

"可你曾经用一本书毒害了我,这我是不会原谅的。哈里,答应我,再也别把那本书借给任何人看啦。它会害人的。"

"亲爱的孩子,你这可真有点儿说教的味道啦。要不了多久,你就会像皈依信徒和信仰复兴运动分子一样,东跑西颠地警告人们,不要去犯所有那些你犯厌了的罪孽。你实在太招人喜欢,干不了这种活计。再者说,干了也是白干。你我本性如此,将来也不会改变。要说你中了一本书的毒,世上可没有这样的事情。艺术无法影响行动,反倒会扑灭行动的欲望。艺术妙就妙在有花无果。世人所说的下流书籍,罪过无非是让世人看到了自身的耻辱,仅此而已。不过,咱们还是别谈文学了吧。明天过来找我,我打算十一点出去兜风,咱俩可以一起去。兜完风之后,我可以带你去跟布兰克索姆夫人一起吃午饭。夫人非常迷人,想请你品鉴品鉴她考虑购置的一些挂毯。记得要来啊。要不然,跟咱们那位小不点儿公爵夫人一起吃午饭怎么样?听她说,这阵子总是见不着你。莫非你厌倦了格拉迪斯?我就知道你会这样。她那口伶牙俐齿确实让人着恼。好啦,不管怎么样,十一点上这儿来吧。"

"非得要我来吗,哈里?"

"那是当然。公园里眼下非常漂亮。要我说,从咱俩认识的那年开始,那儿还不曾有过开得这么好的丁香呢。"

"好吧。我十一点到,"多利安说道,"晚安,哈里。"走到门口的时候,他迟疑了片刻,似乎是还想说点儿什么。这之后,他叹了一声,举步出门。

第二十章

夜色宜人，暖意融融，因此他把外套搭在了胳膊上，甚至没用丝绸领巾围住脖子。他一边抽烟，一边慢慢地往家里走。两个穿晚礼服的小伙子从他身边走过，他听见其中一个悄声告诉另一个，"那就是多利安·格雷"。于是他油然想起，在以前，每次赶上有人指点自己、注视自己、谈论自己，自己是多么地得意。然而，如今他已经听厌了自己的名字。前些日子他经常去的那个小村，一半的魅力就在于没有人知道他是谁。村里那个姑娘在他的引诱之下爱上了他，而他经常跟姑娘说自己很穷，姑娘也信了他。有一次，他还跟姑娘说自己是个坏人，姑娘却冲他哈哈大笑，并且回答说，坏人都是些老得不行丑得不行的家伙。她的笑声真是动听！跟唱歌的画眉一模一样。她总是穿着棉布裙子，戴着大大的帽子，那模样何等可爱！她对一切茫无所知，但却拥有他业已失去的一切。

到家的时候，他发现仆人还在等他。他吩咐仆人去睡觉，自己则一头栽进藏书室的沙发，开始思索亨利勋爵适才说过的一些言语。

人真的是本性难移吗？他心里涌起一阵疯狂的渴望，渴望找回少年时代那种一尘不染的纯真——拿亨利勋爵的话来说，他曾经拥有白玫瑰一般的少年时代。他心里知道，自己已经玷污了自己，用堕落填满了自己的心灵，把恐怖塞给了自己的想象。他也知道，自己对他人施加了邪恶的影响，并且从中收获了一种可怕的乐趣。他还知道，在走进自己生活的各色人等当中，被自己拖进耻辱深渊的恰恰是那些最为美好、前程最为远大的人。可是，一切都已经无可挽回吗？他没有希望了吗？

唉！当初的那个时刻，他祈祷让画像替自己承当岁月的负担，自己则保持永恒青春的无垢辉煌，那是怎样的一个骄矜与激情主宰的骇人时刻！他所有的挫败都是因为那个时刻。于他而言，倒不如让笃定迅捷的报应与生命中的每一桩罪孽结伴降临，因为惩罚之中蕴含着净化。面对至公至正的上帝，凡人的祷词不应该是"赦免我等罪孽"，倒应该是"殄灭我等，以惩我等不义"。

这么多年过去了，亨利勋爵送他的那面雕饰奇特的镜子依然立在桌上，那些四体洁白的丘比特也依然在镜面四周笑逐颜开。一如他初次察觉那幅要命画像有了改变的那个恐怖夜晚，此时他拿起光洁的镜子，泪水迷蒙的狂乱眼睛打量着镜中的影像。有一次，某个爱他爱得天翻地覆的人给他写了一封颠三倒四的信，末尾是这样的一些愚痴言语："世界换了新颜，就因为有了象牙与黄金造就的你。你嘴唇的曲线颠覆了历史。"到这会儿，这些句子回到了他的记忆之中，他便在心里默默念诵，一遍又是一遍。接下来，他恨上了自己的美貌，于是将镜子扔到地板上，用鞋跟把它碾成了一堆碎银。毁掉他的正是他的美貌，正是他祈祷得来的美貌与青春。要不是因为这两样东西，他兴许会过上清白无瑕的日子。他的美貌只是一个面具，他的青春也只是一种揶揄。往最好的方面说，青春能算什么呢？不过是一段半生不熟的青涩时光，充斥着肤浅的情绪和病态的狂想。他干吗要常年穿着青春奴仆的号衣呢？青春荒废了他。

最好还是别想过去，过去是无法改变的事情。他必须想的是他自己，是他自己的未来。詹姆斯·范恩已经葬身于瑟尔比墓园的一个无名墓穴，之前的一天夜里，艾伦·坎贝尔也已经在自个儿的实验室里开枪自杀，而且没有透露他被迫知晓的那个秘密。巴兹尔·霍沃德失踪的事情确实闹得沸沸扬扬，然而，这样的热闹终归会迅速沉寂，眼下就已经渐渐消停。就这件事情而言，他完全可以高枕无忧。除此之外，说实在的，他心里最重的包袱并不是巴兹尔·霍沃德的死。自己的灵魂落到了行尸走肉的田地，这才是真正让他难过的事情。巴兹尔画出了那幅毁掉他生活的肖像，这一点他绝对无法原谅。所有的事情都是画像干的。巴兹尔冲他说了那么些叫人忍无可忍的话，可他却耐着性子忍了下来。后来的谋杀，仅仅是瞬间的疯狂举动而已。至于艾伦·坎贝尔，自杀是他自个儿的选择。坎贝尔自己决定要这么干，他并不觉得过意不去。

新的生活！他要的就是这个，等的也是这个。毫无疑问，他的新生活已经起了头。不管怎么说，他终归放过了一件纯真的事物。从今往后，他再也不会去污染纯真。他要做个好人。

想到赫蒂·默顿，他不由得暗自琢磨，锁在房间里的那幅画像有没有发生变化。不用说，它不可能还像原先那么可怕吧？说不定，只要他过上纯洁的生活，最后就可以把邪恶激情的所有印记从那张脸上通通抹去。说不定，那些邪恶的印记已经消失了哩。

他得去看看才行。

他拿起桌上的灯,蹑手蹑脚地上了楼。打开房门的时候,一抹愉悦的笑容倏忽掠过他那张年轻得出奇的脸庞,又在他的唇边逗留片刻。没错,他要做个好人,他藏匿起来的那个可怕玩意儿不会再成为他的梦魇。他仿佛觉得,自己身上的包袱已经卸了下来。

他悄无声息地走进房间,照例锁上房门,扯下了那块盖住画像的紫色罩布。一声痛苦与愤慨的喊叫从他的嘴里迸了出来。他没有看到任何变化,仅有的变化只是画像的眼睛里多了一丝狡狯的神色,嘴边也多了一条曲里拐弯的伪善纹路。这东西依然令人恶心,应该说更加令人恶心,如果它以前的恶心程度还可以有所增加的话。除此之外,沾在那只手上的殷红露水似乎比以前更加鲜亮,更像是刚刚洒下的血滴。见此情景,他不由得瑟瑟发抖。难道说,他唯一的一件善举仅仅是出于虚荣吗?或者像亨利勋爵带着讥讽的笑容暗示的那样,是出于一种寻求新感受的欲望?又或者,是出于那种驱使我们偶或行高于实的表演冲动?再不然,有没有可能,是所有这些因素的共同结果?还有啊,那块红色的污渍为什么比以前大了呢?它似乎已经悄悄爬上了那些满是褶子的手指,活像一种可怕的疾疫。画像的双脚也有血迹,就跟那玩意儿还会往下淌似的——血迹甚至爬上了那只不曾握刀的手。自首?难道说,这是在预示他会去自首吗?投案自首,引颈受戮?他笑了起来。照他的感觉,这样的念头简直是荒谬绝伦。再者说,就算他真的跑去自首,谁会信他呢?死者已经无迹可寻,死者身上的一切已经灰飞烟灭,死者留在楼下的东西也已经由他自己亲手烧毁。他要是跑去自首,世人只会说他发了疯。要是他死咬着自己的说法不放，他们还会把他禁闭起来……可是，他有责任去自首，有责任当众承受耻辱、当众赎清罪孽。天上是有上帝的，祂要求凡人同时向人世和天国招认自己的罪孽。他做什么也不能洗清自己，除非他招认自己的罪孽。他的罪孽？他耸了耸肩膀。在他看来，巴兹尔·霍沃德的死只是一件小之又小的事情。他想的是赫蒂·默顿，因为他觉得，眼前这面镜子，这面照见他灵魂的镜子，并没有给出一个公平的映像。虚荣？好奇？伪善？难道说，他这次忍痛割爱的意义仅止于此吗？肯定还有别的意义。最低限度，他自己反正是这么想的。可是，谁能说得清呢？……不对，确实没有别的意义。出于虚荣，他放过了她。出于伪善，他戴上了仁慈的假面。出于好奇，他尝了尝自我禁制的味道。到现在，他看清了其中的道理。

可是，这桩谋杀——难道说，它会纠缠他一辈子吗？难道说，他永远也甩不掉过去的包袱吗？他真的得去自首吗？绝对不行。不利于他的证据，如今只剩下小小的一点。画像本身——画像本身就是证据。他一定得毁掉它。他把它保存了这么久，为的是什么呢？曾几何时，看着它变丑变老，于他而言是一种乐趣。近些日子，这样的乐趣已经不复存在。它让他夜不能寐。离开家的时候，他总是满心恐惧，怕的是它被别人看见。它把忧思塞进了他的激情，仅仅是关于它的记忆就毁坏了许多个欢乐的时刻。对他来说，它就跟良心一样。没错，它确实就是良心。他一定得毁掉它。

他环顾四周，看到了曾经杀死巴兹尔·霍沃德的那把刀子。那把刀他翻来覆去地洗过许多遍，没有留下任何印记。刀子明晃晃，光闪闪。它曾经杀死画家，如今还要杀死画家的作品，杀死作品代表的一切。它将会杀死过去，过去一死，他就能自由自在。它还会杀死这种丑怪至极的灵魂生活，没有了灵魂生活发出的骇人警告，他就能永享安宁。这么着，他一把抄起刀子，冲画像捅了过去。

房间里响起一声惨叫，还有一记重重的闷响。这声极度痛苦的惨叫无比凄厉，宅子里的仆人纷纷惊醒，失魂落魄地溜出了自己的房间。从下方广场路过的两位绅士停下脚步，抬头望向这座巨大的宅子。他俩继续前行，找到一名警察，领着警察回到了宅子跟前。警察拉了好几遍门铃，宅子里却没人应声。整座房子一片漆黑，只有顶楼的一扇窗子透着灯光。过了一会儿，警察离开宅子，走进附近的一个门廊，站在那里继续观望。

"那是谁的宅子，警官？"年长的那位绅士问道。

"多利安·格雷先生的，先生。"警察答道。

两位绅士一边举步离去，一边面面相觑，发出一声冷笑。其中一位是亨利·阿什顿爵士[①]的叔叔。

宅子里面，衣冠不整的仆役正在佣人的下处窃窃私语。年迈的利芙太太一边哭，一边绞着自己的双手。弗朗西斯的脸白得跟死人一样。

约摸一刻钟之后，弗朗西斯叫上车夫和一名男仆，三个人一起摸上了顶楼。他们敲了敲门，里面却没有应答。他们大声叫喊，还是不见任何动静。到最后，眼见撬门无果，他们便上了房顶，

[①] 前文之中，巴兹尔曾经对多利安说："还有背着骂名被迫出国的亨利·阿什顿爵士，你跟他好得分不开"。

从房顶跳到了阳台上。窗子倒是一撬就开,因为窗闩已经有了年头。

进房之后,他们看到墙上挂着一幅栩栩如生的画像,画中人是他们的主子,模样跟他们最后一次瞧见他的时候一样,焕发着蓬勃青春与非凡美貌的所有光彩。地板上则躺着一个死去的男人,身上穿着晚礼服,心口戳着一把刀子。这个人干瘪枯槁,满脸皱纹,面目可憎。他们仔细查看了这人手上的戒指,这才认出了他是谁。

王尔德生平年表

一八五四年　　　　　　　十月十六日，奥斯卡·芬戈尔·奥弗莱厄蒂·王尔德（Oscar Fingal O'Flahertie Wilde）出生于爱尔兰（一九二一年十二月之前，爱尔兰属于英国）都柏林的一个新教家庭，父亲是著名眼科医生威廉·王尔德爵士（Sir William Wilde，1815—1876），母亲是诗人弗朗西丝卡·王尔德（Francesca Wilde，1821?—1896）。

一八六四年　　　　　　　就读于爱尔兰北部的波托拉皇家学校。

一八七一至一八七四年　　在都柏林三一学院攻读古典学及古代史。

一八七四至一八七八年　　在牛津大学玛德琳学院攻读古典学及古代史。其间于一八七六年在都柏林大学校刊发表首批诗作，并于一八七八年凭借诗歌《拉文纳》（Ravenna）赢得牛津大学的纽迪盖特诗歌奖。

一八七八年　　　　　　　以双优成绩从牛津毕业，之后移居伦敦，开始倡导唯美主义。

一八八一年　　　　　　　自费出版《诗集》（Poems），未能赢得

	好评。
一八八二年	在北美进行为期十个月的巡回演讲,主题为艺术、美学及装饰。修订版《诗集》出版。
一八八三年	首部剧作《薇拉/虚无党人》(*Vera; or, The Nihilists*)在纽约首演,反响平平。
一八八四年	与康斯坦丝·劳埃德(Constance Lloyd, 1858—1898)成婚。
一八八五年	发表第一篇重要随笔《莎士比亚与舞台服装》(*Shakespeare and Stage Costume*)。长子西里尔(Cyril)出生。
一八八六年	次子维维安(Vyvyan)出生。与终生挚友罗伯特·罗斯(Robert Ross, 1869—1918)相识,罗斯有可能是王尔德的第一个同性恋人。
一八八七年	出任《淑女世界》杂志(*Lady's World*)主编(一八八九年卸任),将刊名改为《女性世界》(*Woman's World*),使之成为一本倡导女性权利的进步杂志。发表短篇小说《坎特维尔的鬼魂》(*The Canterville Ghost*)及《亚瑟·萨维尔勋爵的罪行》(*Lord Arthur Savile's Crime*)。
一八八八年	童话集《快乐王子及其他故事》(*The Happy Prince and Other Tales*)出版。

一八八九年	发表短篇小说《W. H. 先生的画像》(*The Portrait of Mr. W. H.*)。
一八九〇年	在《利平科特杂志》(*Lippincott's Monthly Magazine*)发表十三章的小说《多利安·格雷的画像》(*The Picture of Dorian Gray*),立刻招致猛烈批评。
一八九一年	与后来的同性恋人阿尔弗雷德·道格拉斯勋爵(Lord Alfred Douglas,1870—1945)相识。剧作《帕都瓦公爵夫人》(*The Duchess of Padua*)在纽约百老汇首演。发表为《多利安·格雷的画像》补写的自辩性"序言"。二十章的《多利安·格雷的画像》单行本面世。短篇小说集《亚瑟·萨维尔勋爵的罪行及其他故事》(*Lord Arthur Savile's Crime and Other Stories*)及童话集《石榴之屋》(*A House of Pomegranates*)出版。
一八九二年	首部社交喜剧《温德米尔夫人的扇子》(*Lady Windermere's Fan*)在伦敦首演,大获成功。准备在伦敦排演法文剧作《莎乐美》(*Salomé*),遭当局禁演。
一八九三年	《莎乐美》出版。第二部社交喜剧《无足轻重的女人》(*A Woman of No Importance*)在伦敦首演。

一八九四年	由道格拉斯译成英文的《莎乐美》出版。
一八九五年	第三部社交喜剧《理想的丈夫》(*An Ideal Husband*)及第四部社交喜剧《不可儿戏》(*The Importance of Being Earnest*)相继在伦敦首演,后者尤为成功。是年二月,道格拉斯的父亲昆斯伯里侯爵(Marquess of Queensberry, 1844—1900)在王尔德的俱乐部留言,以"鸡奸犯"字眼辱骂王尔德,王尔德随即上庭控告昆斯伯里诽谤。四月,昆斯伯里被判无罪,并且反控王尔德,理由是王尔德确有同性恋行为。五月,法院以"严重有伤风化"的罪名判处王尔德两年苦役。王尔德先后在伦敦的彭顿维尔监狱和旺兹沃思监狱服刑,于十一月被转入雷丁监狱。
一八九六年	《莎乐美》在巴黎首演。
一八九七年	在狱中完成致道格拉斯的三万词长信,此信于一九〇五年由罗斯定名为《自深深处》(*De Profundis*)。五月出狱,随即乘夜间渡轮前往法国,从此再未踏足英国。
一八九八年	以假名"C.3.3"发表《雷丁监狱之歌》(*The Ballad of Reading Gaol*),"C.3.3"是王尔德在雷丁监狱的监房号码。

一八九九年	《不可儿戏》及《理想的丈夫》相继出版，但都隐去了王尔德的名字。
一九〇〇年	十一月三十日，王尔德在巴黎逝世，临终前皈依罗马天主教。葬礼于十二月二日举行，丧主是道格拉斯。

汉译文学名著

第一辑书目（30种）

伊索寓言	〔古希腊〕伊索著	王焕生译
一千零一夜		李唯中译
托尔梅斯河的拉撒路	〔西〕佚名著	盛力译
培根随笔全集	〔英〕弗朗西斯·培根著	李家真译注
伯爵家书	〔英〕切斯特菲尔德著	杨士虎译
弃儿汤姆·琼斯史	〔英〕亨利·菲尔丁著	张谷若译
少年维特的烦恼	〔德〕歌德著	杨武能译
傲慢与偏见	〔英〕简·奥斯丁著	张玲、张扬译
红与黑	〔法〕斯当达著	罗新璋译
欧也妮·葛朗台 高老头	〔法〕巴尔扎克著	傅雷译
普希金诗选	〔俄〕普希金著	刘文飞译
巴黎圣母院	〔法〕雨果著	潘丽珍译
大卫·考坡菲	〔英〕查尔斯·狄更斯著	张谷若译
双城记	〔英〕查尔斯·狄更斯著	张玲、张扬译
呼啸山庄	〔英〕爱米丽·勃朗特著	张玲、张扬译
猎人笔记	〔俄〕屠格涅夫著	力冈译
恶之花	〔法〕夏尔·波德莱尔著	郭宏安译
茶花女	〔法〕小仲马著	郑克鲁译
战争与和平	〔俄〕列夫·托尔斯泰著	张捷译
德伯家的苔丝	〔英〕托马斯·哈代著	张谷若译
伤心之家	〔爱尔兰〕萧伯纳著	张谷若译
尼尔斯骑鹅旅行记	〔瑞典〕塞尔玛·拉格洛夫著	石琴娥译
泰戈尔诗集：新月集·飞鸟集	〔印〕泰戈尔著	郑振铎译
生命与希望之歌	〔尼加拉瓜〕鲁文·达里奥著	赵振江译
孤寂深渊	〔英〕拉德克利夫·霍尔著	张玲、张扬译
泪与笑	〔黎巴嫩〕纪伯伦著	李唯中译
血的婚礼——加西亚·洛尔迦戏剧选	〔西〕费德里科·加西亚·洛尔迦著	赵振江译
小王子	〔法〕圣埃克苏佩里著	郑克鲁译
鼠疫	〔法〕阿尔贝·加缪著	李玉民译
局外人	〔法〕阿尔贝·加缪著	李玉民译

汉译文学名著

第二辑书目（30种）

枕草子	〔日〕清少纳言著	周作人译
尼伯龙人之歌	佚名著	安书祉译
萨迦选集		石琴娥等译
亚瑟王之死	〔英〕托马斯·马洛礼著	黄素封译
呆厮国志	〔英〕亚历山大·蒲柏著	李家真译注
波斯人信札	〔法〕孟德斯鸠著	梁守锵译
东方来信——蒙太古夫人书信集	〔英〕蒙太古夫人著	冯环译
忏悔录	〔法〕卢梭著	李平沤译
阴谋与爱情	〔德〕席勒著	杨武能译
雪莱抒情诗选	〔英〕雪莱著	杨熙龄译
幻灭	〔法〕巴尔扎克著	傅雷译
雨果诗选	〔法〕雨果著	程曾厚译
爱伦·坡短篇小说全集	〔美〕爱伦·坡著	曹明伦译
名利场	〔英〕萨克雷著	杨必译
游美札记	〔英〕查尔斯·狄更斯著	张谷若译
巴黎的忧郁	〔法〕夏尔·波德莱尔著	郭宏安译
卡拉马佐夫兄弟	〔俄〕陀思妥耶夫斯基著	徐振亚、冯增义译
安娜·卡列尼娜	〔俄〕列夫·托尔斯泰著	力冈译
还乡	〔英〕托马斯·哈代著	张谷若译
无名的裘德	〔英〕托马斯·哈代著	张谷若译
快乐王子——王尔德童话全集	〔英〕奥斯卡·王尔德著	李家真译
理想丈夫	〔英〕奥斯卡·王尔德著	许渊冲译
莎乐美 文德美夫人的扇子	〔英〕奥斯卡·王尔德著	许渊冲译
原来如此的故事	〔英〕吉卜林著	曹明伦译
缎子鞋	〔法〕保尔·克洛岱尔著	余中先译
昨日世界：一个欧洲人的回忆	〔奥〕斯蒂芬·茨威格著	史行果译
先知 沙与沫	〔黎巴嫩〕纪伯伦著	李唯中译
诉讼	〔奥〕弗兰茨·卡夫卡著	章国锋译
老人与海	〔美〕欧内斯特·海明威著	吴钧燮译
烦恼的冬天	〔美〕约翰·斯坦贝克著	吴钧燮译

汉译文学名著

第三辑书目（40种）

埃达	〔冰岛〕佚名著	石琴娥、斯文译
徒然草	〔日〕吉田兼好著	王以铸译
乌托邦	〔英〕托马斯·莫尔著	戴镏龄译
罗密欧与朱丽叶	〔英〕莎士比亚著	朱生豪译
李尔王	〔英〕莎士比亚著	朱生豪译
大洋国	〔英〕哈林顿著	何新译
论批评 云鬈劫	〔英〕亚历山大·蒲柏著	李家真译注
论人	〔英〕亚历山大·蒲柏著	李家真译注
亲和力	〔德〕歌德著	高中甫译
大尉的女儿	〔俄〕普希金著	刘文飞译
悲惨世界	〔法〕雨果著	潘丽珍译
安徒生童话与故事全集	〔丹麦〕安徒生著	石琴娥译
死魂灵	〔俄〕果戈理著	郑海凌译
瓦尔登湖	〔美〕亨利·大卫·梭罗著	李家真译注
罪与罚	〔俄〕陀思妥耶夫斯基著	力冈、袁亚楠译
生活之路	〔俄〕列夫·托尔斯泰著	王志耕译
小妇人	〔美〕路易莎·梅·奥尔科特著	贾辉丰译
生命之用	〔英〕约翰·卢伯克著	曹明伦译
哈代中短篇小说选	〔英〕托马斯·哈代著	张玲、张扬译
卡斯特桥市长	〔英〕托马斯·哈代著	张玲、张扬译
一生	〔法〕莫泊桑著	盛澄华译
莫泊桑短篇小说选	〔法〕莫泊桑著	柳鸣九译
多利安·格雷的画像	〔英〕奥斯卡·王尔德著	李家真译注
苹果车——政治狂想曲	〔爱尔兰〕萧伯纳著	老舍译
伊坦·弗洛美	〔美〕伊迪斯·华尔顿著	吕叔湘译
施尼茨勒中短篇小说选	〔奥〕阿图尔·施尼茨勒著	高中甫译
约翰·克利斯朵夫	〔法〕罗曼·罗兰著	傅雷译
童年	〔苏联〕高尔基著	郭家申译
在人间	〔苏联〕高尔基著	郭家申译
我的大学	〔苏联〕高尔基著	郭家申译

地粮	〔法〕安德烈·纪德著	盛澄华译
在底层的人们	〔墨〕马里亚诺·阿苏埃拉著	吴广孝译
啊,拓荒者	〔美〕薇拉·凯瑟著	曹明伦译
云雀之歌	〔美〕薇拉·凯瑟著	曹明伦译
我的安东妮亚	〔美〕薇拉·凯瑟著	曹明伦译
绿山墙的安妮	〔加〕露西·莫德·蒙哥马利著	马爱农译
远方的花园——希梅内斯诗选	〔西〕胡安·拉蒙·希梅内斯著	赵振江译
城堡	〔奥〕弗兰茨·卡夫卡著	赵蓉恒译
飘	〔美〕玛格丽特·米切尔著	傅东华译
愤怒的葡萄	〔美〕约翰·斯坦贝克著	胡仲持译

图书在版编目（CIP）数据

多利安·格雷的画像 /（英）奥斯卡·王尔德著；李家真译注.—北京：商务印书馆，2022
（汉译世界文学名著丛书）
ISBN 978-7-100-20612-9

Ⅰ.①多… Ⅱ.①奥… ②李… Ⅲ.①长篇小说—英国—近代 Ⅳ.① I561.44

中国版本图书馆 CIP 数据核字（2022）第 014346 号

权利保留，侵权必究。

汉译世界文学名著丛书
多利安·格雷的画像
〔英〕奥斯卡·王尔德 著
李家真 译注

商务印书馆出版
（北京王府井大街36号 邮政编码100710）
商务印书馆发行
北京中科印刷有限公司印刷
ISBN 978-7-100-20612-9

| 2022年9月第1版 | 开本 850×1168 1/32 |
| 2022年9月北京第1次印刷 | 印张 10¼ |

定价：55.00元